穿樂吧！
我很幸運能遇到那樣一個人，燦亮如星，
為我點亮晦暗不明的前路。
1934女孩
Meet the Girl
From 1934
著 花聆
繪 AKRU

楔子

「校慶表演要開始了！她們是高三音樂班，學音樂的女生都好有氣質喔……」

司令台下聚集了許多外校學生，我和班上同學站在一旁，邊等待主持人喚我們進場，邊伸長脖子把人群裡的面孔都掃過一遍，期盼能找到那個男孩。

我不確定自己是不是能認出他，但如果他能再次爲我高喊加油，我一定會知道那就是他。

「噓，安靜一點。」班長鄭恬佳板著臉吩咐。

登台表演前確實該要保持肅靜，然而女孩們興奮起來就像一群小麻雀，嘰嘰喳喳個不停。

「黎憶星，待會開頭的獨唱交給妳了。妳是班導欽點的人選，加油。」鄭恬佳對著我說，我用力點點頭。

「她沒問題的啦，高二下學期吉他社去竹中的公演客串演出，她才剛上台，就被特效乾粉噴了一臉，全場都笑歪了，我們憶星還是一開口就震懾全場，根本是舞台女神呀。」沈倩雯拍拍班長的肩，「當時還有個長得超帥的男生站出來幫她加油呢！哎呀，妳們看，憶星的臉紅得像玫瑰一樣。」

被說中心事的我，臉頰霎時熱了起來。是啊，我怎麼可能忘得了那一天？

那天在一片哄堂大笑中，有個戴文青式圓框眼鏡、高大俊逸的男孩將雙手圈成喇叭狀，對我大喊：「加油！不要被打倒！妳可以的！」

男孩的高調應援，讓全場跟著激動鼓譟，我像被打了一劑強心針，撥了撥劉海，扶過麥克風，刷了下pick——雖然經歷如此倒霉的開場，但我唱出的聲音，卻是有史以來最放鬆、最動聽的一次。

演出結束後，掌聲尚未散去，我就急急衝向觀眾席，想要找到那位男孩，卻遍尋不著他的身影。

他看來不像高中生，或許他是竹中吉他社的學長，回來看學弟妹表演？

可惜直到現在，我還是不知道他是誰。

那麼他呢？他知道我是迎曦女中的學生嗎？如果知道，他今天會來觀看我們學校的校慶演出嗎？

看著台下擁擠的人群，我不自覺心跳加速。

這時手機在口袋裡傳來震動，打斷我的胡思亂想，原來是媽媽傳簡訊過來。

「憶星，校慶表演完了嗎？馥湄表姊左手粉碎性骨折，好一段時間不能練琴了。姑姑說不向我們求償醫藥費，但也沒辦法贊助妳學費了。別擔心，媽再想辦法。」

我頓時心中一涼，沒想到表姊的傷勢那麼嚴重，我本來以爲應該只是手指扭傷，休息一陣子就沒事了。

「還看什麼手機，趕快關機！」鄭恬佳輕戳我的肩膀，我趕忙把手機塞回口袋。

「歡迎高三音樂班上場，她們演出的節目是阿卡貝拉版的〈下一個天亮〉，完全無伴奏，全由人聲唱和，請大家掌聲鼓勵。」

我心神不寧，下腹隱隱作痛，只能擺動著僵硬的四肢跟隨同學上台，在第一排中央的位置站定。

我手心直冒冷汗，幾乎握不住麥克風。

「嗚——」鄭恬佳吹響定音器。

輪到我唱了，我腦中卻一片空白，連第一句歌詞都想不起來。

左右兩側的同學扭頭看我，台下觀眾也開始議論紛紛，班導急得掏出手帕拭汗，訓導主任站起身似乎正要張口，他要趕我們下台嗎？

鄭恬佳狠狠瞪著我，我更加慌亂無措，身旁的沈倩雯低聲對我說了句話，好像是在幫我提詞，然而我只是愣愣看著她的唇瓣開闔，什麼都沒能聽進耳裡。

見狀，沈倩雯索性接替我，領頭唱了起來，改由她主導整場演出，其他同學也跟著她的主音唱出和諧悅耳的歌聲。

站在台上，我的思緒逐漸飛遠，比起表演失利的丟臉，我其實更擔心表姊的手傷。

幸好那個男孩今天並未出現。

幸好他沒看見我當眾忘詞的慘樣。

只是，或許我再也沒有機會，也沒有資格，聽見他那一聲「加油」了……

第一章　婚禮歌手的人生就是一首〈金包銀〉

現在時間是二〇一五年十一月十六日上午十點整，黎憶星演唱會開場前兩小時。站上六十公分高的舞台，藍色雪紡長裙隨著動作輕柔擺動，當燈光亮起，台下的螢光棒將串連成點點銀河，我相信我的歌聲會感動在場所有人。

「準備好了嗎？先試音吧！」琴師張俞問，我點點頭，從支架上拿起麥克風。

「別人的性命，是框金又包銀，阮的性命不值錢……」

張俞配合彈奏出歌曲〈金包銀〉的旋律，我特意強化鼻腔共鳴，唱得格外哀怨悽苦。

「水喔，黎大歌手，妳唱得超像蔡秋鳳！」

我對著張俞眨眨眼，正打算繼續唱下去，一道尖利的女聲卻忽地傳來。

「試音唱〈金包銀〉，是要觸我霉頭嗎？」

說話的是一位穿著粉紅色蓬蓬裙的女人，她站在舞台下的紅毯另一端，右手提著厚重的紗裙，左手拉著一位穿白色燕尾服的男士。

好啦，這裡不是小巨蛋演唱會現場，而是新竹雀爾登飯店三樓，鄭府文定喜宴會場，我在二〇一五年的第四十一場婚禮駐唱。

我是今天的婚禮歌手，而這位瀕臨抓狂的女人，無疑就是新娘鄭小姐。

「抱歉抱歉，要彩排了嗎？第一次進場唱的是〈最想環遊的世界〉對吧？」

我趕緊彎腰鞠躬向新娘賠不是，轉身示意張俞彈奏該曲，柔美抒情的前奏響起，我閉上眼睛，準備模仿原唱梁靜茹的唱腔，我相信，鄭小姐聽到我的歌聲一定會息怒，她只是太焦慮了。根據我的經驗，喜宴開始前，百分之九十的新娘會因爲緊張而亂發脾氣，好好安撫就能沒事。

「別糊弄我，妳有案底的！迎曦女中的校慶音樂班表演，妳在一開場的獨唱就忘詞，黎憶星！」

我猛地睜開眼睛，張俞的琴聲也緊急剎車。

呆了五秒，我才認出新娘是誰，「班、班長，鄭恬佳？」

「妳們飯店婚宴中心魏主任說，我要的A廳正在整修，如果我願意屈就這個比較小的B廳，就免費贈送婚禮歌手演出。早知道是妳來唱，倒貼五萬塊給我都不要！」

我肚子忽然一陣絞痛，手心滲出一層濕滑的冷汗。

「鄭小姐，對不起喔！」不知道哪個機靈的服務生火速通知了魏主任，她迅速衝到鄭恬佳身旁，臉上堆滿笑容，「黎憶星在我們這駐唱一年多，大家都說她唱誰的歌就像誰，客戶評價很好，不會忘詞的。」

趁著魏主任安撫鄭恬佳之際，我左手按壓隱隱抽痛的腹部，調整呼吸，並轉頭示意張俞重新演奏。

凝神唱出第一句歌詞，我尾音微顫，幾乎完美重現梁靜茹輕靈的唱腔：「聊天是甜蜜的習慣，把心情都交換，一天才算完……」

鄭恬佳仍氣呼呼地站在原地，新郎俯身對她低聲說了幾句話，似是在安撫她，我硬著頭皮繼續唱下去，所幸鄭恬佳總算不情不願地挽起新郎的手臂，兩人向著紅毯踏出了第一步。

彩排結束後，我拎著包包衝進廁所補妝，本來打算接著去其實根本就是儲藏室的歌手休息室調適心情，卻無意間聽見前方的新娘休息室傳來一陣響亮的談笑聲。

「黎憶星？高三上學期突然轉班那個黎憶星？」

「就是她！班導讓她在校慶表演上獨唱，她卻忘詞，嘿嘿，緊急應變代替她撐完演出的就是我本人。」這聲音好熟悉，莫非是沈倩雯！

「本來班導特別看好她報考師大音樂系聲樂組，但她校慶之後就轉班了，老師很失望……」

「欸，她大學念哪裡啊？」

「聖仁大學廣電系。」

「她現在做什麼工作？」

「我剛剛跟婚宴中心主任打聽過了，她大學畢業後留校當助理，今年才來飯店駐唱。」

「駐唱薪水高嗎？」

「聽說是按件計酬，一場六千，她沒去其他地方唱，也不是每場婚宴都需要婚禮歌手，每個月最多領二十四K吧。」

「二十四K？天啊，我在公關公司每個月的業績獎金，就不只四十二K！」我無法辨識每個人的聲音，但我聽得出這時說話的是新娘鄭恬佳。

此刻休息室裡滿滿都是迎曦女中音樂班的同學，要是從門口走過去，肯定會被裡面的人發現。

我屏住氣息，掏出手機傳LINE給老哥：「你知道一位婚禮歌手，最害怕的事情是什麼嗎？」

他很快回覆：「燒聲、烙賽、忘詞，還有賓客搶麥克風飆歌。」

「以上皆是，你漏了一個，喜宴來賓裡有打死都不想再見到的人。」

「那妳要怎麼辦？」

我猶豫了三秒鐘：「緊急逃生。」

沒錯，只要我往回走，從緊急逃生梯走下一樓，再從電梯上三樓，走進宴會廳後直接從右側走道溜進儲藏室，就可以逃開那些閒言閒語。一旦喜宴開始，鄭恬佳要換兩套衣服，還要敬酒，坐在主桌的時間不會超過三十分鐘，而且婚禮攝影師的鏡頭必然持續鎖定她，她忙著甜笑都來不及了，不會用眼神死盯著我。至於那群高中同學，她們的桌位離舞台夠遠，我不用擔心邊唱歌邊遭受目光凌遲。

於是我輕手輕腳緩步後退，不料身後響起一聲輕呼：「哎喲！」

「對不起、對不起。」我連忙轉身，原來是差點撞上了一對母女。

這對貴氣母女檔，是我姑姑黎仁英女士和表姊趙馥湄，兩人都穿著昂貴的夏姿改良式旗袍套裝，表姊那頭浪漫的長鬈髮造型，襯得她一雙單眼皮媚眼如勾。

面容嚴肅的姑姑高高抬起下巴，連看都不看我一眼，由表姊代爲發問：「憶星表妹？妳怎麼在這裡？」

我解釋了自己是駐唱婚禮歌手，表姊便告訴我，鄭恬佳的爸爸在姑丈創立的雄英建設擔任高階主管，今天她和姑姑都是主桌的座上嘉賓。

轟！又是一道驚雷往我頭上劈下，禍不單行應該就是這樣吧。

「新娘生水笑微微，子婿緣投有福氣，今晚洞房好情意，明年賀你生男兒！恭喜啦！」喜宴開始，新人進場，服務生端上第一道菜。我佇立在台下，還有五位民意代表等著上台致詞，主桌的聊天聲竄入耳中。

「黎常董，聽說您成立了雲聲音樂文教基金會？以後要改稱您『黎理事長』啦？」一位長相肖似鄭恬佳，身穿紅色套裝的五十歲婦人，向姑姑殷勤致意，她應該就是鄭恬佳的母親。

雲聲，是阿公的名字。

姑姑顯得很得意：「對啊，我爸爸的音樂成就其實不輸鄧雨賢，只是他留下來的原版唱片非常稀少，現在聽到的都是改編翻唱版本。鄧雨賢簡直就像是台灣音樂的國父，生平故事被改編成音樂劇、電視劇，每年還舉辦紀念音樂會，我爸爸怎能沒有？正好我們馥湄從巴黎學藝術行政回來，就成立個基金會，讓她去推廣我爸爸的作品。」

席間另一位阿伯也出聲：「黎雲聲眞的很厲害，〈命運欸風吹〉好好聽。你們黎家有沒有人繼承黎雲聲先生的音樂才華？我記得妳弟弟也寫過一首國語歌，叫做〈雲歸何處〉對嗎？是誰唱的啊？」

「我小弟走得早，也沒像我爸爸那麼有才華，只有那首歌勉強可以聽。」

姑姑說完，眼神飄了過來，在我身上定格兩秒，我下意識別開眼，一股寒意從心底升起。

「我們馥湄繼承了外公的音樂天分，北藝大音樂系畢業後，本來要去美國茱麗亞音樂學院讀鋼琴演奏碩士。」姑姑停頓一會，挑起眉毛，淡淡地解釋，「但是她大四出了場嚴重的車禍，不能再彈琴，只好休學，改去巴黎攻讀藝術行政，多繞了點路，大學加碩士，留學六年回來，哎唷，都二十八歲嘍。」

我不自在地微微側過頭，這是我最不想回憶的往事。

眾人一陣惋惜，馥湄表姊露出得體的淺笑做為回應，姑姑牽起表姊的手輕拍兩下，表姊細白的左腕上戴著一副金色鏤空的蛇形手鐲，襯得手指更加纖長美麗，而這隻手的主人卻再也彈奏不了她最擅長的流暢琶音了。

「基金會打算怎麼推廣黎先生的作品？」那位阿伯繼續問。

「我們會出版傳記、舉辦紀念音樂會，還會想辦法找到原版的〈塹城一粒星〉唱片。」

「〈塹城一粒星〉？這首歌是誰唱的？塹城是什麼啊？」

「那是我爸爸第一張詞曲作品，發行於一九三四年。塹城就是竹塹城，新竹的舊名啦，演唱者是個小歌手，好像叫什麼美美。我聽我爸爸唱過那首歌，但那時年紀太小，我只記得開頭第一段，詞曲手稿也沒保留下來。」

阿伯拍了下大腿，「黎理事長，唱幾句讓大家聽聽看啦。」

「不好啦、不好啦，我唱歌五音不全。」

「沒關係，哼一段嘛！」

「塹城的春天，日頭照在北台灣的舊文明……」姑姑雙手打拍子，零零落落的歌聲卻始終跟不上節拍，曲調也荒腔走板。

阿伯表情尷尬，連忙打圓場，「好、好聽好聽，大家來敬酒，恭喜啦！」

放下酒杯後，姑姑起身走出宴會廳，我悄悄跟上。姑姑快步走進女廁，我則守在廁所外等候。

有個正在講電話的男人也站在一旁，我忍不住看他一眼，他穿著迷彩西裝外套，搭配迷彩長褲，腳下蹬了雙馬汀大夫鞋，個子相當高，打扮得像是走在時尚尖端的韓流明星。每位從女廁步出的女客，都不由自主朝這位迷彩男多瞄幾眼。

我暗自希望迷彩男快點離開，不希望他聽見我和姑姑待會的對話。

好不容易，姑姑總算從女廁出來了，儘管迷彩男仍未離開，但我管不了那麼多了。

我上前一步，「姑姑。」

「什麼事？」

「我爸在阿公過世後六個月才出生，如果他曾親耳聽到阿公唱〈塹城一粒星〉，他一定能記住這首歌的曲調，〈塹城一粒星〉就不會失傳。」

「嗯哼？」姑姑抬眉，冷冷看著我。

「我、我爸不是沒有音樂才華，只是沒有得到適當的栽培。」

姑姑冷笑，「我阿爸，也就是妳阿公，也沒人栽培他啊，妳爸爸一輩子只寫出〈雲歸何處〉這首歌，能跟我阿爸比嗎？黎雲聲可是日本時代唱片公司的王牌詞曲人，當時所有歌手都搶著唱他和鄧雨賢寫的歌。妳爸爸呢？他只生出妳這個沒前途的駐唱歌手！」

我被噎得說不出話，只能望著年近七十的姑姑挺直背脊，姿態優雅地走回喜宴會場。

迷彩男的目光明顯落在我身上，他肯定聽見了我和姑姑的對話。我整理了下藍色長裙裙襬，深吸一口氣，硬是不讓懸在眼角的淚掉下來，假裝若無其事地走開。

「因爲你愛我，我不會再寂寞……」

我站在舞台上唱完了〈因爲你愛我〉這首歌，即便擺出甜美的笑容，即使成功模仿王若琳低沉慵懶的嗓音，台下依然只有四成賓客放下筷子鼓掌。

身兼司儀的魏主任叫住我，讓我把麥克風遞給她，由她朗聲向賓客宣布：「接下來，新郎的好友兼新娘的表哥林揖辰先生，想和我們美麗的女主唱對唱兩首歌，作爲送給新人的結婚賀禮。據說林揖辰先生曾經得過兩屆科學園區卡拉OK比賽冠軍！」

一群女方親戚立刻拍手叫好，鄭恬佳不在主桌，應該是在緊閉的宴會廳門外等待第二次進場，既然她表哥要獻唱，我只能捨棄原本預定的曲目，配合演出。

鄭恬佳的表哥已經佇立在舞台旁等待，我認出他身上那件迷彩西裝外套，不由得一愣，他就是剛剛那個迷彩男！

魏主任把麥克風交還給我，又把另一支遞給迷彩男。

「請問你要唱什麼歌？」我注意到他拿麥克風的右手尾指上套了個鈦鋼戒指，從他的衣著品味來看，他喜歡的很可能是韓國男團的歌曲，可我不會唱任何一首韓文歌啊。

「不要擔心，都是妳很熟悉的歌曲，一聽前奏妳就知道，我跟琴師確認過了。」迷彩男壓低聲音，笑容神祕。

「最好是！如果我不會唱，你表妹一定會要我賠錢，在她向我求償之前，我會先要你的命。」我白他一眼，沒好氣地答。

迷彩男眨眨眼，轉向觀眾：「第一首歌〈小夫妻〉，獻給我的好朋友佑誠和表妹恬佳！」

呼，迷彩男說得沒錯，這首歌我會唱，而且十場婚禮中，至少有七對新人會指定我唱這首歌。輕快雀躍的前奏響起，我不費力氣地將自己切換成另一個蔡淳佳，用溫暖又有厚度的中音演繹甜膩的情感。

「在super market逛了好大一圈，想你愛咖哩或是義大利麵，幸福的食譜再惡補幾遍，我的優點要你百嚐不厭。」

輪到迷彩男了。

「在下班路上租了幾支影片，有你在沙發就是浪漫劇院，辛苦的時候想著你的臉，沒有蠻牛活力也會出現。」

出乎我意料，他的歌聲厚實，轉音細膩，聽起來既深情又誠懇。我第一次覺得，這首在婚宴上被唱到爛的芭樂歌，真的將婚宴現場染成幸福的粉紅色了。

「喔——小夫妻，我的福氣，這輩子可以讓我愛上了你。」

我們兩人的歌聲和諧交融在宴會廳中，大門打開，鄭恬佳換了一套水藍色禮服，款款入場，走道兩側擠滿小孩子，人手一罐泡泡水，吹出漫天的泡泡，襯著甜滋滋的情歌，現場響起潮水般的熱烈掌聲，鄭恬佳臉上的笑容更加甜美燦爛了。

掌聲平息後，鄭恬佳坐進主桌，台下沒有賓客交談或划酒拳，我感覺得到眾人都在期待迷彩男和我的第二首歌。

迷彩男定定地看著我，不知道是不是燈光的緣故，他的眼瞳竟是透亮的琥珀色，我的心跳頓時漏了一拍。不過，大男人戴角膜變色片？他還眞是愛美。

「第二首歌，是一向喜歡西洋音樂的我，難得欣賞的國語老歌。」迷彩男示意琴師張俞可以開始了。

前奏細碎的音符宛若雨聲般輕盈響起。

不會吧？我驚訝地扭頭看向迷彩男，他輕眨左眼，給了我一個促狹的笑容，緩緩報出歌名。

「黎致風先生作詞作曲，〈雲歸何處〉。」

我握緊了麥克風，指節微微顫抖。

每次新人請我推薦在婚禮上演唱的曲目，我都會在歌單裡偷渡這首歌，但每次都被刪掉，理由千篇一律——這是什麼歌？聽都沒聽過。

我幾度深呼吸，企圖平復激動的心緒，這是我生平第一次在眾人面前唱老爸的歌！

迷彩男指了指自己，表示由他先唱，我點點頭。

「如果妳是雲，我願如風追尋……」

「如果你是雲，我願如天空包容……」我接著唱。

接著我放輕音量為迷彩男合音：「讓妳停留在我的胸襟，做妳生命的底色，任妳彩繪夢的圖形……」

迷彩男看了我一眼，琥珀色的瞳仁透露出讚許之意，我們完美無縫的合音，讓台下揚起一片驚歎。

儘管並未與迷彩男事先排練過，但他顯然是個有經驗的歌者，穩穩守住主唱的聲線，不被我的聲音拉走，而且我的合音還與他的聲線非常搭襯。

「如果妳是雲，雲的所在，就是幸福的歸處。」

一曲唱畢，台下再次響起熱烈的掌聲，甚至還有親友鼓譟：「在一起！在一起啦！」

「謝謝，謝謝大家！」

和迷彩男一同朝台下鞠躬時，我感覺自己心跳好快。唱了幾十場婚宴，我第一次覺得唱歌給這麼多人聽是件開心的事，而不是只一心盤算著，待會兒就要請魏主任付清演唱費。

直起身後，我看向台下的主桌，鄭恬佳掛著滿意的笑容；姑姑薄唇緊抿、濃眉蹙攏，顯示她正壓抑著不悅；馥湄表姊的一雙媚眼則完全停駐在迷彩男身上。

步下舞台，我正想向那位迷彩男搭話，謝謝他讓我有機會能演唱老爸的歌，卻見迷彩男走過去輕拍了下馥湄表姊的肩膀，兩人似乎聊得很開心，表姊臉上漾滿甜笑。

本來以爲迷彩男邀我唱歌，是因爲聽見姑姑與我的那段對話，爲我心生不平才拔刀相助，看來那只是我一廂情願的想法，他不過是企圖在我的美女表姊面前展露才藝，才拉著我伴唱罷了，哼！

我甩甩頭，不管怎麼樣，還是得回到台上將後續的三首歌唱完。我的婚禮歌手人生，不過就是一首〈金包銀〉，舞台上再如何盡力演出，也只是替婚禮增添一層薄光。

一轉身，這層淡淡的光芒就會消失，沒有人會記得我的歌聲。

婚宴結束後，我脫下長裙和高跟鞋，換回牛仔褲和針織上衣，確認所有賓客皆已離席，才動身回家，以免被迫和鄭恬佳還有高中音樂班的同學打照面。

繞過雀爾登飯店門口的植生牆，只要五分鐘路程，就可以回到位於北門街口的家，我要好好睡個長長的午覺。

「小姐！」

這聲音……是迷彩男？不過應該不是叫我。

「黎小姐！」

我現在不想和人說話，於是加快腳步。

「月亮小姐！」

這是在叫誰？

「月亮小姐！月亮小姐！」

「我叫黎憶星，不是什麼月亮小姐！」我氣得轉身。

「總算問出妳的名字了。」

該死，我中計了！

迷彩男嘴角掛著一抹頑皮的笑意，「叫妳月亮小姐，是因爲月亮不會自體發光，靠著反射太陽光來發亮。妳唱誰的歌就像誰，沒有自己的聲音，不就像月亮一樣嗎？」

可惡，我以爲他叫我月亮小姐，是調侃我臉圓，沒想到眞正的理由比我想的更沒禮貌，這個男人還是唱歌時比較可愛。

我回過身繼續向前走。

「我可以向妳要聯絡方式嗎？我是不是在哪裡見過妳？」

我的天，這說詞眞的太老套了。

我扭頭看他，他倒是一點也不羞澀，看來是位搭訕高手。他個子高，長得也不錯，應該很受女生歡迎，不過他先前才向我表姊搭話，現在又向我索要聯絡方式，這位迷彩男的心，和他衣服上的圖案一樣花！

我冷漠答道：「你要結婚了嗎？需要婚禮歌手？你很厲害，自己唱就可以了，拜。」

「我沒有打算結婚，只是想問妳，妳這麼會唱歌，長得也很漂亮，有沒有自己組團？」

「組團要趕場，東奔西跑，太累了，我只在雀爾登駐唱。」

「妳可以只跑新竹縣市的喜宴，怎麼會太累？只是妳應該走出自己的路，不需要copy別人的唱腔，就像妳唱〈雲歸何處〉，沒有模仿任何人，卻唱得比其他首都要好。」

「對我而言，當月亮就可以了！」我忍不住提高聲量，嚇得迷彩男後退一步。「還有，討論音樂可不是個很好的把妹藉口，而且我有男朋友了。」

迷彩男愣住了。

我知道有些男生會藉由不斷貶抑女生，來搏得女生的注意，這個迷彩男的心態簡直和小學生一樣幼稚。

我拎著裝了禮服和樂譜的沉重大包包，頭也不回地離去。

第二章　雨天裡的紅衣大女孩

自懂事起，我們一家就住在北門大街上。爸爸在我八歲時去世，前年送走了媽媽，我和老哥仍在這裡相依爲命。昔日這帶是竹塹城的北門——拱辰門，北門街直通南寮海港興建前的舊港，隔著北大路和雀爾登飯店相望的長和宮主祀海神媽祖，守護著海上的船隻。

這條街的房屋若是未經改建，大多爲紅色磚造的兩層樓建築，搭配鐵皮加蓋的頂樓違建與參差不齊的招牌。街上店家起落快速，但還是有些老店屹立不搖，比如長和宮對面的杏春中藥行，總是飄散著濃厚的中藥味，每次經過，彷彿同時吸進了千年靈芝精華；家裡隔壁的舊正興陶器五金店，昏暗店鋪裡販售的鍋碗瓢盆儘管樣式純樸，卻另有一番趣味。

然而有些以爲會永遠存在的老店，像新竹碩果僅存的老電器行明聲電器，原址卻矗立著興建到一半的雙塔式建築，施工的噪音經常蓋過往來車聲，在鄰近的低矮建物中，宛如俯瞰老街的巨人。

我停在「美美冰菓」的老舊手寫招牌前，但這裡不是冰菓店，招牌下方貼了張厚紙板，上頭寫著「古玩舊貨」四個大字，沒錯，古董店才是這間店眞正的身分，那名不符實的招牌是老哥不知道從哪裡撿來的。

店門口鐵門緊閉，今天是星期六，北門街上的遊客比平日多，只是老哥開店很隨興，並沒有固定的營業時間。我打開側門進入店內，客廳沒開燈。

「哥，我回來了。」

「叫什麼哥，我是北門街王陽明。」

黎光陽先生癱坐在復古皮製沙發上，頂著一顆猶如懷孕五月的肚子正在看電視，他這副德行眞該改叫北門街哆啦A夢才對。液晶電視亮晃晃的光影，和店內老舊的木櫃、手繪電影老海報等古物一點也不搭。

「是，北門街王陽明，今天不開店嗎？」

「晚點啦，我昨晚才去昭和町文物市集收貨，回來都十二點了。」

「有什麼收穫嗎？」

「買了幾件老玩具。」

「有買唱片嗎？」

「挑了張〈跳舞時代〉買，但還是沒找到阿公那張〈輕城一粒星〉。」

「我今天在喜宴上遇到姑姑和馥湄表姊，姑姑成立了雲聲音樂文教基金會，也在找那張唱片。」

「這張唱片眞難找，如果我是哆啦A夢就好了。」

「你是啊，看看你那圓滾滾的肚子，跟哆啦A夢挺像的。」

「隨便啦，如果有時光機，我就可以穿越回八十年前，直接帶走一張〈輕城一粒星〉，就不必找得這麼辛苦了。」

「你還可以叫阿公簽名，價値立刻翻倍，再高價賣給姑姑。」

老哥撇撇嘴，「我呸，就算她跪著求我，我也不賣。」

想到姑姑今天在宴席上那席話，我心裡一沉，幽暗的室內讓人分外感到鬱悶，我需要出去透透氣。

「哥，我去城隍廟吃蚵仔煎。」店內的古董時鐘指向下午四點，沒吃午餐的我，是該肚子餓了。

「難得妳駐唱回來沒有睡大覺，怎麼了？」

「BJ4。」

「不解釋就不解釋，說什麼BJ4。幫我外帶一杯冬瓜仙草絲，三捲郭家潤餅。對了，老房東的孫子打電話來，說老房東的喪事處理完了，他這幾天會過來跟我們續簽租約，如果我不在，妳幫忙招呼一下。」

「知道了。」

我走出店面，天色已然轉暗，濃重的烏雲密布，似乎即將降下一場大雨。

穿越中山路的車陣，跨過停滿機車的三角公園，在海瑞貢丸和冬瓜仙草絲的招牌下，我鑽進城隍廟側門。傍晚的廟埕裡，攤商燈火亮起，米粉、炒麵、貢丸湯等各式食物熱氣蒸騰，小販也活力十足地吆喝遊客入內。

走進戲台旁的王記蚵仔煎點了肉圓、蚵仔煎和四神湯，店員快手快腳送上食物，我舉起筷子剪開肉圓，挑出黃褐色的栗子夾入口中，同時想起迷彩男那雙熱切注視著我的琥珀色瞳仁。

「妳應該走出自己的路，不需要copy別人的唱腔。」

迷彩男你懂什麼！

你以爲我不想走音樂路啊？我從小就夢想大學讀聲樂系，畢業後進入台北市室內合唱團，出版個人專輯，並且在小巨蛋開演唱會，嫁給有才華的音樂製作人或詞曲創作家。

氣呼呼的我，胡亂吃完桌上的食物，繞過鐵欄杆走進廟裡，停佇在城隍爺神像前，望著頭頂蜘蛛網般的八角藻井出神。一位歐巴桑跪在旁邊的紅色跪墊上喃喃自語，而後擲出一雙筊杯。

啊！我怎麼沒想到可以像這位歐巴桑一樣，請神明爲我開示！

住在北門街這麼多年，每次進城隍廟，都是爲了肉圓和蚵仔煎，從沒在廟裡求過籤，我一時間也不知道該怎麼做，耐心觀摩過其他人的做法後，才依樣畫葫蘆起來。

「信女黎憶星，民國七十九年九月二十日生，家住北門街十五之一號，想知道我有沒有可能在小巨蛋開演唱會，在此請城隍老爺爺賜一籤。」

我擲出筊杯，兩個筊杯都是正面，方才那位求籤的歐巴桑大聲指點我：「這是笑筊！妳問題問得不好，城隍爺還在考慮，沒辦法回答啦！」

於是我換了個方式問：「城隍爺，請問我有機會出唱片嗎？」

這次兩個筊杯都是反的，歐巴桑又爲我解釋：「哭筊！城隍爺不答應妳問這個問題啦！」

我不甘心，繼續問：「城隍老爺爺，我不問自己的事情了。能不能告訴我，我和哥哥有可能比姑姑先一步找到阿公的〈暫城一粒星〉唱片嗎？」

筊杯拋出，在地面敲擊出清脆的聲音，筊杯一正一反，城隍爺總算答應回答問題了，我也終於能去求籤了！

我搖晃籤筒，抽出一支籤，虔誠地擺在供桌上，擲筊詢問城隍爺是否是這支籤，意外的是，我很快便擲出了三個聖筊。

依照木籤上的編號拿取到籤詩，粉紅色的字條標註著此爲第一百籤。

星火相交在門前
此事必定兩相連
樂音繞梁萬人讚
旭日東昇事能全

「這支籤的意思，就是字面上寫的。」負責解籤的老先生推了推老花眼鏡，「這支籤已經很久沒有人抽到過了。」

這講了等於沒講嘛！我嘆了口氣。不過從字面上看來，應該是支好籤吧？

走出城隍廟，外頭已下起大雨，雨勢滂沱。

我才剛打傘走入雨中，就覺得好像有哪裡怪怪的，廟前那片三角公園一向停滿機車，怎麼忽然變成兩層樓的紅磚店鋪了？定睛一看，那棟建築長得好像北門街的老屋，還能隱隱看見手寫的招牌看板，新新齒科？金光堂時計？這裡竟憑空出現了幾幢房子？

我揉揉眼睛，那幾幢房子依然存在，還有一位穿著紅衣的女子站在店鋪騎樓下，女子快步走出騎樓，不小心摔了一跤……

「嗶——」

一輛機車鳴起喇叭從我面前急馳而過，我趕緊後退，再次望過去，那幾幢房子消失了，也不見什麼紅衣女子，只有依舊停滿機車的三角公園。

我帶著滿腹疑惑走回家裡。

「回來啦！我的冬瓜仙草絲和潤餅呢？」北門街王陽明仍然癱坐在沙發上看電視。

「啊，對不起，我忘了。」

「什麼！」北門街哆啦A夢是個嫉「餓」如仇的「吃漢」，他從沙發上抄起抱枕，作勢要扔向我。

「砰砰砰！」

此時有人急促地拍打著古董店今天始終未曾拉起的鐵門。

「誰啊？」老哥打開側門，一個身形纖細的女子踩著高跟鞋大搖大擺地走了進來。

她身上的紅色大衣質感極好，戴著黑色手套，拎著復古的織紋口金包，頭上那頂超大的黑色寬邊帽綴著一朵亮晶晶的紅花，鵝蛋臉塗得粉白，唇彩鮮紅，帽簷下幾綹烏黑的頭髮梳成漩渦狀的油亮小捲，眼睛是略長的內雙眼皮，琥珀色的眼珠流露出強烈的自信，手上還拿著一把褐色油紙傘。

古董店牆上貼有一張一九三〇年代影星周璇的電影海報，霎時間，我還以爲周璇從海報中走出來了。

「歡迎光臨！」老哥趕緊九十度鞠躬。這個女子看起來相當喜愛復古裝扮，肯定也是位出手闊綽的古董玩家。

女子推開老哥，劈頭就來一句台語，「這是阮厝，你是安怎佇遮？」

「蛤？這……這本來就是我家啊！」老哥被對方宛如上海影星的裝扮，與一口流利台語的反差給震懾住了。

我想起方才似乎見過這個女子，便插話：「請問妳剛剛是不是在三角公園前跌倒？沒事吧？」

她轉頭怒瞪我，仍舊操著台語：「你是安怎講北京話？」

我結結巴巴，混雜台語和國語解釋：「我、我台語講得……毋好啦。阮阿祖是苗栗頭屋的客家人，阿公、爸爸都會講台語，但我們客家話、台語都袂輾轉啦！」

她白了我們一眼，一字一頓地說：「你們為何在我家？」

「早說嘛，原來妳會講國語。」我笑著回話。

紅衣女哼了一聲，「什麼國語，這是北京話，妳懂不懂？」

老哥總算反應過來：「我管妳說北京話還國語，總之這怎麼會是妳家？我們住在這裡很久了！」

「此處應是咱家的繼德茶行，為什麼變成美美冰菓？」女孩不甘示弱，指著店裡的古董時鐘，「這是我和多桑，一起去金光堂時計買的！」

「多桑」是日語裡的父親，沒想到現在還有年輕女生這樣稱呼自己的爸爸，不過，金光堂時計不就是我剛才在大雨中瞥見，又瞬間消失的其中一間店鋪嗎？這是怎麼回事？

看著女孩橫眉豎目的模樣，我連忙跟老哥說：「快去拿租約給她看。」

「舊的租約上星期就寄回去給老房東的孫子啦！對方說會再帶新租約過來。」老哥無奈答道。

「那怎麼辦？要怎麼向她證明這是我們家？」

「我們為什麼要向她證明這件事？是這個女人有問題，趕快打一一〇報警！」

老哥不客氣地揪著紅衣女的衣領，硬是把她拉出家門，她氣得舉起油紙傘狂打老哥的頭，一番爭執引得隔壁舊正興的劉老闆走出來問：「發生什麼事了？」

我趕緊向劉老闆道歉，「不好意思吵到您了，這個女孩子衝進我們家，說這裡是她家的繼德茶行。」

劉老闆歪頭思考，「我阿爸說過，在我出生前，這裡確實是繼德茶行，生意很好，你們家現在那些放古董的木櫃，就是以前拿來放茶葉罐和茶具的。」

紅衣女孩臉色不變，抓住劉老闆的手臂：「劉……劉義清頭家？繼德茶行為何沒營業了？」

劉老闆一愣，「劉義清？妳怎麼知道我阿公的名字？我阿公說過，戰後沒多久，茶行的彭家就搬走了，他們把房子賣給帳房的兒子，然後就不知去向了。」

「怎麼就搬走了？」紅衣女孩急得臉色脹紅，「阮多桑和卡桑咧？阿土共阮厝買落來，伊去佗位咧？」

我拉拉紅衣女孩的衣袖，「劉老闆是這家店的第四代，他講的不會錯。妳住哪裡？我幫妳叫台灣大車隊送妳回家。」

「我不要！我不要！」紅衣女孩一邊大叫，一邊胡亂揮舞手裡的油紙傘。

劉老闆嚇得後退一大步，幾個路過的行人也朝這裡看了過來，還有人掏出手機準備錄影，我和老哥趕緊一人一邊把紅衣女孩架回屋內。

「妳再吵鬧，我們就要叫警察了。」老哥很嚴肅。

紅衣女孩總算肯放下油紙傘，在客廳裡乖乖坐下，「不要叫警察，我怕警察大人，他們會把人關二十九天。」

老哥滿臉問號，「怎麼會有人說『警察大人』？關二十九天又是刑法哪一條？」

「妳……」我本來想問她家到底在哪裡，但我怕紅衣女孩又老調重提，指控我們侵占她家，於是改口：「妳叫什麼名字？」

「彭氏炫妹。」

「妳的名字爲什麼有四個字？複姓嗎？」

「不是，警察大人規定女子在姓之下要加一個『氏』字，註記在戶口調查本裡，別說妳連這個都不知道。」

我忍住笑，不與她辯駁，「好好好，彭氏炫妹，妳的綽號應該是A-Mei吧？」

「阿咩？」這位紅衣彭小姐疑惑不解，「綽號又是什麼？」

見她問得天眞，我忍不住仔細打量她，這才發現她似乎年紀很輕，皮膚緊緻光滑，臉上的白粉均勻服貼，只是這可不是時下年輕女孩流行的妝容，她應該是用了阿嬤的粉餅，以及從阿嬤的衣櫥裡挖來這一身裝束吧。

「綽號就是另一個名字。」我努力憋著不笑出來。

「那我的綽號就是『夢美』，作夢的夢，美麗的美。」

得懂。

老哥噗哧一聲，彭炫妹瞪了他一眼，「是雷せんせい幫我取的名字。」せんせい，即日語中的「老師」，漢字寫作「先生」，這種基礎程度的日文單字我還聽得懂。

不過，雷老師是誰？不管了，這女生大概是沉浸在自己編造出來的故事裡吧。

「那我也自我介紹一下，我是黎憶星。」我笑著對她說。

「一粒星？」

「黎、憶、星。」我放慢語速重念了一次自己的名字，而後指了指老哥，「那個肥宅是我哥黎光陽，他二十八歲，我二十五歲，妳今年幾歲？」

「我生於大正六年，虛歲十九，周歲十七。」

大正六年？

「就是丁巳年，妳不知道嗎？」彭炫妹翻了個白眼。

歷史系畢業的老哥冷嗤道：「大正六年？妳是指民國六年？西元一九一七年？」

「什麼民國？」彭炫妹不以爲然，「大正天皇的名號你們不知道嗎？就是昭和天皇的父親啊，他死了之後就換昭和天皇繼位。今天是昭和九年十一月十六日，西曆一九三四年！」

我們兄妹面面相覷，老哥的雙下巴都快要掉下來了，他沒說話，但我知道他心裡在想什麼——

黎憶星，我們遇到瘋女人了。

「妳看看上面寫什麼？二〇一五年十一月十六日星期天。」我拿起今天的報紙爲她說明，「還有這裡，中華民國一〇四年，如果妳要用日本天皇年號來算，現在應該是……」

這超出我的知識範圍了，於是我用目光向老哥求助，他不耐煩地解釋：「現在的日本天皇是明仁天皇，年號平成，他是大正天皇的孫子，昭和天皇的兒子。」

彭炫妹眼睛睜大，一把搶過我手中的報紙：「新聞紙爲何是彩色的？」

老哥受不了了，拍桌大吼：「報紙當然是彩色的，妳是隱居在山裡面嗎？還是發瘋了？我不管，我要把妳送到警察局！」

「我沒瘋！我是新竹高等女學校畢業的高材生，怎麼會發瘋？你才『阿搭馬礦固力』！」

「阿搭馬礦固力？什麼意思？」我聽不懂彭炫妹的話。

「腦袋灌水泥的意思！」老哥回答完我的疑問後，怒氣沖沖地衝著彭炫妹罵，「妳說的是妳自己吧？不要鬧了，還不趕快給我滾！我還要開店做生意！」

說完，老哥扯著她的衣袖就要拉她出去，彭炫妹大吼：「這件大衣是卡桑特別訂做給我的，你別扯壞了！」

老哥不理她，兀自打開鐵捲門開關，鐵捲門緩緩升起，雨已經停了。

我拉住老哥，「不要這麼暴力啦！萬一她告你傷害怎麼辦？」

老哥鬆開手，彭炫妹卻像是發現什麼東西，瞪大眼往外衝，我們趕緊跟上。

她停在北門街的工地正對面。

「明聲電器呢？」彭炫妹抓住帽子大叫，指著馬路對面的施工圍籬，「造營宇鼎、設建睿太……這又是什麼？」

「妳念反了，這是『鼎宇營造、太睿建設』，這個建案叫做『太睿國寶』，是新竹市二十年來最大的土地整合案，不只明聲電器陳家，連新光吳家也把起家厝賣了要蓋豪宅。」我好心為她解答。

彭炫妹仰頭看著宛若擎天巨人的雙塔高樓，發出一聲尖叫，昏了過去。

我和老哥連忙將彭炫妹扶回我的房間躺下，隨後在客廳召開緊急會議，老哥搬來移動式白板，寫下幾行字：

彭氏炫妹

一、是瘋子（可能性：★★★★★）

二、是妄想症患者（可能性：★★★★）

三、是整人遊戲節目主持人（可能性：★★★）

四、是鬼（可能性：★）

五、是時空穿越者（可能性：0）

看著放在茶几上的口金包，老哥和我互望一眼，迅速有了共識，決定擅自打開彭炫妹的包包查看，如果能找到她的緊急聯絡人和家裡地址，就能趕快送走這個燙手山芋。

首先翻出來的是幾張鈔票，上頭印著「臺灣銀行券」，面值是壹圓；接著是一張從報紙上剪下來的龜甲萬醬油廣告，上面的字樣是「黑貓團跳舞歌：醬油總是料理用，醬油千萬款，比不得龜甲萬，爾那不信，請爾買一疊，來，試試看看」；最後則是一個印有紅色玫瑰花圖案及圓形竹葉標誌的草綠色小紙盒，盒上印著「新竹名產純粹無鉛，丸竹白粉特製，新竹化妝工業合資會社謹製」。

「這是什麼？白粉？」我拿起那個草綠色小紙盒審視，「她嗑毒品？果然吸毒會產生幻覺，毒品真是害人不淺。」

「這不是毒品，這是阿嬤級的化妝品。」老哥糾正我，「這家老店在竹蓮街石家魚丸附近。」

「你懂得還真多，不愧是古董店老闆。」

老哥沉思一會，在白板寫下第六點，「她大概喜歡cosplay，她很可能是在cosplay日據時代的台灣人。最近不是有些年輕人，突然對日據時代的東西很感興趣，還積極舉辦老店復興運動嗎？」

「你說得對，非常有可能。」我繼續翻看口金包，裡面還有一張對折的文件，「日本帝國海外旅券，這又是什麼？」

老哥馬上搶過去，念出文件上的字：「新竹市北門五十三番，戶主彭阿元長女彭氏炫妹，大正六年八月二拾日生，右ハ支那、廈門、福州ニ，接下來是一串漢字和日文片假名，大意是說要請提供必要的協助，昭和九年五月一日核發，還有紅色的外務大臣之印。這是日據時代的護照。」

我忍不住讚歎：「文件仿造得這麼逼真？好專業喔。」

「黎憶星，你看這個。」老哥短胖的手指抖得很厲害。

這張日本帝國海外旅券上貼著一張黑白照片，相片很新，但紙質偏黃，照片中央的橢圓框內鑲嵌著一個年輕女孩的面容，漩渦狀的鬈髮，高挑的眉線，長長的內雙眼皮……正是躺在我房裡的彭氏炫妹！

「簡直跟眞的一樣！」

「不，這根本就是眞的，文字、用印完全符合史實，而且這張相片的用紙偏黃，也與古董相紙的特色相符，就算電影公司的道具也不會做得這麼逼眞。」老哥嘴巴張得好大。

我講話也結巴起來，「這會、會不會是……彭炫妹她阿嬤的旅券，碰、碰巧她阿嬤和她長得一模一樣……」

「這份文件的紙質還很新，如果是她阿嬤的東西，不可能保存得這麼完好。」靜默了好一會兒，他才吐出一句話：「黎憶星，我寧可相信我看到鬼了。」

「是這樣嗎？」我的聲音在打顫。

「是鬼的話還好辦，去城隍廟請道士來念經超渡她就好了。」

「如果她確實來自昭和九年呢？」

「這比撞鬼還麻煩，我們是要怎麼把她這個大活人送回日據時代啦？」

「你不是北門街哆啦A夢嗎？趕快打開書桌抽屜，搭時光機把她遣送回去吧。」

我努力講了笑話，但我和老哥都笑不出來。

第三章　來自昭和的妳

自稱茶行千金的彭炫妹霸占了我的房間，再加上我還是有點怕她是鬼，這一晚，我只好在老哥房內打地鋪。

「一粒星！一粒星！」

早上六點，尖銳的叫聲穿牆而入，我和老哥嚇得衝出房門，卻見彭炫妹好端端站在客廳，我的起床氣忍不住發作：「妳怎麼這麼早起？」

「哪有早？我多桑規定，要日出而作，日落而息，我晚上十點睡，早上六點起床，還被他罵貪睡。」她突然臉一皺，抱著肚子講起台語，「我欲放尿啦，便所佇佗位？我揣無尿桶啦。」

我趕緊帶她到廁所，她看了看馬桶，又望向我，我耐心解釋：「坐在上面尿尿，尿完按這個沖水。」

從廁所出來後，她一點都不客氣地又說：「我肚子餓。」

老哥只好騎摩托車去買回早餐，把三明治遞給她時，還不忘強調：「是我們要吃，所以順便買一個火腿三明治給妳。」

「你們這邊的『サンドイッチ』眞好吃。」彭炫妹相當滿意三明治的味道。

我推了老哥一把，壓低聲音：「她會上廁所，也會吃東西，看來不是鬼欸。」

「笨蛋，這沒什麼好高興的。」老哥沒好氣地回我。

趁著彭炫妹大啖三明治，我試探道：「彭炫妹小姐，因爲想看看有沒有妳家人的聯絡方式，我擅自打開妳的包包，妳不介意吧？」

她喝了一口奶茶，「不介意。」

「妳眞的是大正六年出生的？」

「是。」

「妳來我們家前，發生了什麼事？」

她抬眼，「我先不回答這個問題，你們先帶我到附近繞繞，我要確認是整個新竹都變了，還是只有我家變了。」

「爲什麼？」

「我怎知你們兩兄妹，不是從城隍爺那偷溜出來的小鬼，用幻術把我家變了模樣！」

「蛤？」我們懷疑彭炫妹可能是鬼，沒想到她也把我們當成鬼。

「去就去，誰怕誰？」老哥拍桌而起。

我找出一頂舊的皮卡丘安全帽給彭炫妹，她卻堅持要戴自己那頂黑色大帽子，我苦口婆心勸她，說要戴安全帽才不會被警察大人取締，說了老半天她才總算肯戴上安全帽。

儘管機車三貼違法，但情急之下，也顧不了那麼多了。老哥、我、彭炫妹，三個人一起擠在光陽一二五上，老哥指著自己的愛車，「妳該不會不知道這是什麼吧？」

「我知道，オートバイ。」她用日文回答。

「我們叫做摩托車，或是機車。」

摩托車一發動，坐在我身後的彭炫妹立即放聲尖叫，一把抱住我的腰，老哥冷哼一聲，緩緩催動油門前進。

車子先從北門街左轉，老哥刻意將機車停在杏春中藥行前，讓彭炫妹看看百年老店外牆的電線和新招牌，接著繞過被ㄇ字型不銹鋼欄杆圍起的鄭進士第。

「妳應該很熟吧，開台第一個赴京趕考的……」

「鄭用錫進士。」

彭炫妹飛快接過話，她瞪大眼睛，似乎想看清楚這一切，而她的嘴唇緊緊抿成一條線，像是在壓抑恐懼。

接著老哥驅車繞回中正路，經過一幢由紅磚和灰色洗石子砌成的建築，彭炫妹認出了它，低喃：「新竹州廳。」

「現在是新竹市政府。」我爲她說明。

摩托車繼續往前，右手邊出現一棟淺黃色的建築物。

「有樂館！」彭炫妹大叫，「我和阿土本來說好要來這看映畫！」

老哥淡定的聲音又飄過來，「現在是新竹市市定歷史建築，叫做影像博物館。」

摩托車繞行中正路底的東門圓環，經過從清代保存至今的舊城門「迎曦門」時，彭炫妹冷不防指著La New皮鞋店面，在我耳邊大吼：「這是白水旅館，一家日本人開的高級旅館！」

「聽到了，小聲一點啦！」我揉揉耳朵，老哥快速掠過圓環，經過新竹火車站，鑽進竹蓮地下道。

從地下道回到地平面，老哥轉彎後停在一間三層的灰色樓房前，門牌寫著竹蓮街一百九十七號。這家店的黃色招牌很醒目，上頭畫著綠色圓形竹葉標誌。

彭炫妹包包裡的丸竹香粉紙盒上，也有一模一樣的圖案。

我扶著彭炫妹下車走進店裡，她已經有點腿軟，嘴巴卻還在大聲辯解，「騙人！丸竹白粉不在這裡，比較靠近新竹驛才對。」

彭炫妹嗓門太大，我們一踏進店裡，櫃臺後方一位圓臉中年婦人馬上笑盈盈地解釋：「我們第一代最早的店面在林森路，後來搬到中華路博愛醫院附近，民國四十三年才遷來竹蓮街這裡。」

彭炫妹神色慌亂：「劉金源，劉頭家呢？」

「那是我們的創辦人啦，是我婆婆的公公，早就不在嘍，我婆婆也在九年前走了。」

返家途中，彭炫妹一路安靜不語，下摩托車後，我幫她打開安全帽的扣環，她臉色發白，琥珀色眼眸中的光彩也黯淡了。

我很擔心她再次暈倒，然而她挺直了腰桿走進屋裡。

「我和阿土去城隍廟拜拜，求了支籤，本來接著要去有樂館看映畫，但我們吵架了，我氣得直接衝往馬路，差點被一輛汽車撞到，跌了一跤，站起來後，城隍廟前面新新齒科醫院的店面不見了，新復珍的看板也不一樣了，路上車子變得好多，而且統統對我按喇叭，我耳朵好痛，走到這裡就發現你們霸占了我家。」

坐在沙發上，彭炫妹冷靜地說明先前所發生的事。

「沒有霸占，是合法承租！」老哥深吸一口氣，把手猛地抬起，似乎準備往桌上用力拍落。

我趕緊轉移話題：「阿土是誰？」

「咱家茶行帳房的兒子，林清土，小我一歲，剛考進台北工業學校。」

「是妳男朋友喔？」

「男朋友是什麼？」

「就是戀人啦。」

「阿土對我很好，但我才不喜歡他。」彭炫妹抬起下巴撇過頭。

「為什麼？嫌他不夠帥？」

「『帥』是什麼？」

我修正用詞，「英俊瀟灑，一表人才。」

「哦，阿土長得不錯，但是我喜歡漂浪的才子。」彭炫妹不知想到了誰，眼神亮了起來，嘴角也漾起淺淺的微笑。

我也忍不住笑了，「我也喜歡才子型的男生。」

「妳有男朋友嗎？畢竟一粒星妳也二十五歲了。」彭炫妹認真問我。

我正要回答，老哥怒聲打斷：「沒有，她沒有男朋友！江山博那種渣男不算！」

說完，他推著白板走過來，寫下一行字：

一九三四年（昭和九年）求籤→和阿土吵架→差點被車撞→跑到二〇一五年（平成二十七年）

求籤……這麼巧？我最近也抽了一支籤，於是我問彭炫妹：「妳抽到什麼籤？」

她拿起桌上的口金包翻找，從我沒注意到的小夾層中，翻出一張籤詩，上頭寫著：

星火相交在門前，

此事必定兩相連。

樂音繞梁萬人讚，

旭日東昇事能全。

我趕緊從自己的包包找出我抽到的籤詩，將兩張籤詩一起攤在桌面上，「一模一樣，第一百籤！」

「妳們兩個都抽到城隍廟第一百支籤，我認為彭炫妹之所以來到這裡，或許與這有關，但這首籤詩到底是什麼意思？」老哥看向一臉茫然的我和彭炫妹，再度在白板上寫下兩行字：

一、想辦法將彭炫妹送回昭和九年。

二、尋找彭炫妹的親戚後代，在送她回去之前，請他們照顧她。

「當然要想辦法送我回去，我才不想留在這裡。」彭炫妹點點頭，但她表明自己是家裡的獨生女，就算她能活到二〇一五年，也已經高齡九十八歲，她的父母肯定早就不在世上。

「妳還有沒有其他可以依靠的對象？」老哥問。

「幫妳取綽號夢美的雷せんせい呢？」我想起一個人選。

彭炫妹低下頭囁嚅：「他比我大十三歲，應該也不在了，就算還在，他的子孫也一定不會接納我。」

「那阿土呢？妳家帳房的兒子？」我轉頭問老哥，「她說阿土名叫林清土，老房東也姓林，會不會就是阿土？」

「妳想太多了，老房東名叫林誌玄。」許是看到彭炫妹眼中的希望之光閃了又滅，老哥拿起手機，「我打給房東孫子，問他認不認識林清土或彭炫妹。」

五分鐘後，老哥回報：「老房東的孫子說他不認識，也不知道當初是誰把房子賣給他爺爺的。」

彭炫妹聽完，整個人抱著腳蜷縮在沙發上，兩眼空茫，不復先前頤指氣使的霸道千金姿態，看起來就像隻落難的小貓咪。

「我累了，想睡一會兒。」她起身逕自走向我房間。

我拉住她，「不好意思，那是我房間，昨天妳昏倒了，才讓妳在我床上休息。」至少要先問過我這個房間主人吧，我人很好，只要她開口，我一定會出借的。

彭炫妹甩開我的手，「八十一年前那可是我房間，還有，妳的品味很糟糕，你們把那張我阿嬤傳下來的紅木眠床弄到哪去了？」

「妳！」我抄起桌上的報紙，作勢要追打她。

她快步躲回房間，重重關上房門，十秒後，房裡傳出低低的嗚咽聲。

老哥別過頭，假裝翻看報紙。

我嘆了口氣，這一回合的房間主權戰爭，我自動棄權。

第二天早上，我趴在房門上偷聽，房內不時有人在啜泣，顯然彭炫妹並未自動回到她的年代。

中午十二點半，我買回白白胖胖的黑貓包、噴香油黃的鴨肉麵、圓滾滾的新竹肉圓、厚實的郭家潤餅，還有三杯迷客夏珍珠奶茶，屋內瀰漫著食物的香氣。

「我們新竹的美食這麼好吃，彭炫妹一定會出來。」老哥吞了吞口水。

果然，五分鐘後，彭炫妹紅著眼眶走出房門，老哥故作輕鬆地對她說：「妳餓了嗎？我們不小心買太多，幫忙吃一點吧。」

我把粗吸管戳進珍珠奶茶杯的膠膜再遞給彭炫妹，她喝了一口，眼睛放光，「這是什麼？」

「我們這個年代才有的好東西，珍珠奶茶。」

吃飽喝足後，彭炫妹心情似乎好多了，她表示想洗澡刷牙，於是我翻出魏主任送我的雀爾登飯店牙刷、牙膏。

彭小姐努努嘴，「我都用獅王的齒刷子和齒粉。」

我指著浴室裡的多芬沐浴乳和洗髮精，告訴她按壓噴頭就可以使用，她回答：「我喜歡花王的石鹼。」

我還提供乾淨毛巾和換洗衣物，她挑三揀四，「這『不辣甲』好小，還有，平成時代的衣服怎麼這麼大件，好醜，料子又不好。」

我咬牙忍住暴打她的衝動，一邊示範蓮蓬頭和冷熱水龍頭的用法，一邊吼：「少囉唆，快點洗啦！」

彭炫妹洗完澡後，我又教她使用吹風機，開關按下，運轉聲傳出，她嚇得跳起來，我心裡竊笑，哼，怕了吧，來自昭和初期的千金女，終究不敵現代科技，哈哈。

卸除臉上的妝容、換上白色針織上衣與牛仔褲後，彭炫妹儼然像個清純的高中生，但她不斷抱怨褲子有破洞就該丟掉，怎麼能拿給她穿。

我和老哥假裝沒聽到，再次聚在白板前繼續進行未完的討論。

彭炫妹鄭重聲明：「我一定要趕在明年，也就是昭和十年的一月二日前回去，我要去……」

「放心，我們比妳還急，現在就想立刻送妳回去。」老哥打斷她的話，「在我們這個時空，說不定連妳的孫子都結婚生子了。嗯，妳這個年紀也已經可以找媒人講親了吧？」

彭炫妹抬起下巴，「怎麼可能？我是文明女，戀愛要自由，社交要公開。」

「什麼是文明女？」我問。

「以前鄧雨賢寫過一首歌，叫做〈跳舞時代〉，歌詞倡導自由戀愛，不必管外人眼光。」老哥看著彭炫妹，「妳應該對鄧雨賢很熟悉吧？他是昭和時代最有名的作曲家，妳也應該聽過歌后純純以及唱片公司古倫美亞。」

彭炫妹點點頭，我忍不住笑出來，「古倫美亞？好好笑的名字。」

「台語的哥倫比亞啦。」老哥沒好氣地解釋。

「老哥你懂的眞不少。」

「那還用說。」北門街王陽明撫著大肚腩，很是得意。

「我跟妳說，我們阿公也是……」

我正想向彭炫妹炫耀阿公短暫的輝煌史，彭炫妹卻急切地插話，「你們知道嗎？我也是歌星喔。」

「歌星？」我憋著笑回答，「對啦，每個少女都有歌星夢，我小學五年級時也在彈簧床上又唱又跳，覺得自己是蔡依林。」

彭炫妹一本正經地說：「是眞的，我明年一月二日要去日本錄音，我是河原曲盤簽下來的歌星，已經受訓半年了。」

「曲盤是什麼？」我發問。

「唱片啦。」老哥不耐煩地回答。

我拍手：「哇，老哥，你好像我和她之間的翻譯年糕喔！」

彭炫妹搶著說：「我被簽下來，就是爲了要對抗古倫美亞的純純和愛愛，夢美就是我唱歌的名字，日文念作『Yumimi』，很像台語的『幼咪咪』，好聽吧。」

「哈哈哈！妳還有藝名呀？我也有欸！」我和老哥笑到眼淚都快流下來，我推了老哥一把，「喂，你記不記得，我國二時很崇拜張惠妹，所以我爲自己取的藝名就叫『黎惠妹』。」

彭炫妹，不，幼咪咪的夢美小姐，更加大聲地替自己辯白：「是眞的！我會講北京話，

是作曲家雷せんせい教我的，他去過唐山，還去過上海！」

老哥正色道：「那請問幼咪咪大歌星，我是開古董店的，但爲什麼活躍於昭和時代的歌星，我只聽過純純、愛愛、林氏好、秀鑾、青春美，就是沒聽過妳，妳唱過什麼歌？」

彭炫妹小嘴微張，先是一愣，接著癟嘴說：「我還不知道。」

「什麼？妳要我們啊？」老哥登時火氣直冒，我連忙上前按下他躍躍欲試的拳頭。

彭炫妹抬著下巴，似乎不覺得自己有錯：「明年一月二日，我和雷せんせい，還有其他歌手，要去基隆驛前的依姬旅館集合，第二天早上一起搭高千穗丸到日本的神戶，再搭火車到大阪錄音。這兩個月雷せんせい要專心創作，河原社長讓我回新竹陪多桑和卡桑，要等到出發時，我才會知道雷せんせい寫了什麼歌讓我唱。這是我第一次去日本錄音，所以我一定要在那天之前回去，懂嗎？」

我和老哥互望一眼，看來彭炫妹不只穿越了時空，還罹患了嚴重的妄想症。

口袋裡的手機傳來震動，是江山博傳訊息過來，他要我去找他。我故作輕鬆道：「哥，有朋友找我，我出去一下。」

老哥眉頭一皺，「妳又要去找江山博？」

「江山博是誰？妳男朋友嗎？帥嗎？」彭炫妹極感興趣。

老哥暴怒：「什麼男朋友？他上次在大遠百和大學生美眉手牽手看電影，被我抓到還死不承認！爛人！」

「沒有啦，是大學學長有工作上的事請我幫忙，你車借我！」我抄起安全帽，拿了桌上的車鑰匙就要衝出去。

老哥指著彭炫妹大喊：「那這隻要怎麼辦？」

「放電視給她看！教她用iPad！給她吃糖果！」雖然我這麼回答就像個不盡責的保母，不過電視、平板加上零食，保證能讓這位來自一九三四年的聒噪少女安安靜靜好一陣子。

跨上機車，我驅車離開北門街後一路往南，興奮的心早已飛到大學母校所在地，新竹市南側的香城地區。

第四章 她的跳舞時代

「一開始，我只顧著看你，裝做不經意，心卻飄過去還竊喜。你沒發現我，躲在角落，忙著快樂，忙著感動。從彼此陌生到熟，會是我們從沒想過，真愛到現在不敢期待……」

秋冬之際，新竹的九降風很強大，即便我半張臉都埋在口罩裡，還是能邊騎車邊模仿蔡依林的唱腔，哼唱著〈說愛你〉這首好似講述著我和江山博相戀過程的歌曲。

一開始，江山博是系上報導文學寫作課程的代課講師，我是大三學生。那天我負責上台報告，同組的同學卻帶錯隨身碟，我茫然無措地僵立在台上。

「同學，加油，妳可以的。」

我這時才注意到代課講師長得什麼模樣，他一襲白襯衫，戴著文青風粗框眼鏡，雙手圈成喇叭狀爲我打氣，恍惚之間，我彷彿看見了那個在竹中吉他社公演上爲我打氣的大男孩，儘管兩人面孔分明不像。

於是我把原先的簡報拋到腦後，拿著講稿滔滔不絕地講了起來，那一次報告，我們這組拿到最高分。

後來，那堂課的授課老師因病請長假，由江山博固定代課，我自告奮勇擔任分組報告的小組長和課程班代，時常藉故向江山博請教。和系上的男同學相比起來，江山博學識淵博，懷抱遠大夢想，顯得成熟且富有魅力。

和江山博交往五年，我始終覺得好似身歷一場美好的夢境，直到最近……我甩甩頭，告訴自己那只是一次意外，是那個女大生半哄半騙拐江山博去看電影。老哥說他親眼看到江山博牽著女大生的小手，江山博卻說是女生主動牽上他的手，他不好意思讓女孩子當眾難看才由著她牽著，而且他已經鄭重跟我道歉了，他工作壓力這麼大，我不能拿自己的情緒和妒意去煩他。

在江山博住處門前按了電鈴，手上拎著路上買的牛肋條、豆瓣醬、米酒等食材，待大門打開，一見到他粗框眼鏡底下那雙帶著魚尾紋的笑眼，我情不自禁投入他的懷抱。

「小星星，妳來了，太好了，這件事只有妳能幫忙。」他揉揉我的頭髮，「妳哥好凶，我好怕被他揍。」

「我會保護你。」我一把環住他的腰，江山博摟著我的肩，把我推入書房。

書房裡好幾個大紙箱堆在角落，分別裝著不同的稿件與參考資料，每一箱都是我和他共同努力的成果，包括中央研究院天文所院士的傳記、藝人親子教養書代筆寫作，以及偶像劇的電視小說撰寫……

其實江山博真正想寫的是可以在文學獎中奪冠的深度小說，或是像《大江大海一九四九》那種大時代議題的巨作，他不缺才華，需要的只是經濟支援和時間，我沒辦法提供金援，所以只要他開口，我就幫忙收集相關資料，供他閱讀消化後完成作品。

「這次你要寫什麼主題？」

江山博坐到書桌前，咧嘴微笑，「我接到雲聲音樂文教基金會的案子，我要寫妳阿公的傳記。」

「哇，江博，你太棒了！」

我仍保持學生時代的習慣，喚他「江博」，他正在系上念博士班，我一直期待他能早日順利寫完論文，也一直認爲畢業典禮後就是結婚典禮，我已經想好了，我一定要在自己的婚禮上獻唱，連歌單都擬定了！

「妳那邊有沒有什麼資料可以提供給我？」江山博打斷我的思緒。

「嗯……阿公的手稿都是姑姑在保管。」

不知道是不是我的錯覺，江山博神色好像變得淡漠了些，我趕緊解釋，「我爸爸出生前，阿公就過世了，我爸是阿公和外面的女人生的，我親生阿嬤在生產時過世，由阿公的元配收養我爸，並將我爸撫養成人，可惜她沒栽培我爸往音樂路上走。吶，你會把我爸寫進去吧？」

「這……妳姑姑希望我多多著墨妳阿公和鄧雨賢在音樂領域大鳴大放的那段期間。話說鄧雨賢的作品眞的很多，在那個年代，鄧雨賢作曲，配上陳君玉或李臨秋作詞，威力相當於現在的周杰倫加方文山。相較鄧雨賢，妳阿公的作品數量少了點，畢竟他所屬的河原曲盤是台灣人成立的，和日本人經營的古倫美亞比起來，聲勢差了一截。」

「河原曲盤？」原來眞有這家公司，不是夢美的妄想，而且阿公的歌曲竟然就是這家公司發行的！那麼夢美認識阿公嗎？

「是啊，我千辛萬苦訪問了幾位收藏家，才查出妳阿公的曲盤都是在這家發行。」

說完他瞥了我一眼，我立即奉上欽佩的目光，他滿意地推了推眼鏡，繼續滔滔不絕。

「河原曲盤的經營方針主打低價策略，在唱片中使用的蟲膠原料較少，容易碎裂，很難保存，所以黎雲聲原版唱片很罕見，〈塹城一粒星〉又因爲沒有留下手稿，導致無人改編翻唱，才會消失得如此徹底。如果能找到河原的唱片，一張可以出價好幾萬喔。」

「蟲……蟲膠？拿整隻蟲去做唱片嗎？」話一出口，我就看見江山博鄙夷的眼神，心中很懊悔自己的無知。

「小星星好笨啊，膠蟲是一種昆蟲，它的分泌物就叫蟲膠。」

「喔……」我想起彭炫妹方才所言，趕緊轉移話題，「那時候的唱片歌手，是不是要搭船去日本錄音？」

「妳竟然知道這個，沒錯，他去大阪錄音過很多次，每次都要錄很多首歌，一手包辦詞曲的他，在出發前總是得熬夜創作，才會弄壞了身體。」

「那……河原曲盤有沒有一位姓雷的詞曲老師？或是一位名叫夢美的歌手？」

「雷老師？夢美？沒有欸，妳姑姑提過唱〈塹城一粒星〉的是一位名叫美美的小歌手，還說最好少提到這個人，因爲她和妳阿公有曖昧私情。明天我會去訪問一位小時候曾經在河原曲盤幫忙打雜的老先生，他現在已經九十一歲了，希望他能提供更多關於那張唱片的有用資訊。」

我差點跳起來，「以前我爸有空就會去逛舊貨店，還自己開了一家古董店，就是爲了找出這張失傳的唱片，我哥也是。你知道嗎？我的名字就是從這首歌來的，憶星，就是……」

「如果你哥找到這張唱片，妳會告訴我吧？」江山博打斷我，語氣嚴肅。

「那當然。」我覺得有點受傷，而且我剛剛的話都還沒說完呢。

江山博笑著揉揉我的頭髮，「嗯，這才是我的小星星，那就麻煩妳整理資料了。」

看著他的笑容，我只好吞忍下不愉快的情緒，回以一抹微笑。

接著，江山博列出要找哪些資料，我拿了張紙隨手記下，江山博又叨念：「妳看看妳，做事情那麼隨興，用手機記事功能做紀錄，才能隨時查看，有效管理行程。」

我揮了揮紙張，「沒關係，我也沒有太多行程需要管理。」

「學學妳表姊吧，她用iPhone把繁忙的行程管理得有條不紊，好厲害。」

「你見過我表姊了？」我嗅到一絲絲不對勁。

江山博一臉理所當然，「我接了基金會的案子，當然要和她碰面開會。對了，妳姑姑的建設公司好氣派喔，妳怎麼不求她在公司裡替妳安插個位子？」

我沉默一會，決定試探一下，「你有跟姑姑、表姊提到你認識我，還有我們兩個的關係嗎？」

「我只提過妳曾是我的學生，她們兩個的臉就垮下來了，所以其他的我就沒再多說。我不想把私人的事牽扯進來，要公私分明嘛。」

我心中警鈴大作：「你覺得……我表姊怎麼樣？」

「就是個白富美而已。」儘管江山博聲音鎮定如常，目光卻有些閃爍，書桌底下的右腳抖個不停，但平常的他並沒有抖腳的習慣。

我心生懷疑，還想追問，江山博卻立即轉移話題，「整理資料很麻煩，不過我相信妳可以的，加油。」

聽到這一聲「加油」，我緊綳的肩膀頓時鬆了下來。除了江山博和那個只見過一面的大男孩，沒有人對我說過加油，沒有人相信我能做得到。

我無法繼續當一個咄咄逼人的女友了。

「那我去泡咖啡和準備晚餐嘍！」我揚起笑容，除了是完美的研究助理，我也是他完美的家政婦。

江山博已經開始研讀臺灣音樂史的資料，他微微點頭，表示聽見了。

我沒打擾他，輕手輕腳走進廚房，繫上圍裙。江山博喜歡八十五度熱水急速手沖深焙咖啡的滋味，等待水燒開時，我耐心用菜刀將蕃茄、洋蔥、紅蘿蔔切成小塊，也一併切碎心裡的疑雲。

♪

拖著疲憊的身軀回到家，古董店已拉下鐵門，電視的光影照亮彭炫妹的眼睛，她目不轉睛看著MTV台，桌上擺著泡麵的空碗、爆米花的空桶，和老哥的iPad。

一見到我，彭炫妹很興奮，「一粒星！你們平成時代真神奇，聽音樂都不用蓄音器，還有彩色、有聲音的映畫可以看！真是『尿倒蕃仔槍』！」

「蛤？什麼意思？」繼「阿搭馬礦固力」之後，彭炫妹又蹦出古早時代的俚語。

老哥盡責扮演翻譯年糕，「『尿倒』和日文的『上等』同音，蕃仔槍也是好厲害、好棒的意思，翻譯成現在的說法就是……」

我忍不住笑了：「啊不就好棒棒！哈哈哈！」

彭炫妹不理會我們，兀自發表評論：「你們這邊的女孩子裙子穿太短，而且還沒有我們那邊的裙子好看。」

「是喔，」我翻了個白眼，「我們這邊的歌星，妳最喜歡誰？」

「戴愛玲。」彭炫妹答得毫不猶豫，「她的聲音好有力，可以唱很高的音，和我差不多。」

我和老哥交換了一個眼神，彭炫妹沒發現，又拉著我問：「『累格』是什麼意思？」

「就是落後、延遲啦。」

「喔……那『恩熙哈豆葛』是什麼？那群叫『閃靈』的人，為什麼要把臉塗得那麼白？」

我抓了抓頭髮，「妳問題太多了，我好累，**BJ4**了。」

她睜大眼：「什麼是**BJ4**？」

不要再問啦！我按壓著隱隱作痛的太陽穴。怎麼可能等到明年一月二日？我巴不得彭炫妹趕快滾回昭和九年去，現在！立刻！馬上！

我和彭炫妹達成協議，這兩天會將爸媽過去睡的主臥室整理好給她使用，主臥室位於二樓，陽台欄杆採綠色酒瓶設計，站在陽台上可以俯瞰北門街的往來人車。

「這以前也是我多桑和卡桑的房間。」她眨了眨琥珀色的眼珠，別過頭，似乎是想起了她的爸媽。

「好啦，我知道妳想家。來來來，到我房間來，我衣櫃裡的衣服都可以借妳穿。」

她探頭打量我的衣櫃，我拿起一件去年買的上衣往她身上比劃，「這件黑白直條紋線衫不錯吧？」這可是我參照某個時尚穿搭部落客推薦買的。

她撇撇嘴，逕自挑走所有圓點、圓領、碎花等具備些許復古元素的衣服，我手上已經抱了十幾件，她還在繼續東挑西揀，我覺得自己很像宮廷劇裡亦步亦趨伺候嬪妃穿衣打扮的宮女。

「這件也勉強還可以。雷せんせい喜歡上海旗袍，他說我穿旗袍好看。」彭炫妹指的是我偶爾會在婚禮演出時穿上身的粉紅色短版旗袍。

我忍不住念她：「這件是夏天穿的，現在都十一月了，小心感冒，妳又沒有健保卡，看醫生很貴的！」

「病死也比醜死好，我是準備要當歌星的人欸。妳有絲巾嗎？」

我拿出厚厚的針織大圍巾，彭炫妹搖搖頭，「太醜了，一點也不飄逸。妳有帽子嗎？」

我奉上塗鴉鴨舌帽，彭炫妹大驚，「這不是男人才會戴的『鳥打帽』嗎？好難看，我覺得紳士帽比較好看，我之前送了一頂給阿土，讓他戴著去⋯⋯」

「不要就算了！」我打斷彭炫妹的話，把帽子圍巾塞回衣櫃，宮女小星子累了，不想再和來自一九三四年的夢妃鬥嘴！

打點好衣物還不夠，彭炫妹又逕自從老哥的古董店，翻出火剪燙髮棒據為己有。我本來借她電熱捲棒，她卻說做不出她要的漩渦式鬈髮，最後只得讓她用瓦斯爐加熱這根長得像烤肉叉的燙髮棒，「我知道，這是『ガスコンロ』！」

「妳們那裡已經有瓦斯爐啦？」我很吃驚，我以為彭炫妹的媽媽是用柴燒灶來煮飯。

「是還在用大灶煮飯，但是我多桑說過，林內的瓦斯爐很不錯，要買一台給我卡桑。」

「那時就有林內瓦斯爐？」

「是呀，是由一位林先生和一位內藤先生共同創立的商會，所以叫做『林內』。」

在一陣焦味中，彭炫妹為自己做出一頭超復古的波浪漩渦髮型，她也瞬間搖身變回一九三〇年代的大明星，只不過這華麗的髮型跟她身上的迎曦女中運動服一點也不搭。

「好了，別忙了，該去睡覺了，明天早上再弄吧。」

好不容易趕她去睡覺，我趕緊打開電腦，在搜尋引擎輸入關鍵字「時空旅行」，除了一堆以穿越為題材的原創小說，值得參考的就只有物理學大師史蒂芬・霍金的見解了。

根據霍金的理論，時空旅行並非毫無可能，方法有三：蟲洞、黑洞，或是直逼光速的高速飛行。我嘆了口氣，這三個條件我都不可能營造得出來，顯然彭炫妹也並非藉由這三種方式從一九三四年來到現代。

我其實懷疑彭炫妹可能是從精神病院或家裡逃出來的病人，還查詢過內政部警政署的失蹤人口、身分不明者資料庫，卻沒能找到與她年齡和外表相符的失蹤者。

於是第二天一早，我拖著彭炫妹到新竹城隍廟再次求籤，想知道她能否順利返回一九三四年。

這次我拈香擲筊熟練多了，詭異的是，求到的依然是第一百支籤。

「看來送彭炫妹回去的關鍵，應該與這首籤詩有關。」回到家後，我對老哥說，但具體該怎麼做，我們都毫無頭緒。

「對了，一粒星，剛剛城隍廟那邊的柳家肉燥飯看起來超好吃，感覺肉燥會在舌尖奏起交響樂，午飯吃這個好嗎？」彭炫妹興奮地提議。昨天看了一下午的電視，她已經掌握美食節目主持人的誇張用語，講話也越來越像現代人了。

老哥忍不住發脾氣：「就知道吃吃吃，妳再不回去，遲早有一天會把我們兩個吃垮，爲什麼我們要養妳？」

「砰！」彭炫妹用力拍桌，眼看戰火一觸即發。

「您好！宅急便！」

幸好出現在店門口的送貨員和他手中那個巨大的紙箱，讓老哥和彭炫妹自動停戰。

「你又進了什麼貨？古董？還是波多野結衣寫眞書？」我問。

「猜猜看。」老哥小心翼翼打開紙箱，神情莊嚴虔誠。

我和彭炫妹湊過去看，原來紙箱裡是一卡斑駁的皮箱，上頭有個深藍底金邊的商標，商標上的音符圖案旁寫著Columbia和Viva Tonal英文字樣，箱子右側設計有一個轉動把手。

「古倫美亞的蓄音器！」彭炫妹那雙琥珀色的眼珠射出亮光，好像看到什麼夢幻逸品。

老哥打開箱子，裡頭的裝置很奇怪，有一面圓盤和一個彎曲的金屬製物，像一條頭很大身體很短的小蛇。

「妳說對了。這是我從淘寶淘來的蓄音器，也就是七十八轉的古董留聲機，美美冰菓古董店要拓展新業務，開始賣老曲盤了。」

留聲機？那不是應該有個造型像朵花的大喇叭嗎？我正要發問，彭炫妹卻搶先一步開口：「什麼是淘寶？」

老哥解釋：「就是一個讓人透過網路買東西的網站，和郵購差不多，不必到店裡也能買東西，等等，妳知道什麼是郵購嗎？」

「當然知道啊，就是通信販賣，我同學的媽媽常常看《日日新報》，向大阪的三越百貨買東西。」

哇，日據時期的貴婦日子過得很不錯嘛。

老哥取來一張紅色老唱片，正要放上蓄音器，卻又突地停下。

「啊，這要怎麼用？沒有使用說明書欸，我傳訊息問賣家。」他轉身要拿筆記型電腦。

「不必，我來。」彭炫妹自告奮勇。

「妳可別弄壞啊。」

彭炫妹把唱片放上圓盤，轉動搖桿，唱片開始旋轉，她猶豫了一會兒，將蛇狀金屬製物的針頭放在唱片上，動作輕靈準確，隨後一個又尖又細的女聲傳出：

「阮是文明女，東西南北自由志，逍遙佮自在，世事怎樣阮不知。阮只知文明時代，社交愛公開，男女雙雙，排做一排，跳TOROTO，我尚蓋愛……」

我忍不住大叫：「哇，我的天，好復古，這是什麼歌？」

「就是我上次說過的，鄧雨賢作曲，純純唱的〈跳舞時代〉，發行於一九三三年。」老哥回答。

「這是我最喜歡的歌喲。」彭炫妹跟著哼唱起來，邊唱還邊轉圈，黑底白圓點的裙子旋轉成一朵花。

「歌詞裡的TOROTO是什麼？」我又問老哥。

「狐步舞啦。」

「這個問題雖然有點失敬，但是純純小姐唱的是當時的流行歌嗎？」我改問正在跳舞的彭炫妹。

「她本來是唱歌仔戲的，唱歌仔戲時，她叫劉清香；唱流行歌時，就變成純純。」彭炫妹挪步到我身邊拋下答案，又搖著裙襬離開。

原來日據時代的純純，就如同現今的張惠妹一樣，以阿密特為名，另推出曲風不同的專輯，一位歌手兩個品牌，好厲害啊！

老哥撫著下巴沉思片刻，「彭炫妹，以後店裡會進一些老曲盤，妳就負責介紹和放給客人聽，我們會供妳吃住，妳的職稱就叫唱片事業部專案經理。」

「沒問題！」彭炫妹忙著哼歌跳舞，竟然沒問什麼是專案經理。

我推了一下老哥，「她可以賣的可能不只唱片，你看她的頭髮，是用你滯銷五年的燙髮棒弄的，還不快成立個美妝部門給她管。」

「我們的昭和女孩還滿有用的嘛，總算沒那麼想把她扔回一九三四年了。」老哥撫著大肚腩滿意道。

蓄音器中尖細的女聲暫歇，愉悅流暢的間奏流淌在古董店內，我側耳專注傾聽，腳板也不由自主跟著打拍子，「說實在的，我以前從來沒想過，一九三四年的台灣人可以寫出這樣的歌曲。」

老哥點點頭，「欸，妳想想，在一九三〇年代之前，台灣的流行歌就是戲曲，作詞作曲的鄧雨賢、陳君玉、李臨秋和我們阿公，唱歌的純純和愛愛，他們都是台灣流行音樂的拓荒者。一九三四年，鄧雨賢創作能量大爆發，一年內就創作了十幾首歌曲，而我們阿公沒學過音樂，卻也能作詞作曲，等著躍入歌壇大顯身手。我常常想，如果真的有時光機可以穿越到一九三四年，我還挺想過去看看的。」

我張嘴正要說話，老哥馬上阻止我，「我知道妳又要叫我打開抽屜搭時光機了，我才不是哆啦A夢。」

「沒啦，我是想問你，一九三四年新竹有什麼美食嗎？有的話我也要去。」

「我聽舊正興的劉老闆說，當時有家明石屋菓子店，用新竹盛產的椪柑，研發出一款椪柑羊羹，好想吃吃看喔。」老哥瞇著眼睛想像起椪柑羊羹的風味。

儘管江山博勤勤懇懇找尋資料做足功課，但老哥對於阿公和彭炫妹所屬的那個跳舞時代，另有一番有趣的理解，或許他其實也很適合執筆阿公的傳記。

而彭炫妹仍兀自沉浸在自己的世界裡，一曲播畢，她再次播放起〈跳舞時代〉。

這一天，彭炫妹大概反覆播放了這首歌三十遍。

第五章　超混搭的歌唱夜

晚餐後，我在廚房洗碗，彭炫妹則在幫老哥整理曲盤，突然間老哥衝進廚房對我大吼：「黎憶星，妳是不是又去找江山博了？」

我本想辯駁，卻見他手裡舉著我的手機，一則江山博傳來的訊息映入眼簾：「這星期可以整理好黎雲聲生平年表，以及對應的歷史事件一覽表嗎？」

老哥沒偷看手機，他是路過茶几瞥見的。該死，我應該設定別自動顯示訊息。

然而江山博的訊息也讓我有點失望，既沒有愛心也沒有親吻貼圖，只有公事公辦的催促語氣。

「只是討論工作而已，姑姑和表姊不是成立了雲聲音樂文教基金會嗎？江博接下委託，要幫我們的黎雲聲老先生寫傳記啦。」我趕緊解釋。

「一粒星，妳說什麼？」聽到我們兄妹的對話，彭炫妹也跟著衝進廚房，抓住我的肩膀激動大叫：「黎雲聲？妳剛剛說黎雲聲？」

我手上滿是洗碗精泡泡，便用手肘推開她，「對啊，他是我阿公，妳知道他？」

「怎麼會不知道？他就是雷せんせい啊！」

「蛤？」換我和老哥大叫了，「妳那位親愛的雷せんせい不是姓雷嗎？」

「你們用台語念念看，黎雲聲，雷——魂——蝦——」

老哥一臉不可置信，「既然妳知道我們姓黎，怎麼不問問我們和黎雲聲有什麼關係？」

「我以為你們姓李。」彭炫妹搖搖頭，嘆了口氣，冒出一句台語諺語，「龍生龍子，虎生豹兒，誰叫你們這麼平凡，我哪想得到你們會是雷せんせい的子孫。」

搶在我反駁之前，彭炫妹再次抓住我的肩膀，「欸，那你們都沒聽過我嗎？雷せんせい和他夫人離婚了嗎？」

「什麼離婚！妳放手啦！」

彭炫妹用力搖晃我的身軀，「快告訴我，妳爸是哪一年出生的？妳還有個姑姑對吧？她又是哪年生的？」

「妳問這個幹麼？我爸是一九四九年出生的，我姑姑比他大三歲，所以是一九四六年出生的。好了，妳不要再抓著我了啦！」

「怎麼可能！」彭炫妹抓著我的力道更大了，一雙琥珀色的眼瞳彷彿燃起了烈焰。老哥把她的手從我身上拉開，「眞的啦！我們幹麼要騙妳？」

「阿公沒有離婚，但我爸爸……不是大媽生的。」我低頭拉平衣服。

「什麼意思？」

「我爸爸的生母是阿公往來的酒家女，阿公在我爸出生前就死了，我爸的生母在生產時過世，我爸是大媽撫養長大的。」

見彭炫妹滿臉震驚，我忍不住問：「妳為什麼那麼在意我阿公有沒有離婚？難道……」

「妳暗戀我阿公？還是妳是第三者！」老哥大喊。

彭炫妹沒有作聲，只咬緊了嘴唇。

「噓。」我示意老哥別亂說話，彭炫妹這麼心高氣傲，怎麼能接受別人戳她的感情痛處。

我怕彭炫妹又躲回房間一天一夜才出來，便飛快把手上的洗碗精泡泡沖乾淨，拉著彭炫妹到客廳坐下，並將電視轉到她最喜歡的MTV台，她怔怔盯著電視，流轉的聲光似乎漸漸平復了她激動的情緒。

不知道過了多久，節目中播出了戴愛玲〈對的人〉MV。

「妳看妳看，妳最喜歡的戴愛玲！」我連忙說。

「寧可空白了手，等候一次眞心的擁抱，我相信在這個世界上，一定會遇到，對的人出現……」

在戴愛玲高亢激昂的歌聲中，我輕聲安慰彭炫妹，「單戀不算什麼，妳還年輕，一定會遇到對的人。」

彭炫妹面無表情，淡淡地開口：「妳哥說的那個江山博，是對的人嗎？」

「這個嘛，當然是……」

這時，已拉下的鐵捲店門忽然被人敲得砰砰作響，「有人在嗎？」是個渾厚的男聲。

老哥從廚房走出來，眼中全是驚恐，我知道他在想什麼——不會吧，又有人穿越時空，找來我們家了嗎？

老哥戰戰兢兢打開門，和來者說了幾句話，便將他請入客廳。

「黎憶星，老房東的孫子來了。」

彭炫妹呆坐在沙發上，彷彿沒聽到。

我站起身，這位客人個子很高，穿著棕色翻領皮夾克搭西裝褲，頭髮往前梳，一雙琥珀色的眼瞳炯炯有神，小指戴著一枚鈦鋼戒指，他看向我的眼裡寫滿詫異。

「月亮小姐！」

「你是鄭恬佳的表哥！」我也跟著驚呼。

「林耳辰？」

他遞給我一張名片，上面寫著：誌玄科技研發中心專案經理　林揖辰。

他糾正我：「林揖辰，打躬作揖的揖，念作一二三的一。」

「林揖辰，哈哈哈，林依晨！我可以叫你一聲『又青姊』嗎？」

老哥推我一把：「別這麼沒禮貌！」

我推回去，「他叫我月亮小姐，又多有禮貌了？」

林揖辰微微一笑，「沒關係，我習慣了。」

大概是回過神來了，彭炫妹緩緩轉頭看向我們，忽然瞪大眼睛，露出欣喜的笑容，從沙發上跳起，來到林揖辰身旁，「阿土！你也來遮啦？你哪會穿遮爾奇怪的衫？」

林揖辰頓時後退三步，老哥趕緊擋在他和彭炫妹中間，並警告彭炫妹，「他是林揖辰，不是阿土，是『這裡』的人。」

老哥特別強調「這裡」，暗示彭炫妹，林揖辰不是穿越時空來的。

彭炫妹眼中那簇欣喜的火苗先是倏地熄滅，又瞬間燃起，「林清土是你的阿公還是阿祖？你和他長得好像！」

「小姐，我不認識什麼林清土，妳認錯人了。」林揖辰皺起眉，一臉困惑地扭頭望向老哥，「光陽哥，月亮小姐是你的……」

「她是我妹。」

「我和他是在婚宴上認識的，他是新娘的表哥，和我合唱了兩首歌。」我忙不迭插話。此時我猛然驚覺，林揖辰的目光正定定地落在我身上，天啊，我頭上夾著鯊魚夾，身上穿著破圍裙，說有多狼狽就有多狼狽。

我藉口要去廚房倒茶給林揖辰，連忙脫下圍裙，拔掉鯊魚夾，並整理過頭髮，才端著一杯茶回到客廳。

「我爺爺遺囑載明，這棟房子不能改建，也不准出售。可惜了，好幾家建設公司和我接洽過，都開出一坪一百萬的高價。我爸說，既然這樣就繼續租給你們吧。」

接著老哥和林揖辰逐一確認租房契約條文，彭炫妹則坐在林揖辰旁邊笑咪咪地盯著他，林揖辰被那股莫名其妙的視線弄得坐立難安，便問老哥：「這位到底是？」

老哥趕緊解釋：「她是我們的遠房表妹，名叫……」

我怕彭炫妹說出「夢美」或「幼咪咪」這兩個好笑的藝名，搶在她自我介紹前出聲：「她叫彭炫妹！」

「彭小姐妳好。妳喜歡復古風的裝扮？」林揖辰很有禮貌，只輕描淡寫地覷了彭炫妹的漩渦捲捲頭一眼。

彭炫妹點點頭，「我喜歡昭和時代的衣服和音樂。」

「哦，我都聽最新的音樂。」林揖辰似是無法在這個話題上與彭炫妹有共鳴。

我心裡嘀咕，他大概也都穿最新流行的衣服吧，每次看見他，他身上的穿搭都活像是從最新一期《GQ》雜誌走出來的男模。

「像是哪些歌？」彭炫妹不放過他。

林揖辰偏頭想了想，「林宥嘉的新歌〈兜圈〉就很好聽。嗯，既然黎憶星小姐很會唱歌，彭炫妹小姐喜歡老歌，乾脆大家一起去唱歌吧，我請客，也算是慶祝租房簽約完成。」

老哥表示同意，一臉躍躍欲試。

「唱歌？什麼意思？要去哪裡唱歌？」彭炫妹當然不知道KTV這種地方。

我連忙假借拿外套之名，把彭炫妹拖進房裡向她說明，並囑咐她：「等一下哪裡不懂，小聲問我或我哥就好，千萬不要大聲嚷嚷，更不要被林揖辰聽到！」

「知道了知道了！」

彭炫妹穿上自己那件紅色大衣，拎著口金包，我則是羽絨衣搭配斜背包，和男士們一同走出店門。

林揖辰停在門口的機車在車型設計上明顯走復古風，我嘲笑他：「你不是只聽新歌嗎？我以爲你也只騎最新型的摩托車呢。」

「這是最新型的Gogoro沒錯，全鋁合金，不過我已經騎膩了，打算賣掉了。」林揖辰回答。

「聽說Gogoro一台要十二萬！」老哥驚嘆不已，伸出鹹豬手摸了Gogoro好幾把。

嘖嘖，這位林揖辰先生，還眞是走在時尚潮浪尖端的紈褲子弟啊。

北大路上，繞過雀爾登飯店就有一間錢櫃KTV，我們一行人緩緩步行前往。

進到包廂，作東的林揖辰，率先唱了一首鄧紫棋的〈新的心跳〉。

我也迅速點了一首田馥甄的〈小幸運〉，老哥和彭炫妹湊在一起翻看歌本，我問老哥：「你要點什麼歌？」

「當然是我的招牌曲，張雨生的〈天天想你〉、楊培安的〈我相信〉，還有動力火車的〈彩虹〉。」

「看光陽哥點的歌，就知道你也很能唱。」林揖辰稱讚。

「哪裡哪裡，不過是靠肚子當音箱，假扮鐵肺歌手啦。」老哥摸摸他的音箱。

我問林揖辰：「請問你幾歲？你別看我哥一副中年男子樣，其實他才二十七歲。」

「我今年三十歲……那是該叫他一聲光陽老弟了。」林揖辰很驚訝。

吉他樂音的前奏打斷我們的談話，我的歌來啦！

當然，我又完美複製了田馥甄深情溫暖的唱腔。

待我一曲唱畢，林揖辰開口了：「我很想跟妳說，妳可以有自己的唱法，可是呢，唱誰的歌像誰，唱得好聽而且像得徹底，實在也是一種特異功能。」

「我又沒要出唱片，何必鑽研自己特有的唱法？」我白了他一眼，同時瞥見螢幕上出現了下一首歌，頓時驚訝地張大了嘴。

林揖辰也很震驚，「〈Loving You〉，這是有海豚音的那首歌，對吧？」

我點點頭，老哥指指彭炫妹，看來是這位小姐指定要點的歌。

我問彭炫妹：「妳知道這首歌？」

彭炫妹毫無懼色：「我看iPad學會的。」

「她很愛YouTube，已經會自己點開歌曲MV來聽。」老哥說完，又轉頭叮囑彭炫妹，「等一下看到字變顏色，就表示可以唱了。」

林揖辰低聲問我：「這位小姐沒唱過KTV？」

「呃，她是從鄉下來的。」我尷尬地找了個理由搪塞過去。

「鄉下就算沒有KTV，也有些店家會附設卡拉OK吧？」

「她住的地方眞的很鄉下，比新竹還落後幾十年的鄉下。」

林揖辰似乎勉強接受了這個答案，他可不知道，讓來自昭和初年的彭炫妹唱KTV，這可是劃時代的大事。

彭炫妹站起身，手持麥克風，表情非常認眞，眼睛半閉，完全沒看螢幕，「樂——兵有——以私一例靠死優好逼梯佛——咩景樂威死由——以私凹矮汪哪度——」

林揖辰和老哥強忍著笑，尤其是林揖辰，還一手抱著肚子，一手偷偷抹去眼角笑出來的眼淚。

彭炫妹唱的應該是「Loving you is easy 'cause you're beautiful. Making love with you is all I wanna do.」她的英文融合台語與日語的發音，我低聲問老哥：「她把歌詞全背下來了耶！但她懂歌詞的意思嗎？」

「應該懂吧，她不是念高等女學校嗎？就是現在的新竹女中，比我們兩個都厲害。」

我把聲音壓得更低：「聽昭和時代的人唱出『making love』這種歌詞，感覺好怪喔。」

老哥一副深有同感的樣子。

林揖辰沒聽見我們的談話，只略帶好奇地說：「她的音色不錯啊，這首歌起音很高，她都用眞音，等一下唱到海豚音的部分會不會破音啊？」

海豚音是現前人類聲域中的最高音區，在歌唱比賽中，如果參賽選手能唱出〈Loving You〉的海豚音，就能顯示自己技高一等。

老哥用手肘推了推我，「欸，妳會唱海豚音嗎？」

「我曾經想練，結果唱出來的聲音，比指甲刮過黑板的聲音還難聽。」

「啦啦啦啦啦——啦啦啦啦啦——」

歌曲進入絮語般的氣音，這幾句總算不是混雜日語腔和台語腔的英語了，說實話，彭炫妹眞假音切換自如，歌聲相當性感，把身陷熱戀的情感表達得很是貼切。

「啦啦啦啦啦，嘟嚕嘟嘟嚕——」

來了來了，海豚破音慘劇要來了，老哥、林揖辰和我，不約而同倒吸了一口氣。

「啊——啊——啊——」

我彷彿看到暗夜的天空裡，劃過一顆極其閃亮的流星。

彭炫妹沒有破音，她的海豚音高昂卻不失飽滿圓潤，歌唱的同時，她臉上的神情一派輕鬆自如，像是毫不費力。

一曲結束，我們爲她送上熱烈掌聲，她微笑著彎腰鞠躬。

太神了，我開始有點相信，她眞的是昭和時代被唱片公司簽下的準歌星。

「妳居然能唱海豚音，眞了不起，是怎麼學會的？」林揖辰稱讚彭炫妹。

「海豚音？」彭炫妹一臉茫然。

「就是又高又尖，像哨子的聲音。」林揖辰耐心解釋。

「哦……我看影片裡的人唱，就自己練習了一下。」

「妳這樣就學會了？這很難耶！」林揖辰琥珀色的眼睛睜得好大。

望著他們兩人，我突然意識到一樁奇妙的巧合——林揖辰和彭炫妹，都擁有一雙透亮的琥珀色眼瞳。

這時，輕快的手風琴前奏響起，螢幕跳出一行大字：

〈跳舞時代〉主唱：白冰冰。

「眞的有這首歌！」彭炫妹興奮地尖叫，偏著頭專心聽了兩個小節，「不過節奏比純純的版本快。」

林揖辰大叫：「天啊，這、這又是哪個年代的歌啊？」

「原唱版本是一九三三年。」我回答。

他不可置信道：「這首歌應該要強制放進博物館保存了吧？」

老哥丟了另一支麥克風給我，「兩位小姐，一起唱吧！」

彭炫妹把我從沙發上拉起來，右腳往前踏又往後踏，動作有點像土風舞，我只好跟著她跳。

「阮是文明女，東西南北自由志，逍遙佮自在，世事怎樣阮不知，阮只知文明時代，社交愛公開……」

彭炫妹完全沒看螢幕上的歌詞，這首歌大概已經銘刻在她的腦海裡了吧。彭炫妹唱這首歌，頗有自己的味道，相較於原唱純純，彭炫妹的歌聲更青春活潑，也多了一些轉音，不知道是不是她透過YouTube和MTV音樂台學來的唱法。

我一邊跟著唱，一邊偷覷林揖辰，隨著樂音流瀉，他的手指不自覺跟著節拍敲擊沙發扶手，融入在這首歡快的歌曲中。

又一段手風琴間奏，彭炫妹愣住了，白冰冰的〈跳舞時代〉比純純的版本多了一段新歌詞，她還沒辦法邊看歌詞邊唱，於是我接替她唱出：「六十五年前，眞正保守的年代，純純甲愛愛，這呢優秀的人才，將懇的懷念歌曲，擱唱乎恁知，來來來來，排做一排，跳TOROTO，咱尚開懷。」

林揖辰問老哥：「純純和愛愛是誰？」

「一九三〇年代的天后級女歌手，相當於現在的張惠妹和蔡依林吧。」老哥解釋。

「原來如此。」林揖辰的問號消弭了，我心底卻浮起一個更大的問號。

彭炫妹眞的很會唱歌，也很熱愛唱歌，如果說她即將在河原曲盤出唱片，演唱我阿公黎雲聲所寫的歌，確實不是不可能的事。

講起日據時代的流行樂壇，除了純純和愛愛，以及老哥提過的林氏好、青春美、秀鑾，在江山博家翻閱台灣音樂史相關書籍時，也看到了幼良、雪蘭、月鶯……等其他女歌星的名字，以彭炫妹的實力，就算無法比擬純純和愛愛，就算星運再不亨通，也不至於排不上號，在音樂史上完全沒能留下彭炫妹或夢美的名字吧？

下一首歌又來了，是孫燕姿的〈克卜勒〉，林揖辰拿起麥克風，彭炫妹也會唱這首歌，但我已經不覺得意外了。

「等不到你，成爲我最閃亮的星星，我依然願意借給你我的光，投射給你，直到你那燦爛的光芒，靜靜的掛在遙遠的天上……」

我忍不住想，難道是因爲彭炫妹在出唱片前夕，穿越來到二〇一五年，之後再也無法回去，才沒辦法出唱片？

「當你想起，那道源自於我的光芒，我依然願意爲你來歌唱。一閃一閃亮晶晶，好像你的身體，藏在眾多孤星之中，還是找得到你。掛在天上放光明，反射我的孤寂，提醒我，我也只是一顆寂寞的星星……」

自彭炫妹來到二〇一五年後，我沒有一刻不想把她扔回一九三四年，但這一刻，我既不嫌她煩，也不嫌她吃太多，只是好想好想將這顆來自昭和初期的星星，掛回屬於她的時空，讓她去閃耀發光。

〈克卜勒〉唱完，老哥連飆三首歌，我也點了許多婚禮不能唱的悲傷情歌來唱個過癮，正當彭炫妹和林揖辰在點歌機前爭執不下，一位服務生敲門進來。

「您好，現在時間是晚上十一點，十八歲以下的消費者不得在晚上十二點後逗留公共遊樂場所，所以要跟各位查驗一下身分證。」

林揖辰掏出皮夾：「我們都滿十八歲了。」

我看著彭炫妹，「呃，我們有人沒帶身分證。」

服務生說：「駕照、健保卡或護照都可以。」

彭炫妹傻傻舉手，「你說的那些是什麼？而且我實歲才十七。」

林揖辰大驚，上下打量彭炫妹的漩渦波浪髮型、紅大衣和高跟鞋，「怎麼可能？是二十七吧？」

我推了推林揖辰，「眞的啦，她高中剛畢業。」

林揖辰抓抓頭：「好吧，那我們唱到十一點半就好。」

服務生離開包廂後，我們四個人擠在一起搶著點歌，並講好唱一遍就要切歌，短短三十分鐘內，我們又唱了七首歌，直到螢幕畫面出現陶喆的〈望春風〉。

老哥看看錶，「這應該是最後一首了。」

林揖辰說：「就用這首歌來紀念我們這群人又新又舊的音樂品味吧。」

彭炫妹問：「這不是純純唱的、鄧雨賢寫的歌嗎？怎麼沒有前奏？」

林揖辰驚訝反問：「妳沒聽過這首歌？陶喆對十七歲的女生而言，已經過氣了嗎？」

我又搬出那套說詞：「她住鄉下嘛。」

老哥爲彭炫妹說明：「這是重新改編過的『阿卡貝拉』版本，純人聲，不需要樂器，妳先唱，我們三人幫妳合音。」

聽到阿卡貝拉，我想起高三的校慶忘詞慘劇，但想唱歌的心情蓋過隱隱作痛的記憶。

林揖辰拍了一下大腿，彷彿想起什麼，他從皮衣口袋拿出一個比粉餅再大一些的黑色方形盒子，「這是我們公司的產品，是一款抗震防潑水的音樂播放器，還具備錄音功能，我們把這首合唱錄下來留個紀念吧！」

眾人均無異議。

「獨夜無伴守燈下，春風對面吹，十七八歲未出嫁，想著少年家，果然標緻面肉白，誰家人子弟……」

彭炫妹率先唱出的歌聲甜美柔和，老哥、林揖辰和我負責和聲。接著，換林揖辰用

R&B式唱腔唱主音，最後一段的歌詞和華麗的轉音則交由我負責。畢竟陶喆是男生，我無法做到完全模仿他的唱腔，索性順著歌詞的情緒自行發揮，林揖辰看向我的眼睛透露出明顯的讚許。

音樂結束後，我們四人都笑了，爲彼此聲音碰撞時產生的化學反應感到激動。

林揖辰有感而發：「我們也許可以組個樂團，一起唱唱阿卡貝拉。」

大概是今晚太愉快，步行回北門街的路上，林揖辰還主動向老哥提議：「我阿公收藏了一些老唱片和舊書，我爸媽和我都不太感興趣，不如賣給喜歡的藏家，要不你找個時間過來挑貨批價。」

彭炫妹仍舊不放過林揖辰：「欸欸，你阿公眞的不是林清土嗎？他搞不好改名了，他以前在哪裡念書？台北工業學校嗎？」

「不是，他是北科大的名譽博士。」

「你眞的和阿土長得好像，不過阿土唱歌很難聽，跟你不一樣。」

林揖辰蹙起眉頭，「妳一直對著我提起阿土幹麼？阿土到底是誰啊？」

彭炫妹淡定回答：「B——J——4。」

「蛤？」林揖辰不可置信地微微張嘴。

彭炫妹踩著輕快的步伐繼續往前走，我和老哥無法控制地大笑起來，清脆響亮的笑聲迴盪在安安靜靜、幾無人車的北門街。

第六章　初登場，一九三四女聲

隔天早晨下起了淅瀝淅瀝的雨，老哥去台中收貨，一整天不在店裡。

「我父親從小吃了很多苦，他只有公學校畢業，在歌仔戲團當學徒時奠定對音樂的興趣，立志往詞曲家發展；他深愛妻兒，成名之後，即使很多女歌手對他表示好感，也不為所動……」

坐在客廳裡，我戴著耳機一邊聽著姑姑的口述錄音檔，一邊在筆記型電腦打字，整理我阿公的生平年表。

姑姑的聲音冷峻平板，絲毫不帶感情，她似乎想將阿公塑造成一個完美無缺的人，但如果阿公真如她所說的坐懷不亂，請問我阿爸是怎麼出生的？

如果有來自其他人的口述資料就好了。

如果能讓彭炫妹談一談她心目中的黎雲聲，阿公的形象應該會立體得多……不，我不可能在參考資料欄註記「感謝從昭和時代穿越來現代的彭炫妹小姐接受訪談」，不行不行。

我搖搖頭，嘆了口氣。

彭炫妹正坐在我身旁看電視，電視讓她瞭解二〇一五年的生活，也讓她萌生層出不窮的問題與感想，不時出聲打擾我工作。

第一類問題，可以統稱為「這個我們也有」。多虧了她，我才知道日據時期就有屈臣氏、可果美、美津濃、資生堂、森永牛奶糖、麒麟啤酒等品牌；對於她這類偏向感想式的發言，我只要嗯嗯幾聲，表示同意就好。

第二類問題，則是「這個是什麼」，她想知道什麼是手機、吸塵器、信用卡、掃地機器人、益生菌和面膜，我簡直成了行動式人形維基百科。

「好了好了，不要再問問題了，換我問妳！」我受不了，決定反擊。

「問什麼？」

「妳是不是有男朋友？妳很喜歡〈跳舞時代〉這首歌對吧？裡面的歌詞說男女交往要公開。」

「妳怎麼知道？」

「妳唱〈Loving You〉那首歌很投入、很有感情，應該有談過戀愛或正在戀愛。」

彭炫妹沉默不語，雙手抱膝，整個人似乎要陷進沙發裡。

之前老哥質疑她暗戀我阿公黎雲聲，她表情怪異；說到我老爸的生母，她眼神有著難以言喻的傷心。也許根本不是暗戀，她其實是和我阿公陷入了熱戀——才華洋溢的詞曲家，和擁有絕佳歌喉的青春少女，這個組合根本就是言情小說的男女主角人物設定，注定會天雷勾動地火。

但當時保守的社會氣氛，以及她的背景出身，能容得下這樣的戀情嗎？擔心彭炫妹的同時，我也忍不住想，此刻我和阿公的婚外曖昧對象坐在一起，這種感覺眞奇怪。

彭炫妹似乎想起什麼，眉頭蹙得更深，神情也更黯淡了幾分。

我故意開玩笑想緩和氣氛：「妳喜歡的人是不是阿土？如果阿土長得很像林揖辰，那他應該滿帥的。」

「才不是！」彭炫妹搖搖頭，想了一下才又說：「其實那位林桑，和阿土長得有點不一樣，阿土眼睛很黑，我多桑說像是用黑色的漆點上去的。」

「現在有種東西叫做角膜變色片，可以隨意改變眼睛的顏色，我還看過有人戴紫色的，林揖辰一定也是戴變色片，嘖嘖，一個大男人戴變色片，太愛美了。」

彭炫妹偏頭思考一會兒，「……雖然阿土小我一歲，卻很像我哥哥，一直都很照顧我，所以我把我交男朋友的事情告訴他，我以為他可以理解我，沒想到他非常生氣，說我多桑和卡桑絕對不會同意，我們大吵一架。」

手機響起訊息提示音，打斷我和彭炫妹的女人心事話題，是江山博傳來訊息，問我年表弄好了沒。

「不好意思，我得繼續工作了。」我對彭炫妹說。我不想讓江山博對我失望。

「我一直想問妳，這個是什麼？打字機嗎？」

「這叫筆記型電腦，很多事情都可以透過電腦完成。妳看，我在電腦上打好字，江山博就可以直接複製貼上使用，不必重謄一次。」

「妳在打的是什麼？」

我還沒來得及想清楚是否要老實回答彭炫妹，她已經先湊過來盯著筆電螢幕看了起來。

黎雲聲生平大事記

一九〇四年　黎雲聲出生於新竹市西門。

一九一六年　新竹州第一公學校畢業，未繼續求學，輾轉於飲食店、歌仔戲團、印刷坊擔任學徒，在印刷坊期間大量閱讀，奠定日文文字基礎。

一九二三年　遊歷中國上海、北京等地，爲日人擔任通譯並學會中文，同時接觸大量上海流行音樂。

一九三一年　回台灣與游氏招弟結婚，同年底長子出生。

一九三二年　年底次子出生。

一九三四年　至河原曲盤株式會社工作，專職詞曲創作。

一九三五年　發行擔綱詞語創作的第一張唱片〈暫城一粒星〉，創下暢銷佳績，但演唱者不詳（據說是位名叫美美的女歌手）；同年發行〈命運欸風吹〉、〈碧潭河畔〉、〈天頂欸光〉、〈香城地區看夕陽〉等作品，多由歌手秀英、洋洋、張氏芳演唱。

一九三六年　發行〈上海小夜曲〉、〈思君調〉、〈單相思〉等作品，由歌手秀英、張氏芳、莉莉演唱。

一九三七年　日軍偷襲珍珠港；發行〈月夜怨愁〉、〈浪子心聲〉、〈油桐花〉等作品，由歌手秀英、玲玲、雪子演唱。

一九三八年　本年度因肺病沒有任何詞曲作品。

一九四一年　肺病痊癒，但河原唱片結束營業，成爲自由詞曲人，收入大減，並擔任通譯工作以養家活口。

一九四三年　多家唱片公司陸續結束營業，台灣唱片業進入黑暗期；黎雲聲拒絕將暢銷歌曲改編爲軍歌與戰爭宣傳歌曲，通譯工作遭受打壓，舉家生計陷入困境。

一九四五年　美軍空襲期間受傷，全家遷往苗栗頭屋避難與療養。

一九四六年　戰後擔任翻譯並教授漢文維生，長女黎仁英出生。

一九四九年　么子黎致風出生，在黎致風出生前三個月肺病復發，病情迅速惡化過世，享年四十五歲。

彭炫妹雙眼圓睜瞪著筆電螢幕，久久之後才出聲，嗓音乾澀無比，「這個年表完全沒提到我，中間到底發生了什麼事？難道我的曲盤沒發行嗎？」

我勉強找出一個拙劣的理由安慰她，「河原唱片的曲盤使用便宜的原料製作，很容易損壞，或許是因爲這樣，妳的曲盤才沒能保存下來。妳唱歌唱得那麼好聽，在妳那個年代一定是大歌星。」

彭炫妹摀著臉：「一定是因爲我沒來得及前往基隆搭高千穗丸！我沒去日本錄音！我被困在這討厭的平成二十七年！」

說完，她掩面跑回二樓房間，任憑我在她房門口說破了嘴，動用各種新竹美食爲誘餌，她也不肯出來吃晚餐，我只好趁著這時候，就著滴滴答答的雨聲，抓緊時間完成江山博分派給我的工作，並不時留意彭炫妹的動靜，但她一直沒走出房門。

晚上九點，我將整理好的年表和歷史事件對照表寄給江山博，並發現電子信箱裡躺著一封未讀信件，來自雀爾登飯店婚宴中心的魏主任。

憶星：

竹北有間風城之月餐廳，妳知道吧？餐廳經理是我朋友，這個星期六中午有場婚宴，婚禮歌手卻得了流感，新娘急得快哭了。妳和張俞要不要去賺外快？張俞已經答應了，歌單都是妳和張俞表演過的歌曲。

＊進場：

金四喜〈歡喜來恰恰〉

伍佰、萬芳〈愛情限時批〉

羅時豐、王瑞霞〈小姐，請妳給我愛〉

吳淑敏〈嫁乎你喲〉

＊第二次進場：

江蕙〈甲你攬牢牢〉

江蕙〈炮仔聲〉

江蕙〈家後〉

蕭煌奇〈愛你一世人〉

王力宏、Selina〈你是我心內的一首歌〉

陳思安〈甜蜜的情歌〉

P.S.合唱曲改成單人演唱版。很急，報酬很優，拜託妳！

老魏

想到要去外面接案子，我肚子就一陣翻騰。可是，魏主任的朋友有急需，也實在不好袖手旁觀。

這時，林揖辰傳了LINE過來，是我們四人在KTV合唱的阿卡貝拉版〈望春風〉錄音檔，並配上一張狗狗眨眼睛的貼圖。

點開檔案聽了一遍，說眞的，我們唱得還不錯，而且錄音品質絕佳，讓我有種在聽演唱會的錯覺。

我飛快按幾個鍵，將錄音檔設爲手機鈴聲。

「妳這麼會唱歌，長得也很漂亮，有沒有自己組團？」

驀地想起林揖辰問過我的話，我甩了甩頭，像是想甩開不該動的念頭。

隨後，我走向二樓，再次敲了敲彭炫妹依然緊閉的房門。

也許是肚子餓了，這次彭炫妹開了門，我拉著她來到廚房：「餓了吧？我弄樣東西給妳吃。」

我從冰箱冷凍庫取出之前多做的滷牛肉，加熱倒在碗裡，配上Q彈的麵條和幾片燙過的青江菜，再切了一把蔥花灑在紅褐色的麵湯上，端到彭炫妹面前。

「好香喔！」她深吸一口氣，「這是什麼？」

「這是阿星師招牌紅燒牛肉麵，是我媽媽傳給我的配方。」

「牛肉！我阿爸說不能吃牛肉。」

「牛肉已經是現前很普遍的食材了，牛肉麵更是台灣的代表美食之一，妳吃吃看啦。」

她戰戰兢兢喝了一口湯，頓時眼睛發亮，再夾起一筷麵條送進嘴裡，接著是一塊軟爛噴香的牛肉，她進食的速度愈來愈快，很快一碗湯麵就見底了。

「怎麼我以前從來沒吃過牛肉麵？連最熱鬧的台北大稻埕也沒這種東西。」她滿足地擦擦嘴。

看著彭炫妹意猶未竟的神情，我忍不住想笑。我把小時候媽媽告訴我的故事，轉述給彭炫妹聽：「日本人戰敗離開台灣後，國民政府從中國帶來很多士兵及其眷屬，據說有位落腳高雄岡山的四川籍士兵，用岡山的豆瓣醬來做四川成都的紅湯牛肉，煮成了牛肉麵。所以在妳的昭和九年，當然還吃不到牛肉麵。」

「日本人會戰敗離開？妳騙人啦，妳不知道日本警察有多凶！」彭炫妹不肯相信。

我聳聳肩，「信不信由妳。」

「不管啦，這眞的太好吃了，我可以天天吃。」說完，彭炫妹將用過的碗洗乾淨，放在碗架上瀝乾。

注視著她的背影，我還是忍不住開口了：「欸，帶妳去一個地方唱歌，好不好？」

「KTV嗎？」她沒有回頭。

「不是，是婚禮現場。我們要在賓客面前唱新郎新娘指定的歌曲，不但唱歌不用錢，還有錢可以拿！而且還都是台語歌，剛好可以讓妳好好表現。」

「有這麼好的事？」她驚奇地轉過身。

「這是一種工作，叫婚禮歌手，我就是做這一行。」

「妳整天待在家裡，我還以爲妳無頭路啦。」彭炫妹用台語直指我是個沒工作的米蟲。

我心虛反駁：「我才不是米蟲！妳到底要不要唱啦？」

彭炫妹急得拉住我，「當然要！」

我趕緊回信給魏主任，並用老哥的iPad一一播放指定曲目的MV，和彭炫妹一同試唱。

「我們一人唱五首，這樣妳就不必在短時間內練好十首。」

她眼神堅定地看著我，「合唱比較熱鬧，練好十首歌算什麼？我沒問題。」

我點點頭，如果這顆星星暫時無法在昭和時代發光，至少可以先讓她在我們這個時代用歌聲綻放光芒。

這一晚，我和彭炫妹一直練歌不輟，直到天色將亮才入睡。

當我從鬼壓床的噩夢中驚醒時，已經是中午十二點了，我和彭炫妹睡在我房間的那張大床上，她的右腿毫不客氣地橫跨在我胸口。

齁，難怪我會夢到惡鬼蹲坐在我身上啦！

♪

努力練歌的時間過得很快，轉眼就來到十一月二十一日，我們登台的日子。

一早，彭炫妹就在廚房架設好一面小鏡子，用瓦斯爐加熱燙髮棒，神情肅穆地仔細整頓頭髮，化好妝的她問：「今天表演要穿什麼？」

「我有幾套固定的服裝，妳來挑挑看要穿哪一件，我們兩個的衣著顏色最好能相互搭配。不要弄頭髮了，妳的昭和髮型和化妝風格，與現代小禮服根本不搭。」

彭炫妹看了我一眼，「來，我幫妳捲頭髮。」

「不要！」我驚恐地後退一步。

她高舉燙髮棒朝我走來，不顧我的反抗，硬是把我按在椅子上，過沒多久，我便聞到頭髮燒焦的味道，天啊！眞想哭。

接著她又把我拉上二樓房間替我上妝。

我看著鏡中完妝後的自己，臉上刷滿白粉，眉毛畫得又細又長，幾乎像是個陌生人。

彭炫妹從衣櫃找出我的粉紅色短版旗袍，再從老媽的舊衣中翻出一件粉綠色短旗袍，「吶，就這兩件，我要粉紅色，妳穿粉綠色。」

拿她沒輒，我只得一邊吸氣縮小腹，一邊把自己塞進老媽的旗袍裡。

我嘆了口氣，「我覺得新娘會殺了我們，她肯定認爲我們不要臉、搏版面，搏版面就是……」

「我知道，就是搶鋒頭的意思，我無所謂，夢美我本人，一直都是眾人矚目的焦點，舞台上的女主角就是我，而且歌手就要有歌手的大器。」

我再次無奈嘆氣。

下樓準備出門時，老哥見到我和彭炫妹的妝扮，抱著肥肚腩狂笑不止，他指著牆上新掛上去的廣生堂雙妹嚜海報，海報裡有兩位穿旗袍的捲捲頭女孩，提著花籃擺出天眞爛漫的模樣。

「雙妹嚜是香港百年老化妝品品牌，妳們在cosplay這個嗎？」老哥說完又笑了起來，「妳們穿這樣，不能戴安全帽騎機車啦，我幫妳們叫計程車。」

計程車繞出東門圓環，沿著中華路向北行駛，一路上司機不斷從後照鏡偷窺我們。

跨過頭前溪時，彭炫妹猛盯著窗外一整排河岸豪宅，「一粒星，妳來過這裡嗎？以前是六家庄，但是我都不認得了。」

「我很少來竹北，這裡很多新蓋的高樓，專門賣給竹科工程師。」注意到司機的視線，我趕緊轉移話題，「魏主任說我們要去的那間餐廳，裝潢超級復古。」

「復古？是指我那個年代嗎？」

我拍了一下彭炫妹的大腿，示意她別亂講話，「大概就是弄幾塊客家花布，擺個打字機、老舊皮沙發，再掛幾張電影海報在牆上吧。」

待司機將我們送抵位於福興東路的風城之月餐廳，才走進門口沒幾步，我便發現竟然還真的被彭炫妹說中了。

餐廳內部裝潢幾乎等同於將新竹老街街景移植室內，兩旁各是一排帶著騎樓的紅磚街屋，全是一間間復刻重現的老店面，像是陳列繽紛懷舊糖果的柑仔店、懸掛手繪海報的新竹座電影院，以及還原度相當高的懷舊照相館、老藥局、理髮院、齒科醫院等。中央空地則是賓客用餐的場所，擺滿鋪著桌巾的大型圓桌。

彭炫妹頓時眼神迷離，興奮地跑進照相館東摸西看。

「怎麼來了兩位？嗯，妳們的打扮很搭我們餐廳，不過新人的預算不夠，只需要一位歌手。」餐廳的林經理上前對我說。

「別擔心，加一位不加價。」我連忙解釋。

她看向彭炫妹，有些不安，「黎小姐，這位唱得好嗎？魏主任只推薦妳欸。」

「放心，她唱得比我還好，安啦。」我信心滿滿答道。

一站上舞台，就吸引不少賓客高舉手機對著我們拍照。

張俞奏出〈愛情限時批〉輕快的前奏，我看著台下陌生的宴會廳，頓時四肢僵硬，腹部隱隱作痛，只好輕聲對彭炫妹說：「妳先唱，可以嗎？」

她點點頭，踩著高跟鞋站得穩穩的，拿起麥克風開口就唱：「要安怎對你說出心內話，想了歸暝恰想嘛歹勢，看到你我就完全未說話，只好頭犁犁。」

我接著唱：「要安怎對妳說出心內話，說我每日恰想嘛妳一個，心情親像春天的風在吹，只好寫著一張愛情的限時批。」

腹痛的感覺消失了，我和彭炫妹在舞台上踩著恰恰的舞步載歌載舞，台下的氣氛如營火般愈燒愈熾熱，餐廳工作人員打開宴會廳的大門，新郎騎著復古三輪車載新娘進場，引來一片熱烈的掌聲與祝福。

「謝謝妳們，我女兒聽到原本的主唱染上流感時，著急得快哭了。」除了演唱酬勞，新娘的爸媽還包了一個大紅包給我們。

「妳們有團名嗎？有粉絲頁嗎？」新郎的妹妹輕捏了下我的漩渦捲捲頭，「好酷，是眞的頭髮耶！這要怎麼弄？」

「團名……暫時叫做一九三四，還沒有粉絲頁，我們這個星期才剛成團。」我回答。

此刻，彭炫妹正以各個復古商鋪爲背景，擺出各種姿勢供一眾賓客拍照，簡直成了人氣外拍小模。

趁著等候計程車前來的空檔，我問彭炫妹：「妳從什麼時候發現自己愛唱歌？」

「小時候跟著大人去城隍廟前的戲台看戲，回家就唱給多桑和卡桑聽，覺得好好玩。」

原來每個愛唱歌的女孩，都是在父母滿滿的笑意與肯定下養成的。

「妳之前唱給這麼多人聽過嗎？」

「沒有耶，去河原曲盤考試時，評審只有五位，有個女孩子緊張到吐，還有個十三歲的女生唱到一半哭出來了，我倒是唱得很開心。」

「妳完全不會緊張？」

「不會。」她回得毫不猶豫。

「妳好勇敢，我只要第一次到陌生場地表演，就會緊張到肚子痛，所以才會要妳先唱。」我由衷佩服，帶著些許自嘲地說：「所以我一直固定在同一間飯店唱歌。林揖辰之前提議我組團到處表演，我也想啊，偏偏我有陌生舞台恐懼症。」

「那妳第一次在飯店駐唱是怎麼克服的？」彭炫妹問。

「雀爾登飯店的魏主任是我哥的同學，她很照顧我，讓我在空蕩蕩的宴會廳反覆練習，直到再也不怕為止。」

計程車來了，彭炫妹回頭望了餐廳一眼，似乎捨不得裡頭人工打造出的復古時空。

我拉著她上車，「欸欸，在昭和九年，如果你們要慶祝一件事情成功，會怎麼做？」

「去喝『嘎逼』！一粒星，我們可以去喝『嘎逼』嗎？」

「喝咖啡啊？那有什麼問題！」我從包包取出信封，把演唱酬勞分了一半給她。

她看著鈔票上的數字，忍不住讚歎，「你們這邊的錢，一張就一千元喔？數字好大！」

不意外地，我再度瞥見司機從後照鏡投來狐疑的視線，我趕緊對著彭炫妹，在嘴邊比了拉拉鍊的手勢，她不解：「什麼意思？」

「把嘴巴的拉鍊拉起來，安靜一點啦。」

「哼！」

彭炫妹蹺起腿凝視窗外，側臉線條美麗，短版旗袍底下露出一雙光潔的小腿，還眞像早期電影海報中的明星。

「彭炫妹。」我輕聲叫喚這位大小姐。

「幹麼？」

「下星期日，在雀爾登飯店還有一場表演，妳要跟嗎？」

「沒問題！」她一口答應。

在北門街下車後，我領著彭炫妹去到巷弄裡的一家咖啡廳，雖然是週六下午，窗邊倒還有一張四人座的空桌。

老闆娘親切地站在桌邊與我們攀談：「妳們是cosplay玩家嗎？這是哪個動漫的造型呀？」

「不，我們是去表演唱歌。」彭炫妹飛快回話，音量還不小，語氣中帶有小小的得意。

老闆娘圓睜雙眼，店內所有顧客的目光都集中在我們身上，我不好意思地拉了拉旗袍的裙襬，彭炫妹倒是臉色如常，彷彿早已習慣受人矚目。

叮咚一聲，咖啡廳的店門再次打開，一位客人走了進來。

抓得高高的頭髮，超顯眼的芥末黃外套，炯炯有神的眼睛還是戴著琥珀色的角膜變色片。

是林揖辰。

老闆娘上前招呼他，「不好意思，已經沒有空桌了。」

「沒關係，我看到朋友了。一杯熱拿鐵，謝謝。」他逕自在我們這一桌落座，「兩位小姐好，妳們穿越時空來新竹玩嗎？」

「這位先生，你還是去其他地方吧，我們雙方的時尚差了八十年，坐在一起畫風好突兀。」我指著店門不客氣地說。

「是很不搭調，像是在生菜沙拉裡放滷雞翅。」林揖辰仔細打量我，「不過，這個造型還滿適合妳的，來，我幫妳們合照一張。」

林揖辰替我和彭炫妹照完相後，老闆娘送上三杯咖啡，殷勤詢問：「妳們去哪裡表演唱歌呀？」

「竹北一間復古餐廳，我們去當婚禮歌手。」我回答。

林揖辰很驚喜，「妳終於願意組團啦？團名叫什麼？」

「一九三四。」

「一九三四？什麼意思？車牌號碼嗎？」

「西元一九三四年，也就是民國二十三年，或昭和九年。」

「這一年有發生什麼特別的大事嗎？」林揖辰偏頭想了想，「對日抗戰？第一次還是二次世界大戰？」

「都不是，一九三四年是台灣音樂如雨後春筍般蓬勃發展的一年。」

當然不能告訴他是因爲彭炫妹來自一九三四年啊！對於自己能在短時間內找出這個冠冕堂皇的理由，我有些得意。

林揖辰摸摸下巴，「黎憶星，妳實在很特別，唱誰的歌就像誰，跟這位彭炫妹在一起後，也跟著染上她的復古特色，眞不愧是只會反射他人光芒的月亮小姐。」

這根本是人身攻擊嘛！我做出反擊：「我說，你每天都要戴角膜變色片，不累嗎？」

「我人生第五千次回答這個問題了。這是我眼睛眞正的顏色，妳看。」他湊上前，示意我仔細觀察他的眼睛。

我直視著他的眼睛，不一會兒就略微狼狽地別開，他晶亮的眼神彷彿會灼人。

「知道啦。」我掩飾著啜飲一口還在冒著熱氣的咖啡，差點燙到舌頭，忽然覺得好像有哪裡怪怪的，接著扭頭問彭炫妹：「奇怪，妳怎麼這麼安靜？」

林揖辰附和，「妳今天沒再追著我問那位阿土先生的事情啦？」

彭炫妹興致盎然地拄著下巴，「你們兩個人剛剛在對看，好有趣。」

「有趣什麼啊！我有男朋友啦！」我臉上一熱。

林揖辰晶亮的眼神似乎瞬間黯淡了些……不，這一定是我的錯覺。

我試圖轉移話題：「對了，你不是說你阿公有一批收藏，要讓我老哥去估價批貨？約好時間了嗎？」

「還沒，那就明天早上好了，順便替我轉告你哥，他知道我家地址。」林揖辰也不怕燙，把剩下的咖啡一飲而盡，留下一張千元紙鈔後起身，「我還有事先走了。」

望著他離去的背影，彭炫妹問我：「一粒星，這個林桑，和妳的男朋友比起來怎麼樣？」

我又啜了一口咖啡，「林揖辰？他根本就是紈褲子弟，新衣、新歌、新車，什麼都要新的，恐怕女人也是一個換過一個。我男朋友江山博跟他完全不一樣，才華洋溢，而且非常努力，只是時運不濟，暫時無法實現他的理想。」

「既然才華洋溢又肯努力，爲什麼還要妳幫忙他工作？」

「我不是那種有才華的人，所以我很羨慕他，也很願意支持他發光發熱，能幫上他一點忙，我就心滿意足了。」

「妳怎麼會沒有才華？妳歌唱得不錯，和我差不多。」

「妳今天心情這麼好？河原曲盤準歌星，一九三四小天后，竟然會稱讚我。」

「我是說眞的，妳唱歌感情很投入，也很講究細節，好像眞的經歷過歌詞裡的故事和情感，這是我學不來的。」彭炫妹蹺起腿，「話說，如果江山博這麼好，爲什麼黎光陽一提起他就氣成那樣？」

「他對江山博有些誤會。」我訕訕地說。

彭炫妹嘆了一口氣，「看來我們兩人的戀愛，都受到身邊重要的人反對，妳哥不支持妳，像我哥一樣的阿土也不支持我。」

我露出苦笑，頗有同感。這位來自一九三四年的昭和女孩，確實和我有不少共通之處，都愛唱歌，也都陷入一場辛苦的戀愛。

我不禁想多了解她一些，「欸，彭炫妹，你爸媽都怎麼叫妳？」

「妹仔。」

「那阿土怎麼叫妳？大小姐嗎？」

她搖搖頭，「Shizuko桑。」

「什麼？」

「しずこ。」她在餐巾紙上寫下三個日文平假名。

「他特別幫妳取的名字啊？好浪漫喔。」

「什麼浪漫，『しずこ』的漢字就是『靜子』，他是嫌我話太多，要我安靜一點。」

我忍不住拍手，「這個名字取得太好了！」

彭炫妹翻了個白眼，長長的睫毛輕輕顫動，看起來很嫵媚。

也說不出爲什麼，我就是很確定這位就讀於台北工業學校的好學生阿土，一定很喜歡彭炫妹，他喚她「靜子」，就像小男生在作弄喜歡的小女生一樣，是因爲不懂如何表達愛慕，更是想換來她這半嗔半怒的一眼。

回到家，轉告老哥林揖辰請他明天去批價收貨後，我換回正常衣裝，意外發現手機竟有十三則未讀訊息。

「有個大消息跟妳說，晚上七點可以來我家嗎？」

「喂喂，小星星，妳在嗎？」

「快點回覆我，我不是每天都有空等妳訊息！」

在咖啡廳忙著和林揖辰鬥嘴，害我錯過了江山博的訊息，可惡的林揖辰，誤了我的正事！

「哥！我等一下要出去，晚餐請你和彭炫妹自行解決！」我扯著嗓子大叫。

老哥大怒：「妳是不是又要去找江山博？」

「不是啦。」我急得不停跺腳，已經六點五十五分了。

彭炫妹過來打圓場，「我請黎憶星幫我買東西。」

「買什麼？」老哥不信。

「女人用的。黎憶星借我的『不辣甲』太小件，她要去幫我買新的。」

老哥一聽，臉上一紅，念了兩句便去整理店裡的古董。

彭炫妹對我眨眨眼，輕聲在我耳邊說：「我很清楚談戀愛被家人反對的感覺。文明時代，交往要公開，妳快去吧。」

「謝謝妳，我會報答妳的。」我連忙抄起安全帽和機車鑰匙，並回訊給江山博，告訴他我大約七點四十五分能到他家。

我驅車奔向夜色中的中華路，心中無比堅定，不管前程後路如何，不管哥哥贊成或反對，我都要像〈跳舞時代〉中的文明女，愛我所愛！

星期六的傍晚，難得路上沒有塞車，連去全聯採買蔬果也不必排隊。我騎著老哥的光陽一二五，風塵僕僕抵達江山博住處，照例在巷口停好車，看看手錶，竟然比預計的抵達時間提早了二十分鐘。

儘管拎著一大袋沉重的食材，想到就能見到江山博，我的腳步依然輕快了起來。距離江山博的公寓尚有一小段距離時，一個女人從公寓一樓大門走了出來，我不由自主想起老哥跟我說過的話：

「身高大概一六八，很瘦，飄逸長直髮，看起來滿正的。」

他曾在大遠百親眼目睹，江山博和這樣一位女大生手牽手十指緊扣。女人踩著高跟鞋，鑽進窄巷路邊違規停車的一輛紅色福斯Polo汽車迅速駛離，天色昏暗，我看不清她的面容，也看不清車號。

我立刻奔向江山博的公寓，急得猛摁電鈴，待鐵門打開，我握住門把，才發現自己滿手心的冷汗。

拔腿跑上樓，一打開門，江山博劈頭就說：「妳……怎麼來得這麼早?遲到或早到都不禮貌，妳不知道嗎?」

我極力忍下想揪著江山博衣領質問他的衝動，只安靜地盯著他的雙眼，他卻很快別過頭，迴避我直視的目光。

「我剛剛看到一個女的，從這棟公寓走出去。」

「小星星，不要鬧了，那可能是別層樓的房客。」

「你的鄰居都是男研究生，據我所知，他們也都沒有女朋友。」這件事江山博之前還當作笑話跟我提過。

「別這樣嘛，小星星。」他拉著我走到書桌前，按著我的肩膀讓我坐下，自己也坐了下來，蹺起的腿抖個不停。

「上次那個拉你去看電影的女學生，還有再來找你嗎?」我冷著聲音問。

「妳說什麼？」他注意到我不悅的眼神，趕緊回答：「當然沒有。」

回話的時候，他已經停止抖腳，或許他眞的沒有說謊。

我頓時鬆了一口氣，全身虛脫，覺得自己好傻，不該捕風捉影，於是趕緊轉移話題：

「你今天找我來，是爲了什麼事啊？」

「我打聽到〈塹城一粒星〉的原唱了。」江山博一臉自豪。

「你太厲害了！是誰？」

「一個藝名叫『夢美』的女孩子。我訪問的老人家說，她也是新竹人，當時剛從新竹高等女學校畢業，姓彭，唱歌非常好聽，以第一名考進河原曲盤，但那位老人家已經記不得她的本名了。」

我心中一震，卻也不能說有多意外——我就知道！彭炫妹在她的年代是顆燦爛耀眼的星星！

「不過……」江山博皺起眉頭，推了推粗框眼鏡。

「不過什麼？」

「那位夢美小姐太仰慕黎雲聲，單方面糾纏他，還要他離婚娶她，黎雲聲不堪其擾，詞曲創作產量下降。河原曲盤社長非常生氣，認爲夢美的行徑有損自身形象和公司利益，下令冷凍夢美，後來就沒再發片，從頭到尾，她就只發行過那麼一張曲盤，用今天的話來說，就是一片歌手，眞慘。」

我張大了嘴，這樣的發展卻是我沒有預料到的。

「黎仁英理事長指示，不必手下留情，一定要在黎雲聲的傳記裡狠狠批鬥這位夢美小姐。據說，夢美的下場很慘，她一再糾纏黎雲聲，也沒有嫁人，但有人在路上看到她背著一個小嬰兒，不清楚是誰的孩子。戰爭末期，夢美在一次空襲中過世了，她的孩子也不知去向，那是……」江山博翻看筆記本，「大概是一九四五年，也就是昭和二十年間的事。」

我在心裡默默計算，彭炫妹竟只活了短短二十八年！

不、不，這太慘了，這不是閃閃發光的千金小姐該有的人生。

「妳能不能幫忙再找點資料？去新竹女中找日據時代的畢業紀念冊，說不定可以找出那個歌唱實力一鳴驚人，卻愚蠢到阻礙自己和黎雲聲前途的……」江山博思索一下，想出一個他自認最恰當的字眼，「絆腳石。」

「絆腳石？」

「是啊，妳姑姑說，如果不是倒楣碰上她，黎雲聲一定能有更多更好的詞曲創作，不讓鄧雨賢專美於前。」江山博交代完工作，站起來走到我背後，從後方摟住我，低頭輕吻我的髮絲，「我還沒吃晚餐，肚子好餓喔，我的小星星要煮什麼給我吃啊？」

我驀地站起身，還撞到他的下巴。

「黎憶星，妳幹麼啊？」江山博痛得捂著下巴。

「我要回去了。」

「什麼？」

「我要回去找彭……不，夢美的資料。」

「蛤？那我的晚餐怎麼辦？」

「眞的很不好意思，得麻煩你自己煮了。」

我抄起包包，飛奔下樓，跳上機車，用最快的速度回到北門街上的家。

第七章　封印記憶的保險箱

幸好老哥已經睡了，我步上二樓，敲了彭炫妹的房門。

「欸欸，妳約會怎麼樣？有沒有去看映畫？有沒有去喝咖啡？怎麼這麼快回來？」彭炫妹抱著iPad打開房門，一見是我，就劈里啪啦問了一大串問題。

「都沒有。」

我走進房間，關妥房門，拉著她坐在床沿，開門見山問：「妳的戀愛對象，是不是就我阿公？」

彭炫妹轉頭不看我。

「我問妳，是妳先開始的嗎？」

「才不是！雷せんせい剛認識就對我很好，帶我去波麗路西餐廳喝咖啡，還去遊碧潭，一直到……一直到我回新竹前一個星期，黎夫人抱著孩子來會社找他，我才知道……」

「我阿公怎麼說？」

「他說他愛的是我。」她終於肯看我了，神情帶著倔強。

「妳就這樣相信他？」

「他說要學習詩人徐志摩，保證從日本錄音回來，就和夫人離婚，然後帶我去唐山旅遊和寫歌。」彭炫妹眼中亮起光采，「我們要去上海外灘，去百樂門大飯店舞廳跳TOROTO，雷せんせい還說，今年英國人剛蓋好一棟二十一層的百老匯大廈，一定要帶我去看，所以我已經辦好旅券，好期待喔。」

我聽了心裡一陣絞痛，渣男的說詞，從古到今好像都一樣啊。

「妳有沒有想過，黎雲聲的夫人，我阿爸的大媽，在妳們那個年代，離了婚要怎麼辦？」我抓住彭炫妹的手臂。

「我也替她很難過，但他承諾會照顧夫人一輩子，我也會永遠待她如長姊。」她的眼神澄澈又堅定。

如果是剛遇到彭炫妹那時，我一定會覺得她和我阿公黎雲聲之間的愛情，全是她空口無憑的痴心妄想，我會採信江山博的說法，認定是彭炫妹單方面糾纏黎雲聲。

然而現在我無法這麼認定了，彭炫妹沒有妄想症，她的確是河原曲盤的簽約歌手，也的確擁有驚人的歌唱天賦與實力，她嘴硬但不說謊，唯一的例外只有爲了我欺騙過老哥一次，好放我出門找江山博。

彭炫妹看著我，「怎麼了嗎？爲什麼突然問我這個問題？」

「沒、沒什麼。」我收起滿腹疑問，「妳拿著iPad在幹麼？」

「在練習唱歌，iPad上好多歌可以學喔。今天和妳去婚禮唱歌，我覺得我眞的好喜歡當歌手。雷せんせい說『一日歌手，一世歌手』，每天都要練習，自從來到這裡，我荒廢好一陣子了，得加緊努力，等我回到昭和九年，去日本錄音的時候，才能把他寫的歌唱得更好。」

彭炫妹的眼睛裡充滿對於未來的肯定和期待，可今天江山博卻告訴我，她的際遇將如此悲慘不堪。

我不知道該怎麼反應，只好胡亂拿話搪塞：「好啦，明天要一起去林揖辰家收貨，妳不准穿高跟鞋、旗袍或洋裝，也不准捲頭髮！」

「知道啦！」

♪

第二天一早，老哥開來載貨用的中華得利卡，這位北門街哆啦A夢已經準備好收貨專用的工具，包括推車、紙箱、封箱膠帶、氣泡布、舊報紙、工作手套、口罩等等。

彭炫妹生平第一次穿上卡其吊帶工作褲，嘴裡抱怨個不停：「這是什麼褲子？材質好硬，好不舒服，而且好醜，一點也不『毛斷』啦！」

「毛斷？」

「Mo——dern——」

我對彭炫妹翻了個白眼，轉頭問老哥：「林揖辰他家在哪？」

「寶山鄉，聯華山莊。」老哥發動這台老舊的廂型車。

我一愣，「聯華山莊，那不是……」

老哥回答：「對，我們偉大的、親愛的、尊敬的姑姑一家人也住那裡。」

車子轉進西大路，掠過科學園區的邊陲，進入蜿蜒的山路，一向不會暈車的我，突然覺得頭暈想吐。

上次走上這條路，是七年前的初秋，那時老媽騎摩托車，沿著山路小心謹慎行駛，載著我到姑姑家……

我甩甩頭，想驅走不愉快的記憶，於是又問：「你說老房東叫林誌玄對吧？林揖辰上班的公司，就叫做『誌玄科技』。」

「對，那是老房東創辦的，他是位科技業大老，做黑膠唱片和電鍍技術起家，後來CD光碟片崛起，他掌握關鍵技術又引進自動化生產，至今仍是國內最大的DVD光碟片製造商，也開發攜帶式播放設備，像上次唱KTV時林揖辰帶來的那台MP3播放器。」

我不是很懂科技業，但聽得出來，誌玄科技的經營方向始終緊扣著「音樂儲存」這個核心。

「這位老先生，好像也很喜歡音樂。」

「不過，林揖辰認爲音樂儲存競爭太激烈，應該往更具未來的前瞻科技發展，像綠能、太陽能方面。他正在努力說服現任董事長，也就是他爸。」

我撇撇嘴，「哼，連工作都要拋棄他阿公的創業主軸，邁向最新、最夯的技術就對了，還眞是標準的林揖辰風格！」

車子繼續前進，直到看見山坡地上矗立著一大片美式透天別墅，一座巨大的米黃色石牆映入眼簾，上頭刻有「聯華山莊」四個大字。

警衛在通知林揖辰後，才放我們進入聯華山莊，彭炫妹盯著路旁的豪宅綠樹，目瞪口呆。

「姑姑家是哪一棟？」我問老哥。

「天曉得，那麼多年沒來，這裡的房子又長得很像，早就搞不清楚了。」

又行駛一陣，老哥左右張望，注意到路邊一棟環繞著綠色矮灌木叢的別墅，車庫前的白色鐵捲門正緩緩升起，他肯定地說：「就是這裡。」

老哥把車子停進車庫，林揖辰已在車庫內等待，他身穿藍色牛仔外套和黑白條紋針織上衣，乍看平凡無奇，仔細一瞧，牛仔外套是略略收腰的款式，襯衫則遍布精緻的深藍色捲雲形狀圖案。

「這車庫好大。」彭炫妹讚歎。

的確，車庫裡除了我們的中華得利卡，還停了三輛車。

我向林揖辰打招呼，「嘿，你家車好多喔。」

「我爸的。」他先是指向一台黑色的Lexus轎車，接著指向一台米黃色的長型賓士車，「我爺爺的，但只能看不能開，可惜他等不到法規開放古董車上路就走了。」

「你的Gogoro呢？」我好奇地問。

「已經賣了，我現在不再買車，只租最新的車來開，這樣就可以一直開新車了。」他指著那台全新的鈦藍色Toyota Camry。

我嘖了一聲，暗自搖頭，這傢伙恐怕換女人也是這麼勤快吧？

經過寬敞且裝潢精緻的豪華客廳，林揖辰帶我們來到林誌玄老先生的書房。

書房內全是從日據時期保存下來的古董物品，我彷彿看見老哥的小眼睛閃爍著金錢符號，他默不作聲地環顧四周，大概正在心裡狂按計算機，估算這些古董價值多少了。

我的視線首先落在書房中間的褐色大書桌上，有個造型特殊的木櫃，上面附有簾幕，抽屜的扣環以黃銅製成；桌上另有一盞古樸美麗的玻璃檯燈，而檯燈的電線似乎不久前才換過，林老先生大概很念舊，或者非常惜物吧。桌邊則有一款小型黑色保險箱，轉盤式的密碼鎖上環繞的不是數字，而是日文片假名。

書房的四面牆都立著一整排大書櫃，陳列許多發黃的舊書和老曲盤，以及一台老舊的留聲機。

這台留聲機比較符合我心中的古董留聲機形象，上面有個大大的喇叭，像一朵花。

「這台壞了。」注意到我的目光，林揖辰解釋。

老哥上前轉動留聲機的把手，搖搖頭，「發條斷了，要修理。」

「你看，那盞檯燈的電線和插頭都換過，可見你爺爺很念舊，也很惜物。既然如此，為什麼放著留聲機壞掉不修理？你阿公喜歡音樂嗎？」我轉頭問林揖辰。

「應該沒有特別喜歡吧，我想不起他上一次用這台留聲機播放音樂是什麼時候了。」

「聽說你們公司自創建以來的主力產品，都環繞著音樂播放和音樂儲存打轉，如果他不喜歡音樂，為什麼要做這些？」

「我也不曉得，我爺爺很嚴肅，我小時候不太敢跟他說話。他很長壽，今年走的時候已經九十七歲了。」林揖辰攤手。

我忍不住驚呼，那些經年累月塵封在架上的老曲盤該有多寂寞？而這位活了將近一世紀的老先生，是否也是如此？

「唱片、書、桌椅家具都可以變賣。」林揖辰交代。

老哥點點頭，「那這個保險箱呢？」

「鑰匙在抽屜，」林揖辰指向一個小抽屜，「但沒有密碼根本打不開，我爺爺說，有本事就把它打開，不然不准賣，就讓它永遠留在這間書房裡。」

老哥開始整理書籍和曲盤，我正想上前幫忙，卻突然動作一頓，「老哥，你有沒有覺得哪裡怪怪的？」

「我正想跟妳說，身邊好像變安靜了？」

我和老哥異口同聲大叫：「彭炫妹！她去哪了？」

抬眼望去，發現彭炫妹愣愣地立在書房門口，也不知道她在那裡站了多久。

「快來幫忙啊！」

我上前遞了一副口罩和手套給她，她卻不理會，逕自衝到書桌前，拉開桌上那個櫃子的簾幕，露出裡頭一幀框著木製相框的黑白照片，照片裡的青年穿著學生服，卻戴著紳士帽，長相與林揖辰十分神似，應該就是林誌玄老先生年輕時，他站在繼德茶行的招牌前直直盯著鏡頭，嘴角微抿。

「是阿土。」彭炫妹眼眶含淚，把照片貼在心口，「是阿土，我就知道是你！」

林揖辰眉頭一皺，望向我和老哥，眼神透露出懷疑。

「她、她阿嬤的初戀情人叫做林清土，後來失去聯絡，她阿嬤就另嫁他人了，但一直留著林清土的照片，她……」我快掰不下去了。

老哥反應很快，趕緊補充：「她是阿嬤帶大的，從小聽阿嬤講了很多林清土的事，所以她一直很想幫阿嬤找到林清土。是說台北工業學校就是北科大的前身，我早該想到林董事長就是阿土了，哈哈哈。」

老哥的笑聲聽起來好誇張，一點都不自然。

「彭炫妹！總算幫妳阿嬤完成找到阿土的心願嘍！太棒啦！」我連忙接話。

「這樣啊，我實在很難想像爺爺曾經是別人喜歡而且想念了一輩子的對象。」林揖辰偏頭尋思，看了看彭炫妹，「那妳阿嬤會不會就是我奶奶？或許妳阿嬤在生了我爸之後，又嫁給別人，倘若眞是如此……我們就是親戚了吧？在中文裡要怎麼稱呼呀？總之我們是cousin了吧？」

「什麼『咖稱』，我才不是你的親戚！」彭炫妹瞪大眼睛。

「拜託，我也希望不是！」林揖辰不甘示弱地回嘴。

旁觀這兩個都擁有一雙琥珀色眼瞳的人像孩子似的拌嘴，還眞有點像一對打打鬧鬧的表兄妹哩。

幸好，林揖辰沒再繼續深究彭炫妹的身世背景，他嘖了一聲，轉身走回書桌附近，開始打包舊物。

「差一點就露餡了，妳別再亂講話了！」我拉著彭炫妹去到角落，低聲警告她，並幫她戴上口罩。

彭炫妹立即拉下口罩辯解：「眞的！他眞的是阿土！那個保險箱也是我家的，是阿土他阿爸和我多桑一起去台北買的！」

「好了，總之小聲點，別讓林揖辰聽到！」我把她推向老哥，讓她一起幫忙整理書籍和曲盤。

我裝作若無其事地走到林揖辰身邊，和他一起將書桌抽屜裡的鋼筆、拆信刀等文具，一一用氣泡紙包起裝入紙箱。

偷偷覷向林揖辰，他修長的手指動作輕巧，那雙琥珀色眼瞳正專注地檢視各式文具，我忍不住猜想，既然林誌玄老先生就是阿土，那麼阿土後來和誰結婚了?專情的老先生是否選擇了一個長相和彭炫妹有幾分神似的女子，因此林揖辰才會有一雙與彭炫妹相似的眼瞳?

「你的阿嬤還在世嗎?」我出聲問林揖辰。

「我沒見過我奶奶。」

「咦，為什麼?」

「我奶奶在日據時代就過世了，據我所知，她和我爺爺沒有正式的婚姻關係，我爺爺是在與她失聯多年後，才再次獲得她的消息，也才知道有我父親的存在，只是那時我奶奶已經過世好幾個月了，我父親則由好心的鄰居代為照顧，但鄰居家裡也窮，有一頓沒一頓的，我父親當時因為營養不良，餓出了一身病，他長得很像我爺爺，我爺爺一眼就認出他是自己的骨肉。」

「你知道你奶奶是誰嗎?」

「我爺爺始終不肯透露。」

「後來他還有再娶嗎?」

「沒有。」

「活了九十幾年，只有過一個女人!」我不由得驚呼，沒多想便脫口而出，「跟你這種一天到晚換車、換衣服的紈褲子弟相比，實在差太多了。」

「喂!月亮小姐，妳說得好像我很花心，換車、換衣服的頻率，和換女人沒有任何關係!」他輕聲抗議，似乎有點受傷。

見他這樣，我突然覺得有些愧疚。是呀，林揖辰外貌帥氣，而帥氣的男人一定花心，這完全是我的刻板印象。事實上，像林清土老先生這樣成功的企業家，長相也一表人才，卻甘願一生只在心裡守候一個女子。

那江山博呢？他的心會只屬於我一個人嗎？

我不敢再往下想，於是隨口找話題問林揖辰：「好啦，那保險箱裡裝了什麼？」

「不曉得，我爸也不知道密碼，請了好幾位鎖匠都沒辦法打開它。」

「你爺爺真是個神祕的人啊。」

收拾了一會兒，我手上拿著剛用氣泡布包好的美麗檯燈，不經意地往彭炫妹望去，卻見她正痴痴凝望著保險箱。

我抬腳走過去想跟她說林清土的事，不小心踢到桌腳，身體倏地往前傾倒，我下意識緊緊抱住檯燈，這麼脆弱的玻璃檯燈可禁不起摔！

就在此時，有人使勁一把拉住我，我整個人重重撞進他的懷裡，他險些支撐不住，踉蹌了兩三步才站穩。

「妳如果這樣摔倒，手會受傷的！」林揖辰看著我，眼中帶著些許責備，「怎麼會把身外之物看得比自己的手重要？」

在他懷中與他對視一陣，我的雙頰不由自主湧上一股熱意，他輕輕放開我，別開視線，耳根似乎也泛起了可疑的紅色。

「這裡叫便當不方便，我去準備午餐了。」

「你們家沒有廚師嗎？」我假裝若無其事地回了句。天啊，我的聲音好乾澀。

「沒有，我幾乎都自己下廚。」

林揖辰離開書房，我強迫自己鎮定下來，慎重地將檯燈放入紙箱，彭炫妹和老哥跟著湊了過來。

「幫我們準備午餐耶，暖男喔！」老哥對林揖辰讚賞不已，「黎憶星，不是我要妳倒追高富帥，但這個林揖辰，實在比江山博好一萬倍。」

林揖辰下廚之舉確實也讓我心中為之一動，但我仍嘴硬，「你又知道了，只不過是下個廚而已，說這話還嫌太早吧。」

老哥本來還想說什麼，卻在瞥見彭炫妹低頭輕撫保險箱的舉動時，換了個話題，「彭炫妹，妳家阿土是不是放了什麼神祕的重要物品在裡面？妳不是說這是妳家的保險箱？妳知不知道密碼？要不要打開來看看？」

彭炫妹點點頭，「密碼是『カオリ』，我卡桑名叫阿香，日文念起來就是kaori。保險箱的密碼只有我多桑、卡桑、阿土他阿爸、阿土和我五個人知道。」

我從書桌抽屜找出保險箱的黃銅鑰匙，交給彭炫妹。

「要先歸零。」她先伸手將轉盤順時針轉到「ア」三次，接著順時針轉三圈對準「カ」停下，再逆時針轉一圈對準「オ」停下，最後順時針將指標旋至「リ」後轉回「ア」，而後順時針轉一下。

彭炫妹將鑰匙插進保險箱的鎖孔，轉動鑰匙，然而卻沒有聽見解鎖成功的聲響。

「怎麼回事？」彭炫妹面如死灰，用力拽著保險箱上的把手，彷彿溺水的人死抓著浮木。

我趕緊阻止她，「別這麼用力，弄痛了手也開不了，很可能阿土改過密碼了。」

「改過密碼？他會改成什麼？他改密碼做什麼？」

老哥低頭沉思，「有沒有哪個詞語對阿土具有特別的意義，又正好是三個日文片假名組成……」

聞言，我腦袋發熱，感覺有個答案呼之欲出，「試試看『シズコ』，Shizuko！」

「Shizuko？」彭炫妹愣住，「怎麼可能？」

「Shizuko，漢字寫成『靜子』吧？這哪位呀？林清土的女人嗎？」老哥問，一邊接手嘗試開鎖，他照著彭炫妹先前的作法施行，一聲無比清脆的喀答聲響起。

老哥和我互看一眼，他穩穩握住把手，咿呀一聲，保險箱的鐵門應聲打開，裡面有一張曲盤，和一頂有幾分眼熟的灰色紳士呢帽。

定睛一看，那不就是林清土在照片中戴的那一頂嗎？

「這頂帽子是我送給阿土的！」彭炫妹伸手將帽子從保險箱中取出，輕輕撫摸帽簷，眼神充滿懷念。

我小心翼翼地拾起那片曲盤，曲盤的牛皮紙封套上印有紅色圓形商標，並寫著「河原曲盤」四個大字；而曲盤正中央除了印有河原的商標，還另有幾行印刷文字，載明這張曲盤就是〈塹城一粒星〉，由天才詞曲家黎雲聲包辦詞曲，是美聲新歌后夢美的入社首回作品。

「是我的曲盤！我眞的是歌手！」彭炫妹高興極了，像隻袋鼠般原地蹦跳個不停。

我也忍不住笑了，雖然已經知道〈塹城一粒星〉是她的作品，但看到曲盤出現在眼前，還是深受感動。

老哥更是興奮，用力拍了下自己的大肚腩：「終於找到我們阿公的曲盤啦！原來這首歌是妳唱的！居然是妳！哈哈哈！」

彭炫妹眉飛色舞地拉起我和老哥的手又叫又跳，老哥這個胖子跳沒幾下就滿頭大汗，他氣喘吁吁地停下來擦汗，像是想起了什麼，微微蹙眉。

「怪了……老爸找這張曲盤找了一輩子，老房東也知道，爲什麼他不告訴老爸這件事？」

我拿起曲盤仔細端詳，「這曲盤是不是有點怪怪的？表面上有一些不規則的凹凸不平。」

「保存不良，需要修復，不然無法在留聲機上播放。」老哥下了專業判斷。

曲盤中央另有一行挨著印刷字體的細小手寫字，字跡行雲流水，我仔細辨認後大聲念了出來：「致夢美吾愛，待雲聲入夢——」

彭炫妹一把搶過曲盤，「這是雷せんせい的字！」

「吃飯了！」林揖辰穿著褐色圍裙回到書房，目光落在敞開的保險箱上，非常驚訝，「你們打開保險箱了？眞是太厲害了！裡面有什麼？」

「一張壞掉的〈塹城一粒星〉曲盤，一頂老舊的紳士帽。」我說。

「這兩樣東西値得鎖在保險箱裡這麼多年？」林揖辰很詫異，「我眞不了解我家爺爺，密碼是什麼？」

老哥趕緊回答：「是彭炫妹她阿嬤的日文名字。」

林揖辰困惑極了，扭頭看向彭炫妹，「眞假？妳阿嬤眞的不是我奶奶嗎？我們眞的不是

cousin嗎？」

「才不是！」彭炫妹一臉心痛地捧著損壞的曲盤，沒有心思跟林揖辰鬥嘴。

見她如此，林揖辰便說：「我有辦法找到師傅修復這張曲盤，交給我來辦。我們先去吃飯吧。」

於是我把曲盤收入封套並遞給他，過程中彭炫妹的視線始終緊盯著那張曲盤。

林揖辰領著我們來到飄散著咖哩香氣的餐廳，餐桌鋪著雪白細緻的蕾絲桌巾。我想起在家裡，我和老哥總是就著客廳的茶几鋪上舊報紙用餐，偶爾沒鋪上舊報紙，老哥把湯麵的油湯濺了滿桌，他還辯解那是替木頭茶几上油保養。

我小心翼翼地用湯匙舀起咖哩飯送入口中，生怕醬汁弄髒桌巾。

「那個……林董。」老哥吃了幾口，欲言又止。

「叫我阿辰就好啦！你才是黎董。」

「嗯，你這批貨量比我想像中大，我最近才買了一台留聲機，如果整批現金買下來，可能有點周轉不靈，能不能用寄賣的方式處理？」

「也可以，按六四比例分配販售所得，售價你決定就好，你是專家。」林揖辰倒也豪爽。

「那我待會列張清單給你確認，書房裡所有的東西都要出售嗎？」

「除了那張照片以外，要是那張唱片能修復，也連同那頂帽子全部一併交由你們處置，看是要留、要賣、要高價賣給你們姑姑都可以。我知道你們姑姑在找這張唱片，應該可以賣個非常好的價格。」

我想起先前在鄭恬佳的婚宴上，林揖辰讓馥湄表姊笑得花枝亂顫，便問：「你怎麼沒想過要直接賣給我姑姑？我表姊應該會很高興。」

「我爲什麼要讓她高興？」林揖辰一臉莫名其妙。

「上次在鄭恬佳的婚宴上，你跟我表姊講話的時候，她笑得很開心。」

「那妳有看到我當時的表情嗎？妳表姊一家也住在這個社區，她養的法國鬥牛犬，把我媽心愛的薰衣草啃得乾乾淨淨。妳表姊說沒開花的薰衣草就像野草，她的狗狗在幫我除草，說完她自己笑得很開心，我根本笑不出來。」他忿忿道。

我咬了咬下唇，看來我眞的誤會林揖辰了，誤會他很花心，也誤會他和我合唱是爲了在美女表姊面前出風頭。

「我……我來洗碗。」注意到大家都吃得差不多了，我站起身打算收拾桌面，一方面是眞心想幫忙，一方面是覺得先前自己把林揖辰想得那麼不堪，有些羞慚。

「我家有洗碗機，而且妳是往來的古董廠商，也是客人，不是女傭或家政婦。」林揖辰搶過我手中的碗盤，另一隻大手把我按回餐桌，逕自走進廚房，將碗盤沖過水後放入洗碗機，再拿抹布清理流理台。

隔著廚房中島，我偷偷望著林揖辰忙碌的修長背影，不由得神思恍惚了起來。

我似乎總是先入爲主認爲，不管身處哪個場合，不論面對哪些人，我都應該幫忙做事與善後，彷彿體內植有一個自動執行的灰姑娘**APP**，而每個人都理所當然地享受我的付出，包括我的男友江山博，從來沒有誰像林揖辰一樣，要我關掉灰姑娘**APP**，好好當個客人就好。

我或許不是灰姑娘，但他的確是個王子。

飯後，我們合力將所有裝盛古物的紙箱抬上車，包括那個沉甸甸的保險箱。

車子方駛出車庫不到一分鐘，便看見一名運動裝扮的妙齡女郎，正沿著花木扶疏的道路慢跑，手上還牽著一隻法國鬥牛犬。

「是馥湄表姊！」上回見到她時，她還是長鬈髮，這次卻已將一頭長髮燙直，應該花不少錢吧？有錢人家的千金隨時都能變換髮型，眞好。

我嘆了口氣，向車內的彭炫妹介紹，「吶，那個女生的媽媽就是我姑姑，妳的雷せんせい的長女。」

彭炫妹抬眼看她，「喔，她去開車了。」

馥湄表姊抱著鬥牛犬，鑽進停在路邊的紅色福斯汽車。

紅色福斯Polo汽車！

我想起上回在江山博公寓門口目睹的畫面……

該不會……

當我正要陷入自己的疑心病與男友出軌創傷症候群時，老哥的聲音傳來，「我還是想不透，老房東手裡明明有一張失傳已久的〈塹城一粒星〉曲盤，爲什麼不對外公開？」

「會不會是想著曲盤已經壞掉了，乾脆就不提了？」

老哥搖搖頭，「不，曲盤損壞得不是太嚴重，不至於修不好。」

我嘆口氣，「根據曲盤上的題字，這應該是當初阿公送給彭炫妹的。」

「可惡的阿土，竟然偷偷藏起我的曲盤，我不要理他了。」坐在後座的彭炫妹，竟從紙箱中抓起阿土的紳士帽，打開車窗往外扔。

老哥緊急剎車，我連忙下車去把帽子撿回來，拍掉上頭的塵土，並勸彭炫妹：「別這樣，也許阿土有什麼苦衷啊。」

「哼！他知道我有多喜歡唱歌，還說支持我當歌手，只要是我的曲盤，他一定會全部買齊，結果他只買了這一張不說，還藏起來不讓世人聽見我的歌聲，我不會原諒他！等我回到昭和九年，一定叫我多桑把他趕走！」

彭炫妹說得氣憤，又要撲過來搶奪我手中的帽子，我連忙把帽子緊緊護在懷裡。我非常同情阿土，但也無法替他辯駁——大小姐，不是阿土不買齊妳所有的曲盤，而是妳只發行過這一張啊！

我嘆了口氣，低頭看向懷中這頂保存完好的帽子，沒有任何破損或脫線，林誌玄老先生一定非常愛惜它。

不過，他那麼愛惜舊帽子、舊檯燈，為何偏偏不修好壞掉的留聲機和曲盤？

我總有種感覺，林老先生並非蓄意阻止彭炫妹的歌聲流傳於世；甚至他很可能還愛著彭炫妹，所以才將保險箱密碼設定成他為彭炫妹取的日文名字。

從昭和九年，到彭炫妹在空襲中遇難的昭和二十年，在這十一年間，彭炫妹發行第一張，也是唯一一張專輯、被唱片公司冷凍、可能生了個孩子，除此之外，她身上究竟還發生了什麼事？

既然林老先生對彭炫妹那麼無法忘情，又是如何與林揖辰的阿嬤在一起的呢？會不會眞如林揖辰所言，他的阿嬤確實是彭炫妹？

忽然間我腦中閃過一個念頭——林清土老先生後來改名爲林誌玄，「誌」含有紀念、記住之意，「玄」和「炫」不管在字形還是讀音上都很相近，他是不是一直在想念著彭炫妹呢？

懷著滿腹的疑問回到家，我們三人繼續整理那車古董，老哥一一爲其建檔、定價，我和彭炫妹則幫忙貼上售價標籤，陳列在店內。

我本來擔心彭炫妹會像之前一樣，一傷心就躲回房間，沒想到她雖然神情嚴肅，忙於工作的雙手卻始終沒停下來。

「這頂帽子怎麼辦？」我問老哥。

「這種帽子賣價不高，對於親人倒是很有紀念價值，要是妳喜歡，就問一下林揖辰看能不能賣給妳。」

「那這盞檯燈也可以留下來嗎？」

「好啦，妳自己跟他說。」

於是我傳了LINE給林揖辰。

「可以啊。但只送不賣，就送給妳吧。妳怎麼對我爺爺這麼有興趣？」

「我是對有故事的人有興趣。這可是你爺爺的遺物欸。」

「他把過去埋藏得太深，我爸和我只能往前看嘍。」

「總之，謝謝你，我會好好愛惜帽子和檯燈的。」

完成上架工作後，彭炫妹抱著iPad回房，房裡隨後便傳出她宏亮的嗓音，不斷進行各種歌唱的發聲練習。

「一日歌手，一世歌手。等我回到昭和九年，去日本錄音的時候，才能把他寫的歌唱得更好。」

我想起彭炫妹昨晚說出這句話時，她那無比堅定的眼神。

即使知道自己的歌聲被封印了八十年，她依然能繼續堅持努力不懈。

那我是不是也該努力唱出自己的聲音？

「獨夜無伴守燈下，清風對面吹……」安靜的房內突然冒出〈望春風〉的歌聲，我嚇得差點從椅子上跳起，三秒後才想到，這是我新設的手機鈴聲，連忙接起。

「喂，這裡是順豐速運，您是黎憶星小姐嗎？您的快件被扣留在海關……」

「抱歉，上淘寶買東西的是我哥，不是我！」

又是詐騙電話。

我快速掛掉手機，再聽了一遍上回我們一起在KTV唱的阿卡貝拉版〈望春風〉，腦袋忽地迸出一個想法。

要試試看嗎……我遲疑著，但我是真的已經下定決心不要再當什麼「月亮小姐」了。

打開電腦，我在網路上瘋狂尋找阿卡貝拉團體的歌曲表演影音檔，整整聽了兩小時，並在紙上寫下還不完全的編曲。人聲最大的問題，在於一個人沒辦法同時發出兩個音，因此阿卡貝拉樂團的成員編制愈多，編曲就能愈豐富多元，目前我可以找的人選只有彭炫妹、老哥和林揖辰，要如何運用四個人的聲音編出豐富的樂曲呢？

坐在椅子上，我隨手拿起林老先生的紳士帽往頭上戴，想著說不定能藉此沾染這位科技業大老的些許智慧。可惜這一切都是我痴心妄想，五分鐘後，我仍舊想不出什麼解決辦法。

然而在脫下帽子時，我隱約感覺到手指底下的觸感有些微妙，似乎有什麼東西被藏在帽子的毛呢內裡。

仔細一摸，還眞的有東西被藏在帽子的內裡，摸起來像是摺成一疊的厚紙。

這是什麼？鈔票？股票？地契？藏寶圖？

難道我發現了林揖辰家不爲人知的一筆財富！

我拿出針線盒，因爲太過興奮，手有點發抖，我屏住呼吸用小剪刀拆開帽子內裡的縫線，從夾層中取出一疊紙片。

打開一看，不是鈔票、股票、地契，更不是藏寶圖。

紙張微微泛黃，深藍色的鋼筆字整整齊齊，蒼勁的字跡體現出書寫者堅定的意志。

致しずこ

才看清楚信上一開頭的稱謂，我就立刻奪門而出，把老哥拉進我房間，接著反鎖房門，以防彭炫妹突然闖入。

「幹麼啦！」老哥沒好氣地說。

「你看！房東在帽子裡藏了一封信！」

老哥接過去看，「しずこ?這誰啊?」

「彭炫妹啦!」我告訴老哥，林清土幫彭炫妹取了這個日文名字，以及彭炫妹悲慘淒涼的一生，當然，我沒讓他知道這些訊息大部分都是透過江山博得知的。

昭和九年到昭和二十年，西元一九三四年到一九四五年，彭炫妹在這十一年間究竟經歷了什麼事，答案即將揭曉。

第八章　原音終於重現

しずこ：

今晨留聲機發條斷裂，無法再播放老曲盤。一轉眼，妳已離世五十載。既然〈塹城一粒星〉曲盤早已損壞，我決計自今日起，不再聆賞音樂。

猶記得昭和九年，都城隍廟前我倆發生爭執，妳篤信籤詩所言，「事能全」即代表妳與黎先生之愛情與歌唱事業皆能兩全，我持反對意見，認為不會如此順利，心高氣傲的妳，當街負氣離去，直到傍晚才返家。

我何嘗不希望妳愛情事業雙全，但河原曲盤會社社長，深受傳統儒家思想薰陶，要妳放下對黎先生的愛情，專心歌唱。妳卻堅持不肯，儘管〈塹城一粒星〉推出後頗受歡迎，社長仍決定棄置妳已錄好的其他歌曲，改由其他歌手演唱。

妳一心跟隨黎先生，遭逢頭家和頭家娘反對，妳遂離家出走，然而黎先生男女關係複雜難斷，妳深陷苦海，兩人分分合合，黎先生亦有家人要撫養，無法供養妳，妳只得在珈琲店擔任女給。頭家斥為敗壞門風，堅持與妳斷絕關係，望此舉能逼迫妳回頭。妳輾轉流徙多家珈琲店，行蹤不定，我只能一邊肩負茶行生意，一邊違背頭家交代，四處尋找妳。

也許是上天或彭家祖先聽到我的心願，昭和十八年，太平洋戰爭吃緊，我收到徵召令，即將前去宜蘭礁溪服役前，在大稻埕的珈琲店，終於找到離家八年的妳。

妳的樣貌並未改變太多，但生活的重擔和感情的創傷使妳看來滄桑疲憊，如果早知道，那是最後一次見到妳，我寧可當逃兵被警察抓捕，也要把妳帶回新竹。

那一天，妳心情欠佳，在料亭與我共餐進酒，爲我從軍餞行，我不勝酒力，我們在台北驛前一處旅社過夜。

天亮時，妳已不見蹤影，抱著妳的感覺太不眞實，我以爲，這麼多年一廂情願的相思，終究只是在夢中圓了夢。

我也以爲自己沒機會於戰火中倖存下來，也許是一心想著，熬過戰爭，就能與妳再見一面，我居然挺到天皇玉音播送、宣布日本戰敗的那天。一離開兵營，我便四處尋覓妳。好不容易，輾轉打聽到妳最後的工作地點，尋至妳的住處，妳卻早已離世，只留下一個名喚阿青的孩子。

妳的鄰居阿好嬸告訴我，大空襲那一日，妳爲了保護阿青受傷身亡，阿好嬸善心收留阿青，但她自己也有好幾個孩子要養，一大家子有一頓沒一頓，日子過得艱辛。我毋需問阿青的父親是誰，因爲他的出生日期就在我們最後一次見面九個多月後，而阿好嬸也一眼就看出我是孩子的阿爸。阿青雖繼承妳的眼睛，他的髮線、眉型、臉型乃至鼻子、嘴唇，卻與我一模一樣。

除了阿青，妳只有留下黎先生題字之曲盤，其他値錢事物，阿好嬸皆不得不變賣以撫養阿青。

我謝過阿好嬸，將阿青領回新竹，我也向頭家與頭家娘磕頭謝罪。戰爭末期，頭家和頭家娘前往芎林避難，屋內慘遭盜匪洗劫，我曾買下珍藏的多張〈塹城一粒星〉曲盤，悉數被砸毀在地。

戰後百廢待舉，阿青的歸來帶給頭家與頭家娘些許希望，妳離家後，頭家娘十年間如同老了二十歲，眼神總帶悲傷，唯有照顧阿青的責任與喜悅，讓頭家娘又多活了十年。

頭家離世前交代我，絕對不可公開妳留下來的曲盤，而妳留下的曲盤也已損壞，我亦不敢請人修理，否則世人將得知妳與黎雲聲先生之事，我便違背了妳父母之遺言。

於是多年來，我四處尋找市面上其他〈塹城一粒星〉曲盤，然而河原公司爲降低成本，使用品質較差的蟲膠原料，不利保存，我尋尋覓覓，始終一無所獲，倒是意外與黎雲聲先生么子黎致風先生相識。

黎致風先生爲人善良純厚，我甚至將茶行舊店鋪租賃予他，讓他開設古董店，安心尋找失落的曲盤，只是我並未向他透露〈塹城一粒星〉的原唱者是妳，否則我將無法壓抑對黎雲聲先生的恨念。我感謝他發掘妳的音樂才能，更恨他不羈的浪子情懷，毀了妳的歌唱生命和幸福富足的人生。

多年來有感於曲盤如此脆弱，戰後我偶然接手一間倒閉的黑膠唱片工廠，決定不計成本投入黑膠唱片的刻板和電鍍技術，又跟隨時勢潮流轉向錄音帶的生產。一九八〇年，我在台北工業學校的一位日本同窗告訴我，日本新力公司已經開始製作CD光碟，我遂也著手留意相關領域人才，終於在五年前，成功生產台灣第一片CD，自此將更有利於保存和散播音樂。

阿青後來改名良秉，良秉協助我經營黑膠唱片與錄音帶工廠，四十歲才結婚，如今獨子揖辰已十歲，雙瞳爲琥珀色澤，與妳分外神似，亦頗有音樂稟賦，習琴二載，師承鄰居新竹師院音樂系之教授夫妻，揖辰之母有意鼓勵其往音樂之路發展，我怒斥萬萬不可，堅持其未來應就讀理工科系繼承家業，唯恐揖辰在音樂之路折翼，與妳走上同樣命運。

しずこ，妳可知道，現今科技進步的速度一年比一年快，也許十年之內，人們會將音樂儲存於一個名曰網路的虛擬世界，隨處可聽聞，如此一來，世上將再也沒有因載體過於脆弱，而使歌聲無法傳世的悲劇。

只是不知道，妳是否也收聽得到？

十年前，我曾觀賞一部外國映畫，名曰《回到未來》，故事發生在一九八五年，主角意外穿越時空，回到一九五五年，遇見年輕時的父母。若如眞能穿越時空，我拚了命也要阻止妳和黎雲聲先生相愛，阻止妳負氣離家，只可惜，我雖能投入音樂儲存技術開發，卻不知去何處投資時空旅行的技術開發。

只能待我抵達天命的終點，才能與妳在天堂相會。

阿土

西元一九九五年、民國八十四年、平成八年　五月三十一日

讀完信件，我和老哥都靜默不語。

印象中，日劇裡有些日本人會在屋角一隅，設立小小的神龕，擺上親人的照片、牌位，日日對著那處訴說對方不在之後的現世生活。

或許，那個保險箱，就是林誌玄老先生爲彭炫妹設的神龕。

「老妹，我現在明白林清土老先生爲什麼會改名爲林誌玄了。誌，有銘記、想念之意；玄，指的就是彭炫妹，玄和炫相差一個『火』部，也許是因爲，沒有彭炫妹，他的生命也就

少了火光。」

我點頭表示贊同。世人早已遺忘了彭炫妹，遺忘了她的歌聲，唯有林老先生永遠在心裡懷念著她。

老哥繼續說：「還有，她真的是阿公的小三。」

「感覺好奇怪，那我們阿嬤是小四還小五？」

「天曉得，曲盤上寫什麼『待雲聲入夢』，這句話滿滿的暗示啊，嘖嘖，阿公真是撩妹高手。」老哥搓了搓手臂，像是想搓掉身上的雞皮疙瘩。

我推他一把，「對啦，哪像你，情場魯蛇。」

這時，從二樓傳來一陣清亮的歌聲。

「Mi apu T La na Talebu，Penauwa La na ka bu Telan……」

「我們的大明星夢美小姐，又在唱哪首英文歌啊？」老哥問。

「這首歌我知道，那不是英文，是原住民卑南族語啦！由吳昊恩包辦詞曲的〈想念的歌〉，很好聽吧。」

老哥聽不懂彭炫妹唱的歌，我也聽不懂，但我看過歌詞的中文翻譯——

芒草花開了，又是一年的盡頭，冷冷的風吹過部落，今年的稻子，收成得好嗎？走在田中的老牛好嗎？睡在家門口的老狗好嗎？我很想念的你們好嗎？我在很遠的地方祝福你，我很想念你們，我的朋友，我在很遠的地方想念你。

彭炫妹的歌聲悠遠且哀傷，我想，彭炫妹雖然堅稱自己討厭阿土，還把他的帽子扔出車外，但其實她也想念著這位從小一起長大的伙伴吧？

♪

六天後，星期五的傍晚。

昨晚我第五十次問老哥：「我們是不是……應該把林老先生的信交給彭炫妹，不然她一直誤會他。」

老哥搖搖頭：「不行不行，妳這等於是劇透，讓她知道自己未來的人生很悲慘。」

「也對。」

「還有，根據林老先生的說法，林揖辰是彭炫妹的孫子，一個十七歲的女孩要怎麼接受自己有個三十歲的孫子！」

「說得太對了。」我心有戚戚焉。

不過一切爲什麼這麼碰巧？和我阿公有曖昧戀情的彭炫妹穿越時空而來，而我又因緣際會取得林清土的信件……突然間，一個念頭竄入我的腦中，會不會是因爲我去城隍廟抽籤，才讓彭炫妹來到現代啊？

「妳的意思是，因爲妳和彭炫妹分別抽中了那支編號一百的籤，才讓她得以穿越時空來到這裡？妳腦洞是不是開太大了啊？」老哥毫不留情地用力戳了下我的太陽穴，「那妳爲什麼會去城隍廟抽籤？」

「那天在婚禮上遇見姑姑，本來就很煩了，然後林揖辰講話又戳到我的痛處，我心情更差了。」我揉揉疼痛的太陽穴嘟囔。

老哥沉吟一會兒才接話：「林揖辰那番話促使妳去抽籤，結果引來了他的阿嬤……是這樣嗎？」

我們互看一眼，心中都明白這些都只是憑空臆測。

後來老哥忙著回客戶電話，我對著門外繼續胡思亂想。沒過多久，一輛鈦藍色的Toyota Camry停在店門前。

林揖辰走下車，接著走進店裡。

他今天頭髮梳得很高，穿著白色立領襯衫、黑色針織上衣，搭配芥末黃外套，依然又是一身光鮮。我下意識拉了拉身上的長版厚棉帽T，眞是的，林揖辰這傢伙，要出現都不會預告一下嗎？

彭炫妹聽到聲響從二樓下來，她照例又是漩渦捲捲頭搭配復古小洋裝，而林揖辰見她這身打扮，也是照例一臉不以爲然。

我忍不住想，如果他們得知兩人其實是祖孫，不只彭炫妹會崩潰，林揖辰恐怕也不會開心吧？

「你怎麼來了？」我向林揖辰打招呼，仔細打量他後忍不住問：「你怎麼好像有點曬黑了？」

他露出燦笑，「〈塹城一粒星〉唱片修好了，我會曬黑也是因爲它。」

我想起林老先生在信中提過，他不欲彭炫妹和黎雲聲的關係爲人所知，便急忙追問：「怎麼說？你去請誰修的？有人知道你找到這張失傳已久的曲盤了嗎？」

「我沒有送修，我打電話去台大音樂研究所諮詢，得知這種狀況或許可以透過日照來解決，所以這週我帶著曲盤和筆電在公司頂樓工作，幸好這幾天天氣都還不錯。」

「哇！」我很佩服他的用心與耐性，「不過也因爲你是老闆的兒子，才能這樣吧？」

「不，我沒在公司公開自己的身分。」他淡淡地說。

老哥迅速搬來留聲機，彭炫妹接過林揖辰手中的〈塹城一粒星〉曲盤，動作嫻熟地進行後續一連串操作，林揖辰讚歎，「妳好厲害，好像很懂這類古董……」

話還沒說完，輕微的沙沙聲響起，略帶爵士風情的前奏從留聲機中流瀉而出，林揖辰趕緊拿出他的攜帶式音樂播放器，按下錄音鍵。

塹城的春天　日頭照在北台灣的舊文明
我看見二十世紀的新生命
塹城的夏天　南風吹在赤土崎的老樹影
我聽見迎接好收成的歌聲
塹城的秋天　西風吹出雪白炊粉黃柿餅
我看見妳的眼睛笑意盈盈
塹城的冬天　走過舊時的拱辰門
行往舊港海路
北門大街的夜晚不清冷　因爲黎明要來臨
妳就係阮的星　招來塹城黎明的光影

曲盤中的女聲，演唱方式比較接近純純，直接而沒有轉音。這首歌充分體現出歌手在聲線上的優勢，初始低聲吟唱，隨著曲調漸趨高亢，歌聲也變得清亮且極具穿透力，完美比擬黎明將至的明朗心情。

「這位夢美是誰啊，也太會唱了！不過……」林揖辰眉頭皺起，「我怎麼覺得好像在哪裡聽過她的聲音？」

彭炫妹嘴唇微張，眼淚撲簌簌落下，她抬手摀住臉，轉身跑回二樓房內。

「她是怎麼了？感動成這樣？」林揖辰很驚訝。

「她……她阿嬤很喜歡這首歌，這張曲盤得以重見天日，她情不自禁喜極而泣。」我勉強找了個理由想應付過去。

林揖辰似乎不太相信，他雙眼微瞇，單手摩挲下巴，像是在思考什麼。如果他聽出這是彭炫妹的聲音，我該怎麼解釋？

幸好當下他沒再深究，把這張唱片交給我們之後就離開了。

「老哥，這張曲盤怎麼辦？」

老哥沉默不語，逕自把曲盤從留聲機上取下，收進封套，放入彭炫妹家傳的保險箱裡。老哥已經向林揖辰買下這個保險箱，密碼也更改爲「ハタノ」，讀作Hatano，漢字寫作「波多野」。

「Hatano是誰？黎光陽的女人嗎？」改密碼時，彭炫妹這麼問我。

「她是我大嫂，只存在於電腦硬碟裡的大嫂。」我回答。

「硬碟是什麼？」

「BJ4啦！」

「她也出過唱片嗎？」彭炫妹又問。

「沒有出過唱片，只出過DVD。」

老哥將我從彭炫妹的十萬個問題中解救出來，「我暫時也不知道要拿這曲盤怎麼辦，但我警告妳，不准拿去給江山博，聽到沒？」

聽到老哥這麼說，我才想起已有將近一個星期沒有江山博的消息。這不算太罕見，他只要一忙起來，常常都得等我主動聯繫，去他家打掃做飯，才能將他從書堆中喚出。不過或許是這幾天我的心思都被林清土老先生、彭炫妹和林揖辰的事所盤據，竟然完全沒想起江山博，這對我而言可是前所未見的情況。

暫時將自己的事擺在一旁，我緩步踏上三樓，想要安慰彭炫妹，卻透過緊閉的門板聽到她又在練唱，反覆唱起了阿公爲她寫的那首〈塹城一粒星〉。

沒想到她只聽一遍就能記住詞曲，歌聲一開始有點哽咽，而後愈來愈放鬆，她融入了現代流行歌的唱法，和曲盤中的唱腔有截然不同的味道。

一日歌手，一世歌手，彭炫妹仍爲此堅持。

林揖辰陪著曲盤在公司頂樓曬了一個星期的太陽；儘管前途迷茫，彭炫妹依然沒有放棄練唱。除了那雙好看的琥珀色眼瞳，這對祖孫似乎還有另一個共同點，他們都很有毅力，就像星星，即便在雲層厚重的夜晚，即便不被看到，也依然努力不懈發光。

而我是不是也可以爲了自己的夢想、自己的人生堅持一下下呢？

這幾天我有一搭沒一搭地上網找阿卡貝拉編曲資料，手機也下載了Audipo這個APP，可以播放選定的段落，有助仔細聆聽原曲的編曲細節，讓我更容易將歌曲改編爲阿卡貝拉人聲演唱版本。

於是我下樓回到房間裡，再次打開Audipo，戴上耳機……

♪

「波麗路這家餐廳創立於一九三四年，聽說當年年輕男女在這裡相親的成功率最高！」

晚餐時，我和老哥又祭出新竹美食勸誘彭炫妹走出房門，不過此舉實屬多慮，辛勤練唱後的彭炫妹胃口大開，一叫就出來不說，吃完一碗鴨香飯後，她又拿起一塊香雞排啃得正香。

我們三人邊看電視邊吃飯，美食節目的主持人一邊舉著不銹鋼雞尾酒杯，一邊大驚小怪地強調波麗路西餐廳裡的咖哩飯搭肉鬆有多詭異，但吃起來又有多好吃。

「一粒星！這家餐廳我去過！雷せんせい帶我去的，我也帶阿土去過！」講到阿土，彭炫妹神色一黯。

老哥挑起粗眉，用筷子指著電視，「難得有餐廳從妳的時代存活到我們的時代。既然〈塹城一粒星〉曲盤找到了，我們去這間餐廳慶祝一下。」

我隨口問：「要不要找林揖辰一起去？」

彭炫妹不以爲然，「找他去幹麼？」

「曲盤也是多虧了他才能找到啊！」我忍不住幫林揖辰說話。

老哥也發話：「彭炫妹，妳和林揖辰很奇怪欸，妳是昭和的黑貓文明女，他是我們這個時代的潮男，用妳那個時代的話來講，就叫文明男、黑狗兄，你們兩個人怎麼這麼不合？不管啦，我要邀他一起去，我說了算，時間就訂在明天中午！」

趁彭炫妹發表反對意見前，我趕緊傳LINE給林揖辰，並通知他時間地點。

「可以是可以，但我有事情要問妳，今晚無論如何都請先出來跟我碰面。」彭炫妹居然湊在我身邊，把林揖辰傳來的訊息大聲念出來，她歪著頭看我，「他這是要跟妳告白嗎？」

「別亂講！」我心臟冷不防漏跳了一拍，連忙站起來走到一旁，回訊息問林揖辰是什麼事。

「關於彭炫妹的事。」

見了他的回答，我心中像是放下一顆大石頭，卻又有點若有所失，雖然我不懂自己爲何會有這種感覺。

「她到底是什麼人？這中間一定有什麼隱情吧？」林揖辰的訊息繼續傳來。

他該不會已經發現彭炫妹就是夢美了吧？另一顆大石頭又重重往我心上壓了下來。

「不然妳以爲我要跟妳談什麼？」林揖辰的訊息又冒出來，並附上一個摸下巴的思索表情。

「不干你的事！」回完訊息，我忿忿地將手機收進褲子口袋。

一定是彭炫妹瞎起鬨，我才會胡思亂想，林揖辰這樣的王子，怎麼可能跟我這灰姑娘扯上關係？

晚上十點，我在踏出家門後又折返，把林誌玄老先生留下的那封信放進包包。雖然我並沒有打算給林揖辰看這封信，但還是帶在身邊以防萬一好了。

如果林揖辰和彭炫妹兩人，有一個人得先看過這封信，那個人絕對是三十歲且冷靜理智的孫子林揖辰，而非十七歲又容易暴走的阿嬤彭炫妹。

在北門街的迷客夏手搖飲料店騎樓下，我和林揖辰並肩坐在長椅上，各自手拿一杯珍珠奶茶，他喝熱的，我喝冰的。

「妳是唱歌的人，要保護好喉嚨，不應該喝冰的。」林揖辰提醒我。

「我知道，只有今天破例。」我需要冰涼的飲料協助我鎮定思緒。我用力將吸管戳進封膜，還因爲力道過猛，導致封膜破口過大。

林揖辰從包包取出一份文件，「這是台大音樂所做的聲紋比對報告，我高中同學在那裡工作，我把錄下來的那首〈塹城一粒星〉傳給我同學，請他緊急幫忙比對分析。就像指紋一樣，每個人的聲音都有其獨特性，經過鑑別發現，彭炫妹與〈塹城一粒星〉的夢美，聲紋一模一樣。」

他居然有辦法提出科學證據？

我張大嘴巴，一時不該如何回應。

「這到底是怎麼回事？彭炫妹是夢美轉世投胎？我是學理工的，我不相信這種事。」林揖辰的語氣很溫和，卻很堅定，讓人無法再隨意糊弄他。

「這、這、這個……這可能比轉世投胎還要更離譜。」我不自覺結巴了起來。

「請讓我知道眞相，不然我會向外界公開這張唱片，並揭露彭炫妹和夢美的聲音一模一樣，到時候必然會有一堆媒體記者找上門，你們就得被迫將彭炫妹眞正的身分公諸於世。」

「拜託！千萬不要！」我急得想抓住他的肩膀，卻忘了手上有杯珍珠奶茶，半杯奶茶從吸管戳進的破口中傾瀉而出，他的白色立領襯衫和針織上衣頓時遭殃，「對不起、對不起！」

我掏出面紙替他擦拭，卻見他瞪大眼睛且脹紅了臉，我才發現自己的手貼在他的胸口，整個人與他靠得好近，我趕緊退後一步，他卻一把攫住我的手腕。

「不用管這個，請妳一定要告訴我實話。」林揖辰定定地看著我。

「好啦，我說，但你要做好心理準備。」我抽出手，別開視線壓低聲音說：「彭炫妹，就是夢美。」

等了片刻，沒等到林揖辰回話，我戰戰兢兢地扭過頭，卻見他正滿臉震驚地看著我

「我沒瘋，我眞的沒瘋，彭炫妹也沒瘋，雖然我們都快瘋了。」我深吸一口氣，將事情始末全都告訴了林揖辰，「你可能很難接受，但還有一件更勁爆的事，這件事連彭炫妹都還不知情，她其實是你的奶奶。」

我找出林誌玄老先生留下的信件遞給林揖辰，他讀完信後，臉上的震驚更深了，然而事實擺在眼前，不由得他不信。

不知道過了多久，林揖辰才出聲：「我奶奶，彭炫妹小姐，還不知道這件事？」

「嗯。」

「你們瞞著她是對的，照她的性子，知道以後應該會大暴走。」

「她大概會尖叫、昏倒，甚至去你爺爺墳前大鬧，也很有可能強迫我帶她去觀落陰，把

你爺爺的靈魂從陰間拖出來拷問。」我想像彭炫妹可能的反應，竟然覺得有點好笑，林揖辰也笑了起來。

「不過……」林揖辰抓抓頭髮，「黎憶星，我也要告解一件事。」

「嗯？」

「我並沒有把〈塹城一粒星〉的音樂檔送去分析，若是要比對聲紋，最好讓受測者講出或唱出一模一樣的句子。我只是覺得彭炫妹和夢美的聲音很像，才這麼誆妳。」

「林揖辰！」我氣得推了他一把，只是手掌在觸碰到他溼冷的衣服時，又因爲心虛而氣勢弱了下來，「你、你這騙子！」

「我不這樣，妳怎麼會乖乖坦白一切？妳是個老實善良的女孩，不太擅長說謊。」

「你又知道了？」

「妳之前跟我說，彭炫妹的阿嬤喜歡我爺爺，當時妳的表情就充滿了心虛啊。」

「那你覺得……怎麼樣？關於彭炫妹是你奶奶這件事？」我透過眼角餘光偷瞄林揖辰，他沉默不語，嘴唇緊抿，下巴也繃得緊緊的。我嘆了一口氣，「不管彭炫妹能否回到昭和時代，我眞的很希望能讓世人聽見她的歌聲，但又不希望她是以『黎雲聲婚姻的第三者』這種身分被世人所知。」

「除了她的歌聲，我也很希望能聽到眞正屬於妳的歌聲。」林揖辰誠摯地望著我。

那目光太溫暖，我幾乎沒辦法直視，只能低下頭看著自己的鞋子，「你又要鼓勵我組團，還有不要模仿別人的唱腔了嗎？」

「不是只有我奶奶才是耀眼的星星，黎憶星，妳也是黎明天將亮時的一顆明星。」

我心裡一熱，有點不好意思，低低回了一句早該對他說的話，「林揖辰，我還沒向你道謝。」

「謝什麼？」

「鄭恬佳的喜宴上，謝謝你邀我唱我老爸的〈雲歸何處〉，在眾人面前唱他的歌，是我一直以來的心願。小時候，我老爸總說我長大一定會開演唱會，我和他約定好，屆時一定會唱這首歌。」

「這首歌對我有特別的意義，我是眞心喜歡這首歌。」他神色認眞。

「什麼意義？說來聽聽，快點。」我的好奇心被勾起。

「是……哈、哈啾！」林揖辰打了個冷顫。

糟糕，十一月底的夜晚夜涼如水，他身上的衣服還被我弄溼了。

我連忙拉著他起身，點了杯熱騰騰的黑糖薑汁鮮奶給他，「別說了，你趕快回去洗個熱水澡，別感冒啦！」

他拎著熱飲鑽進車內，無比愼重地開口：「謝謝妳。」

那樣的神態竟讓我一時錯以爲他是騎士，而我是賜下豐厚賞賜予他的公主。

如果今天我打翻飲料在江山博身上，大概得向他道歉三天三夜；而就算我買熱飲給江山博暖身，他大概也會信手接過喝完，再把空杯還我，過程中都正眼都不會瞧我。

一股難言的酸澀梗在喉頭，我費了一番力氣才把話說出口，「明天見，在新竹火車站集合喔。」

目送林揖辰駕車離去，我竟滿心期待起明天的到來，卻又覺得這份期待不太妥當，於是我主動傳了LINE給江山博，問他最近還好嗎。

直到昏沉入睡之前，江山博依然已讀不回。

第九章　從波麗路舞曲到阿卡貝拉

昨晚我趴在桌上睡著了，爲了作出阿卡貝拉版本的編曲，我幾乎熬了一整夜。

走出房門，彭炫妹已然打點好自己，捲捲頭、圓點洋裝、長大衣、絲巾，標準的一九三四年文明女孩打扮。

「這件洋裝哪裡來的？我可不記得我買過寶藍色點點洋裝，還有這件黑色薄大衣，也不像是從我老媽衣櫃裡挖出來的。」

「我去逛街買的。」彭炫妹搖頭晃腦地回答。

老哥插話：「她已經知道要去中正台夜市買東西了，她對那邊很滿意，說比新州屋還好逛。」

「新州屋？那是啥？」

老哥解釋：「新竹最早的百貨公司，現在的東門市場那一帶。」

「喔……」我轉頭看彭炫妹：「妳哪來的錢？」

「上次和妳去唱歌不是賺了一筆？」

我打從心裡嘆服，如果把我丟到一九三四年，我不確定自己是否能像她適應得這麼好。

想到彭炫妹如此盛裝打扮，林揖辰一定也是靚裝出現，我心念一動，穿上黑色皮衣、黑白點點上衣，搭配寶藍色窄管褲。端詳著鏡子裡的自己，我忍不住笑了，因爲我的衣著刻意混搭了彭炫妹和林揖辰這對祖孫各自的時代。

我們和林揖辰約在新竹火車站集合，一群穿著超短制服裙、頭戴白金色假髮的女孩，看著彭炫妹交互耳語：「她也是coser吧？她cosplay哪個動漫啊？」

突然間，那群coser女孩亢奮了起來，「哇，那個男的好帥、好像明星喔！根本是漫畫裡走出來的！」

我順著她們的視線看過去，林揖辰穿著寶藍色的襯衫，頂著黑色毛呢帽子出現。

「你們有訂dress code嗎？怎麼都穿寶藍色？」老哥問我。

「不管訂甚麼dress code，你還不是只會穿格子襯衫？」

「也是啦，不過，就算是格子襯衫，我剛好穿的也是寶藍色的喔。」老哥得意地拉拉衣領。

林揖辰見到彭炫妹，面上先是一驚，而後別開視線，只有我知道此刻的他心裡在想些什麼。他還無法接受眼前這位一身復古裝扮的聒噪少女是他的奶奶。

沿路上，彭炫妹不斷驚訝於自強號列車的行車速度與明亮乾淨的車廂，到了台北火車站，我們轉搭計程車前往位於民生西路的波麗路餐廳。

「等一下上車安靜一點，不要大聲嚷嚷，知道嗎？」我低聲交代彭炫妹，誰知她一上車就破功了。

「哇，這台計程車有電視！」彭炫妹興奮地研究。

而車內電視正播放一則新聞：「今年新竹跨年晚會將於東門圓環封街舉辦，除了邀請知名藝人表演，將同時舉辦迎曦音樂節比賽，團隊中只要有一人在新竹市內設籍、工作、就學，即可報名，入圍總決賽者將在跨年晚會上表演……」

我怕彭炫妹再有什麼驚人之語，趕緊問坐在前座的林揖辰，「你去過波麗路餐廳嗎？聽說……」我瞥了眼彭炫妹，「說不定，你爺爺去過喔。」

「應該沒有吧，如果要吃西餐，我們家一向去國賓A Cut、茹絲葵、法樂琪，但我更喜歡自己買牛排回來煎。」

果然是有錢人家的大少爺。

還沒等我回嘴，司機就說餐廳到了，我們該下車了。

民生西路上有兩間波麗路西餐廳，一間寫著「波麗路本店」，另一間寫著「波麗路西餐老店」，我傻住了，「怎麼有兩間？要去哪一間？」

林揖辰腳步堅定地走向波麗路本店，「是這一家。」

「你怎麼知道？你不是沒來過？」我問林揖辰。

他沒回答，反倒問我：「波麗路是什麼意思？」

「拉威爾在一九二八年寫的舞曲。」我腦海中響起有精神的小鼓聲，嘴裡跟著輕輕哼出主旋律。

「這是《數碼寶貝》第一季出現過的配樂耶。」老哥這宅男的關注重點永遠與一般人不一樣。

林揖辰望著我，「就是這首？哇！好懷念！」

注意到站在餐廳門前探頭探腦的彭炫妹，我低聲說：「快進去吧，有人非常懷念這間餐廳呢。」

波麗路西餐廳裡是成排的黑色沙發皮椅，牆上與天花板各有許多形狀抽象的板塊裝飾，跟在我們身後走進門的彭炫妹，正出神地看著掛在牆上的黑白照片，口中喃喃自語：「就是這裡，哇，原來重新裝潢過了。」

中年男服務生困惑地對彭炫妹說：「不好意思，小姐，呃……我們這裡始終保留本土抽象畫家顏雲連先生在一九四七年的設計。」

我趕緊陪笑，拉著彭炫妹入座，低聲吩咐她：「別亂講話！妳這身打扮已經夠顯眼了。」

老哥向林揖辰介紹，「這是過往很熱門的相親餐廳，說不定你父母年輕時也來過這裡約會。」

座位鄰近牆邊的林揖辰打量四周，瞇著眼睛若有所思，片刻後，面上露出恍然大悟之色，「我想起來了，我爺爺帶我來過這裡！」

「難怪，所以你剛剛才會下意識走進這家店。」

林揖辰取下鈦鋼尾戒，露出小指根部一道淡淡的疤痕，「那是年幼的我生平第一次吃牛排，不知道鐵盤很危險，不小心燙傷了。我還記得那天出門的時候，爺爺很慎重地戴上那頂灰色的紳士帽，對著鏡子看了很久。」

我意有所指道：「或許，有某個很重要的人，曾經帶他來過這間餐廳。」

林揖辰無語，他知道我說的那個人，就是是坐在我隔壁像個過動兒一樣東張西望的彭炫妹。

「餐前雞尾酒。」服務生端來四個不銹鋼製的雞尾酒杯。

林揖辰眼睛一亮，「那天也是我這輩子第一次喝調酒，爺爺看著我皺眉喝酒的樣子，當場哈哈大笑。」

彭炫妹滿臉不以爲然，我知道她心裡一定在埋怨林清土老先生把她的曲盤藏起來，然後居然還有閒情逸致帶孫子來波麗路吃大餐。

「機會難得，我們乾杯吧！」老哥提議。

不鏽鋼酒杯發出響亮的碰撃聲響，甜甜的雞尾酒讓彭炫妹大爲讚賞，此時服務生端來什錦沙拉，彭炫妹又讚歎：「你們的菜色變得很豪華。」

服務生遲疑道：「呃，我們一向以保持老菜色爲傲……」

倒是林揖辰拿起叉子翻了下沙拉盤，忍不住驚呼：「滷雞翅！」

我想起林揖辰先前在咖啡店曾經用「在生菜沙拉裡放滷雞翅」來比喻不搭調，於是揶揄他：「原來你是在這裡吃到過生菜沙拉配滷雞翅啊！」

林揖辰不理我，逕自啃起滷雞翅，悶聲說：「其實，老東西或舊回憶，有時也挺有趣的。」

我取笑他，「下次你也可以約女生來這裡相親約會。」

「那麼妳願意跟我再來一次嗎？」他琥珀色的眼睛直直盯著我看。

我的雙頰瞬間湧上熱度，「呃，一杯雞尾酒就讓你醉了嗎？」

「兩位可以不要再打情罵俏了嗎？一粒星，妳的男朋友怎麼辦？」彭炫妹插話。

「她那個爛男友早就該放生啦！」說起江山博，老哥又是一副氣得要拍桌的樣子。

我趕緊打圓場，「好啦好啦，大家專心享用古早味的西餐，好嗎？」

喝過熱湯後，過了好一會兒，服務生又來了，「上菜嘍！牛排八分熟，哪位？」

彭炫妹看著自己點的牛排在鐵盤上滋滋作響，眼睛瞪得圓滾滾的。

我教她打開餐巾阻擋飛濺的醬汁，接著幫她切開牛排，用叉子叉了一塊遞給她，她嚼了幾口吞下去，迅速又叉起一塊，「好吃！」

老哥和林揖辰都笑了。

望著林揖辰，我心想，林老先生帶他來這裡吃牛排時，一定很希望彭炫妹也能看到小小林揖辰第一次享用牛排的驚喜模樣吧。

不曉得小時候的林揖辰是什麼樣？個頭就比同齡孩子來得高嗎？他那雙琥珀色的眼瞳，會讓他看起來分外機敏早慧嗎？那時的他，一定是個相當可愛的孩子吧。

吃完午餐後肚子太撐，我們決定徒步走回台北車站。

「最近還有婚禮演唱嗎？」林揖辰問我。

「有啊，就是明天，我打算帶彭炫妹一起去。」

「一粒星，妳要不要把那首沙卡里巴版的〈小性慾〉放進歌單裡？」彭炫妹回頭興致勃勃地提議。

「跟妳說過多少次，是阿卡貝拉版的〈小幸運〉啦！發音咬字要標準，不然別人會誤會。」我沒好氣地說。

林揖辰有些意外，「妳會阿卡貝拉編曲？」

「我最近邊看YouTube上的影片邊自學。」我從包包拿出手機和筆記本，四個人站在民生西路的騎樓下，透過手機擴音，聽著我改編的阿卡貝拉版〈小幸運〉，而筆記本上則有我寫下的四聲部阿卡貝拉樂譜。

「很好啊！」林揖辰大爲讚賞。

彭炫妹躍躍欲試，「我們來唱唱看吧。」

「在這裡？」我環顧四周，「這裡是大馬路旁邊欸！」

林揖辰這次倒是站在他奶奶那邊，也投了贊成票，「沒關係啦，來唱唱看！」

「我們現在站的地方，恰巧是市定古蹟新芳春茶行，才剛剛整修好，還沒對外開放。反正也沒妨礙到誰，不如就在這裡體驗一下街頭藝人的滋味吧。」老哥清了清喉嚨，準備大顯身手。

這裡不是舞台，也沒有觀眾，我沒什麼好怕的，於是我聳聳肩，無可無不可地答應了。

「我聽見雨滴落在青青草地，我聽見遠方下課鐘聲響起，可是我沒有聽見你的聲音，認眞呼喚我姓名……」我竭力忘記田馥甄的唱法，專注在歌詞的情緒裡。

林揖辰從旁合音，取代原本吉他的樂音，彭炫妹和老哥則負責另外兩個聲部，老哥還邊唱邊打響指。在空蕩的古蹟騎樓下唱歌，頗有天然杜比音效的效果，讓我們的歌聲變得更圓潤動聽，並引來幾個路人駐足欣賞。

一首歌結束，路人送上熱烈鼓掌，一位拄著拐杖的老先生還指著林揖辰的帽子發話：

「把帽子拿下來。」

儘管覺得莫名其妙，林揖辰還是照著他的吩咐做。

「唱得很好。」老先生鄭重地將一張百元紙鈔投進林揖辰的帽子，緩步離去。

「我們第一次演唱居然就收到打賞！」我好開心，鼓起勇氣坦承，「其實明天婚禮演唱歌單上的十首歌，我也全都改編成阿卡貝拉版了。」

「那來練唱吧！」林揖辰提議，從我筆記本上列出的歌單挑選，「接下來就這首，〈夜空中最亮的星〉！」

說完，他劍及履及地唱起了第一個分部，彭炫妹和老哥也立即跟上，三人用各自的歌聲代替樂器，融合成前奏的樂音。

迎向他們充滿期待的眼神，我輕唱出聲：「夜空中最亮的星，能否聽清，那仰望的人，心底的孤獨和嘆息……」

「一粒星妳害羞什麼，大聲點！」彭炫妹吆喝，「要像我一樣，不管在哪裡，人生舞台我都是女主角啦！」

我深吸一口氣，放大了唱歌的音量。

不管多少路人側目，我們只專注唱歌，同時笑著向圍觀的群眾揮手致意，現場洋溢著滿滿的歡笑和隨性飛揚的歌聲。

♪

回到家，我收到江山博傳來的訊息。

「上次交代妳的工作進度如何？找到夢美是誰了嗎？」

慘了，最近忙著研究阿卡貝拉編曲，完全忘了還有這件事。五年來，這是我第一次爲自己的事情投入忙碌，而非終日繞著江山博打轉。

「對不起，最近駐唱和店裡太忙，我還沒做。」我還附上了五種不同的道歉貼圖。

「黎憶星，妳根本就沒有心，最近妳也不必過來了，我很忙。」

江山博沒叫我小星星，我不由得一陣心慌。

「眞的很對不起，我馬上開始弄，好嗎？」

但江山博再次已讀不回。

我想起上次在他家巷子看到的那個鑽進紅色福斯車裡的女人，又想到馥湄表姊也開同款車。

不要，我怕他又去找那個女大生，或是和馥湄表姊……

我還有一招殺手鐧，只要使出這招，他不會不理我的。我咬咬牙，飛快送出訊息：

「我們找到〈塹城一粒星〉唱片了。」

然而直到隔天早上八點，江山博仍未讀取訊息。他到底在忙什麼？

時間緊迫，不容我胡思亂想，彭炫妹快手快腳幫我打理好造型，我們再次打扮成來自一九三四年的女孩——漩渦捲捲頭、圓點洋裝、絲巾、高跟鞋一樣不缺。

魏主任看到我，一臉驚喜，「哇，憶星，我聽林經理說了，妳們兩位表演得不錯，裝扮也很有自己的特色。」

「哪裡，還要謝謝魏主任介紹case給我。」我張望四周，「平常張俞不是都比我早到嗎，現在已經十點十五分了，他人呢？」

與張俞通過電話後，魏主任面色鐵青，「慘了！張俞吃壞肚子，看樣子是無法過來了！」

我心中一沉，腹中一陣絞痛襲來，「怎麼辦？有沒有備用的琴師人選？」

「希望不大，今天是好日子，場子很多。」魏主任愁眉不展。

「那要怎麼辦？沒有琴師伴奏的演出太薄弱了。」我也急得快哭了。

彭炫妹插話：「一粒星，我們可以唱妳改編的阿卡貝拉版本，這樣就不用伴奏了。」

魏主任大喜：「妳們會唱阿卡貝拉？」

「會，我們會！」我精神一振，從包包找出手機，「我聯絡兩個人，請他們過來幫忙。」

過了三十分鐘，老哥和林揖辰一前一後風塵僕僕趕到，注重造型的林揖辰還戴著一副沒有鏡片的小圓框眼鏡。昨天才成軍的四聲部編制「一九三四阿卡貝拉樂團」，意外迎來首次登台演出。

人員到齊後，魏主任領著我們到表演現場，我站在舞台邊，肚子又疼了起來。A廳才剛整修完畢，新設置了巨幅環景布幕，然而整修過的A廳讓我覺得陌生，下腹的疼痛也愈來愈嚴重。

「妳怎麼了？」林揖辰關心地拉住我。

我沒回答，只對彭炫妹說：「拜託，等一下妳先唱好不好？」

彭炫妹點點頭，掏出手帕為我擦拭額頭上的冷汗。

「妳每次開場都會這樣嗎？」林揖辰問。

「只有在陌生場地才會。」

「妳不是在這裡唱過很多場了？」

「這個宴會廳剛重新整修過……」迎向林揖辰驚訝的眼神，我露出苦笑，「這就是我無法去其他場合表演的原因……哈哈哈，我這個月亮小姐很不中用吧。」

「別這樣講，」林揖辰沒笑我，神情無比嚴肅，「妳這種情況是從什麼時候開始的？」

「高三上學期，我在校慶表演上忘詞，之後就這樣了。」

「看過醫生嗎？」

「看了，說是心理因素引起的腸躁症，吃藥也沒有用。」

「對不起，我不知道這件事，還一直要妳組團到處演唱。」他眼中盈滿歉意，伸出大手覆在我的肩頭，「加油！不要被打倒！妳一定可以唱出屬於自己的歌聲！」

也許是他今天戴著眼鏡，竟讓我想起那個曾在竹中為我打氣的男孩。

林揖辰說過〈雲歸何處〉這首歌對他有特別的意義，而我在那次唱的就是〈雲歸何處〉，難道……

「林揖辰，你……」我的心跳倏地變得好快，「你以前是不是讀竹中……」

話還沒來得及說完，燈光已經暗下，為這場婚宴拉開序幕，身為專業的婚禮歌手，此時此刻，我只能全心投入演出。

彭炫妹率先開口演唱，林揖辰、老哥和我輕輕和音，並由我接續唱下去，漸漸地我的肚子不再疼痛，聲帶非常放鬆，後面的幾首歌也得以順利唱完。

這場演出相當成功，我將酬勞和新娘母親加碼的紅包分成四等分，林揖辰一開始不肯收，見我堅持，他才收下，但執意要請我們喝咖啡。

彭炫妹小姐則是盤算著，她可以拿這筆錢再買兩件洋裝。

「又是復古洋裝嗎？」林揖辰皺眉。

「是啊，不然呢？」

「請問妳去哪裡買這麼……古早款式的衣服？」

「中正台夜市裡面應有盡有，你喜歡的那種衣服也有，店員說是從韓國批來的。」

「對我而言，流行時尚、歌曲、車子、3C用品，都有其產品生命週期，隔一段時間就該更迭新款，哪像妳，妳選唱的歌曲和喜歡的時尚品味，永遠固定在同一種。」

旁聽這對祖孫一來一往鬥嘴，我心裡暗自發笑。

笑得太開心的結果，就是我又第N次錯過江山博的訊息。

「你們找到唱片了？快來我這裡一趟。」

回到家後，趁老哥忙著和客人聊天，我手忙腳亂換過衣服，背著一大包資料準備出門。

「黎憶星！妳去哪？」老哥銳利的目光看過來。

「工作啦，工作！」

「不准去找江山博！昨天去波麗路吃飯，忘記順便去一趟霞海城隍廟，幫妳和他斷掉惡緣……」

不顧老哥碎念，我趕緊奪門而出，騎著摩托車直奔江山博家。

原本覺得江山博訊息中的口氣過於冷酷，但一見到他對我露出笑容，我的心瞬間又軟了下來。

「小星星，唱片是在哪裡找到的？」

「那是某位老人家的遺物，對方交代絕對不能讓這張唱片重見天日，他鎖在保險箱裡整整七十年。」

「爲什麼？」

我給江山博看了手機裡的照片，「因爲唱片上有黎雲聲的題字，這張唱片是他送給夢美的，而夢美的父母不想讓這張唱片流傳出去。」

「夢美到底是什麼人？」

「她叫彭炫妹，家裡在北門街開茶行，是高等女學校畢業的高材生。」

「可以佐證的資料呢？」江山博伸手。

「呃，我再補給你。」儘管還未前去造訪新竹女中，但我知道自己所言全是百分之百的事實，此刻我擔心的是另一件事，「你確定要把夢美的生平寫進傳記裡嗎？我姑姑一定會要求你把她寫成壞女人，對吧？」

「是啊，即使是紀實的人物傳記，也要有負面角色出場才精彩，夢美就像是引誘他墮落的撒旦，而不是刺激他靈感的繆思。」

我感覺一股氣往上湧，這麼多年來，我第一次覺得，江山博並未誠心理解傳記人物的生平與想法，只是任憑己意詮釋。

「你說什麼我聽不懂，總之，不要這樣寫夢美。」

「說得好像她是妳的好朋友。」江山博相當不以爲然。

「我、我是她的歌迷。」

了出來。

「你聽。」我找出手機裡的〈塹城一粒星〉音樂檔，按下播放鍵，彭炫妹嘹亮的歌聲傳

「嗯……」江山博想了好一會兒，才擠出一句評論，「歌詞寫得還可以嘛。」

「她的歌聲是不是很有穿透力？是不是很有辨識度？雖然是一片歌手，卻像一顆劃過天際的璀璨流星，讓人印象深刻。如果不是沒繼續發片，加上唱片失傳，我相信她今天的歷史地位不會輸給純純和愛愛。」

江山博有點心不在焉，「純純和愛愛唱得怎樣？」

「你沒聽過純純和愛愛唱的歌嗎？」我驚訝得倒吸一口氣。

江山博雙手一攤，「不好聽啊，聽幾秒就切掉了。」

「不應該是這樣的！你在課堂上說過，報導文學是新聞和文學的混血新種，呈現時代社會下，每個無可替代的個人……」我拿起江山博寫的草稿，「如果你根本沒好好欣賞過她們的歌聲，你是如何寫出『純純是演繹現代流行歌曲的濫觴，她出身貧寒，卻直攀日治時期象徵西洋進步文明的枝頭，她的獨特藝術性跨越了傳統與現代』這段話的？」

江山博語帶不耐：「我這是揉合了各家說法，說實在我也不懂得欣賞音樂，我是理智型的人，和妳這種不注重邏輯、只憑感覺的人完全不一樣。」

我癟起嘴，忍著淚，什麼話也不想說。

江山博這時才發現我不開心，「好啦好啦，我的小星星，對不起。妳可以讓我看一下那張唱片嗎？」

「歌迷？」

「那張唱片鎖在我哥的保險箱裡。」我悶聲答道。

「那下次妳哥不在的時候，讓我過去看看那張唱片好不好？我盡量說服妳姑姑別要我把夢美寫成一個壞女人。」江山博從背後環抱住我，低頭輕吻我的髮際，「好啦，小星星，幫幫我啦，如果能順利完成妳阿公的傳記，對我的未來會很有幫助。」

「知道了，那你寫到夢美的時候，一定要保持客觀中立喔。」我總是抵抗不了他的軟語要求，「你這裡好久沒打掃了，我幫你。」

「沒關係，先別打掃。我好想念小星星做的菜。」江山博笑得很溫柔。

我也笑了，「那我先去買菜。」

晚餐我煮了江山博最愛吃的阿星師招牌牛肉麵，江山博拿出一瓶開封過的紅酒。

我研究起酒標，「法國夢格堡波美侯紅葡萄酒……你不是說紅酒又貴又難懂，向來只喝台啤？」

「系上活動剩下來的啦，這支酒來自波爾多產量最小的莊園，果香濃郁，氣息迷人，酒體架構和諧完美。來，cheers。」

我與他輕碰酒杯，相視而笑。

這個夜晚眞是美好，我和江山博已經太久沒像這樣好好吃頓飯了，所以我要自己把兩人對於夢美的歧異看法，以及江山博沒有聽過純純、愛愛等人的曲目就進行寫作的疑惑，悉數拋在腦後。

♪

「妳哥哥眞的不在？」江山博從我的摩托車上下來，取下安全帽。

「放心，他去台北收貨了，要傍晚才回來。」距離上次見面過了兩天，好不容易盼到老哥出門收貨，我趕緊騎車接江山博來家裡觀看曲盤。

彭炫妹頂著一頭復古髮型走進客廳，江山博嚇得大叫：「黎憶星！你們家鬧鬼啊？這誰啊？」

「你又是誰？」彭炫妹瞪著江山博。

「這是我阿姨的女兒，過來新竹玩。」我趕緊打圓場，也扭頭交代彭炫妹：「這是江山博，妳去忙妳的吧。」

一聽到江山博的名字，彭炫妹眉毛就高高挑起，上下打量過他後嘖了聲，「不怎麼樣嘛，比不上我的雷せんせい，也沒有林揖辰好。」

我低聲警告彭炫妹：「他今天是來家裡聽〈壍城一粒星〉這張曲盤的，妳千萬別說自己叫彭炫妹或夢美，知道嗎？快幫我拿留聲機出來，我去泡咖啡，江山博喜歡喝熱燙的咖啡。」

當我端著咖啡過來時，彭炫妹正一邊打開留聲機的箱蓋，一邊瞪著江山博。我從保險箱取出曲盤，依循先前彭炫妹示範過的步驟，順利播放出音樂。

「壍城的春天，日頭照在北台灣的舊文明，我看見二十世紀的新生命……」

「唱得很好吧？」彭炫妹很得意。

「嗯，還可以。」江山博隨口應付。

彭炫妹嘴巴噘了起來，「哼，真不識貨！」

一曲播畢，江山博提出要求：「我可以看看曲盤嗎？」

「不行！」彭炫妹伸手護住曲盤。

「讓他看一下沒關係啦。」我好聲好氣哄她，她才稍稍退讓。

我小心翼翼地捧著曲盤走向江山博，江山博也端著咖啡杯走過來，彭炫妹立刻出聲喝止：「放下咖啡！」

「上面寫著什麼字？嗯，入社首回作品，有意思……」江山博不理會她，逕自端著咖啡站在曲盤前仔細端詳，並啜了一口，「好燙！」

下一秒，他杯子一晃，咖啡潑向曲盤，我嚇了一跳鬆開手，曲盤摔落地面，而咖啡杯也跟著砸在曲盤上。

「啊——」彭炫妹和我同時尖叫。

江山博大吼：「黎憶星，妳怎麼搞的？」

彭炫妹氣得推他一把，「明明是你不小心，怪一粒星幹麼？」

「誰叫她把咖啡弄得那麼燙？」

「你不是喜歡喝燙的？怎麼不乾脆把你自己燙死？」

兩人之間的氣氛劍拔弩張，我趕緊道歉，「對不起、對不起，都是我不好，都怪我……」

彭炫妹怒斥江山博：「我看你根本就是故意弄壞我的曲盤！」

「爲什麼說是妳的曲盤？這張曲盤是妳收藏的嗎？拿出證據來啊？」

「不要吵了，都是我不好……」我彎腰撿起碎裂的曲盤，不料卻被咖啡杯的破片割傷手指。

「不要撿了，破都破了！」彭炫妹硬把我拉起來，「妳受傷了！怎麼辦？」看見我的食指流出鮮血，江山博才淡淡地說：「妳家的醫藥箱在哪裡？」

「電視櫃最下面中間的抽屜。」

他慢悠悠地找出醫藥箱爲我塗藥和包紮。

爲什麼我在他眼中看不到一絲絲愧疚、一絲絲著急？爲什麼我覺得他渾身透出一股如釋重負的感覺？

江山博離去後，我和彭炫妹把地面清理乾淨，並將裂成三片的曲盤放到茶几上。

「一粒星，我問妳，迴紋針是什麼？」

我指了指老哥辦公桌上的文件，「就是那個，它可以固定文件。」

「喔。」彭炫妹應了聲。

「對不起，眞的很對不起。之所以讓江山博來看這張曲盤，是因爲我很想讓這張曲盤重見天日，也希望他在我阿公的傳記裡，能提到這張曲盤，也能提到妳的名字。」我不敢看她，只盯著包紮好的食指傷處，連聲向她道歉。

原以爲曲盤損壞，彭炫妹會崩潰大哭，沒想到她忍著不去看破損的曲盤，只幽幽地說：

「星火相交在門前，此事必定兩相連；樂音繞梁萬人讚，旭日東昇事能全。」

「這不是我們兩個抽到的第一百籤嗎？妳念這個做什麼？」

「我一直在想，這首籤詩到底是什麼意思？總覺得回去的關鍵就藏在籤詩裡。」她語氣帶著一股沒來由的肯定，「我一定要回到一九三四年，要錄很多曲盤，然後找個安全的地方把那些曲盤統統保存下來，還有我要去罵阿土，不准他把我的曲盤藏起來。」

「如果，我是說如果，妳回不去的話怎麼辦？」我小心翼翼探問。

「沒有如果，我一定要回去。」彭炫妹眼中閃爍著堅定的神采。

我思及她悲苦的命運，又問：「那如果回去後，妳的歌唱事業和愛情都沒能順利進展呢？」

「不可能，我一定會努力和雷せんせい一起錄很多好歌。」

先不提彭炫妹能否憑藉自己堅定的意志扭轉命運，首要的問題是她要如何才能回到一九三四年？

晚上八點，林揖辰、老哥、彭炫妹和我齊聚在古董店，圍繞著破裂的曲盤召開緊急會議。

「壞成這樣，這次得找專家修復才行。」林揖辰表示。

老哥很生氣：「黎憶星，妳怎麼這麼不小心，居然手滑打翻咖啡在曲盤上？妳的手要不要去中醫診所針灸一下？我看連妳的腦袋也得灸幾針了！」

「她的眼睛也需要針灸。」彭炫妹看了我一眼，我低頭不語。

在我強烈的央求下，她好不容易才答應不說出眞相，交換條件是我得買下一件她喜歡的洋裝送她。

「好啦，我再聯絡專家幫忙，看看有沒有可能修好。」林揖辰打圓場，「對了，要不要一起去參加這個比賽？」

我們圍過去看他放在桌上的傳單，原來那是一場名爲「迎曦音樂節」的比賽，由新竹市政府舉辦，進入總決賽者可在跨年晚會上公開演出，冠軍獎金八萬元，並徵求原創歌曲或老歌新唱。

彭炫妹死死盯著傳單，「一粒星，我們一定要參加！妳快去報名！」

「爲什麼要參加？」一思及跨年晚會的人潮會有多麼洶湧，我就覺得自己必然會肚子痛到得送急診。

「樂音繞梁萬人讚，旭日東昇事能全。」彭炫妹意有所指地念出這兩句籤詩。

「妳的意思是……」我狐疑地看著她。

她眨了眨眼，把我拉到角落，「別讓林揖辰聽到，我們來去參加這比賽，這比賽不是叫做『迎曦音樂節』嗎？而且舉辦總決賽的跨年晚會舞台就架設在迎曦門那邊，我相信籤詩的意思就是，在迎曦門唱歌得到眾人讚賞的意思。」

她一邊說著，一邊偷偷覷看林揖辰，嚴防他聽到我們的談話內容。

「好啦。」我被彭炫妹說服了，於是走回茶几旁邊對林揖辰和老哥說：「你們兩位也一起參加，別忘了，我們是一九三四樂團。」

「好啊。」林揖辰很有興趣，「黎憶星，妳把最近改編的阿卡貝拉歌曲，濃縮成一首精華組曲如何？」

「不，我們找人伴奏，唱〈塹城一粒星〉，還要打扮成一九三四年的樣子。」彭炫妹持不同想法。

「幹麼唱老歌?要是讓我的朋友看到我穿得很老氣，還唱老歌，我寧願從迎曦門的城樓上跳下來！」林揖辰大聲抗議。

「那你就跳吧，迎曦門才三層樓高，死不了！」彭炫妹回嘴。

「你們三個決定就好，我都能配合，我要去買宵夜了。」老哥逕自走出家門，彭炫妹則氣沖沖回房。

「好啦，先不要吵了！」我拽著林揖辰的袖子也跟著出門，從北門街左轉中山路，直直走向新竹市政府。

市府前的空地，亮著暖黃色的燈光，林揖辰坐在花台邊沉默不語。

我去便利商店買了兩罐啤酒，拉開拉環，把其中一罐遞給他，「好啦，喝一點，別跟令祖母生氣了。」

「這個任性又脾氣壞的女人，怎麼會是我奶奶！」

「欸，爲什麼你這麼排斥那些復古的東西?」

他沉吟片刻後說：「可能是因爲我不喜歡我爺爺總是一個人關在那間凍結時空的書房裡吧。以前看到別人的爺爺牽著他們去買糖果、坐投幣式搖搖車，我就覺得好羨慕。我和我爺爺最溫馨的記憶，就是他帶我去波麗路吃牛排。」

「那爲什麼在鄭恬佳的婚宴上，你會主動和我一起合唱〈雲歸何處〉這首老歌呢?」

「這首歌……很好聽。」林揖辰目光閃爍。

「坦白說，雖然這首歌是我老爸所作，但我也知道，這首歌算不上橫空出世的傑作，有很多歌都比這首更好聽。」

林揖辰啜了口啤酒，「因爲……看到妳姑姑教訓妳的機車樣子，妳表姊的狗又咬壞我家的盆栽，我對她們母女很有意見。」

「少來，你說過這首歌對你有特別的意義。林揖辰，從實招來吧。」我伸出食指戳他的肩膀，「快說、快說。」

他冷不防抓住我的手腕，我不由得一愣，他這是要幹麼？

他那雙琥珀色的眼眸鎖定我，「黎憶星，小心點，別再把我的衣服弄溼，天氣很冷。」

「好……那你快說嘛。」我悻悻然道。

他輕輕放下我的手腕，望向前方車流，「那是我大三下學期放暑假前的事，我失戀了，原本女朋友說好要來見我爸媽，但她忽然又宣稱自己還沒準備好，和我大吵一架分手。那天我獨自在新竹遊蕩，跑去以前的高中，正好活動中心有吉他社公演，我一進去就看到台上一個女孩被特效乾粉噴了滿臉，全場笑到屋頂快要被掀開。」

高中……吉他社公演……

「然後呢？」我喝著啤酒，卻感覺口乾舌燥。

「我以爲她會哭著下台，忍不住對她大喊一聲加油，沒想到她在那樣的情況下，居然重新抱起吉他唱了這首〈雲歸何處〉。我到現在還記得她的歌聲，柔和悅耳，卻很有穿透力。」

「後來呢？」

「她唱完後，獲得全場熱烈的掌聲，我當下就覺得，失戀也沒什麼，應該要像站在台上的她一樣振作起來。」

「那……你有想過要去認識她嗎？」如果他說沒有，那我絕對不要承認，那女孩就是……

「我臨時接到我媽打來的電話，暫時離開活動中心，等我再回去的時候，已經不見那個女孩的蹤影。」林揖辰語氣有著明顯的遺憾，「我高中讀的是男校，只有音樂班有女生，而且邀請音樂班女生參加社團公演是學校一貫的傳統，我推測對方應該就讀音樂班，便拜託家教學生幫忙打聽，卻找不到那個女孩。」

我放下啤酒，淡淡地說：「你的學生消息太不靈通了。那一屆新竹高中的吉他社社長，女朋友是音樂班的，但她劈腿了，吉他社社長氣壞了，憤而改邀請迎曦女中吉他社擔任公演特別來賓。」

「我沒說我讀竹中，妳怎麼知道？」林揖辰猛地扭頭盯著我，那雙琥珀色的眼眸熠熠生輝。

我低下頭，不敢看他，「你要找的那個女生就是我。」

林揖辰差點跳起來，他緊緊握住我的手，「是妳！真的是妳！我就知道！我就覺得自己好像曾經在哪裡見過妳。」

「你那時候戴著眼鏡，而且只匆匆見過一面，又事隔多年，我哪認得出來？」我抬頭對上他的目光。

他似乎這時才察覺自己的失態，連忙鬆開我的手，「不好意思，我太激動了。」

「沒、沒關係。」他手心的餘溫，似乎還停留在我的手背上，或許是天氣太冷，我竟然捨不得失去這樣的溫暖。

靜默半晌，林揖辰才問：「妳不是不敢站在陌生舞台上唱歌？那次在竹中妳倒是表演得很好。」

我嘆了口氣，「我是在高三校慶大忘詞之後才變成這樣的……」

「高三校慶忘詞？」林揖辰眼中寫滿疑惑。

我拿起啤酒罐喝下好大一口，藉著酒意，才有勇氣回想那段往事，「升高三後，班導建議我大學報考音樂系聲樂組，但這樣就要安排上私人課程、要請伴奏老師、要參加比賽拚經歷，還要報名費和治裝費，我家負擔不起，所以我媽帶著我去拜訪姑姑，向她借錢。」

「然後呢？」

「我姑姑本來不同意，不過當時就讀北藝大音樂系的表姊幫我說好話。」

「妳表姊有那麼好心嗎？這不像是我認識的趙大小姐。」

「當然是有交換條件的，表姊私下跟我說，她很想學會騎摩托車，要我教她，我只好答應。」

「妳那時還是高中生欸，有駕照嗎？」

「我的生日是九月初，升上高三沒多久就滿十八歲了，我在生日那天考到駕照。」

「我不懂趙大小姐爲什麼想學會騎摩托車。」林揖辰撇撇嘴。

一直到現在，我也不明白表姊當時是怎麼想的，她向來出入都有司機接送，實在沒有必要學會騎車。

「某個星期天，表姊騙姑姑說她要去演藝廳聽音樂會，其實是和我約好在演藝廳廣場練習騎摩托車，在練習過程中，表姊不小心猛地催動油門撞上路樹，她連人帶車摔在地上，整隻左手被壓在車下面。」

「天啊……」林揖辰倒吸一口氣。

「隔天就是校慶表演，我在開演前收到我媽的簡訊，說表姊左手的傷勢非常嚴重，然後我就在表演中忘詞了。」望著林揖辰，那時站在舞台上的我，是多麼盼望那位曾當眾為我加油的男孩能再次出現在我面前，沒想到他眞的出現了，儘管是在這麼多年以後。

「忘詞可以再練習啊！妳那次在竹中的演出，足以證明妳不是那種跌倒了就再也站不起來的人。」

林揖辰說這話時，眼神充滿堅定的神采，似乎比我還相信我自己，我只能苦笑。

「經過那次車禍，我表姊再也不能彈鋼琴了。你知道嗎？我表姊三歲就能在玩具鋼琴上彈奏兒歌，我姑姑很早就全力栽培她走上音樂這條路。我姑姑是音痴，她非常高興能有個繼承阿公音樂才華的女兒。」我垂下眼睛，「我毀掉別人的夢想，哪有資格再追求自己的夢想？所以我放棄報考音樂系，現在能擔任婚禮歌手，收入也還算能養活自己，這樣就夠了。」

林揖辰眉毛一挑，「那這次妳為什麼願意參加迎曦音樂節比賽？」

我告訴他，彭炫妹認為若是參加迎曦音樂節比賽，便有望回到一九三四年。

「幫一下你奶奶吧。我可以理解她為什麼想唱〈塹城一粒星〉，畢竟她唯一錄製的那張曲盤還未能流傳於世，她一定很想讓我們這個時代的人聽見她的歌聲。」

林揖辰一時沉默不語。我抬頭看天上，即使城市光害嚴重，卻依然可見冬季大三角高懸夜空。

「欸，你認得冬季大三角嗎？由大犬座的天狼星、小犬座的南河三、獵戶座的參宿四組成。」我一一指給林揖辰看。

「原來妳還是業餘天文愛好者？」

「不是，是我男朋友爲一位中研院天文所院士寫過傳記，我在幫忙整理口述錄音資料時，聽到那位院士說，他最喜歡冬季大三角，尤其是最亮的一等星，天狼星。」

「唔，眞的很亮。」

「天狼星距離地球約八點六光年，也就是說……」

「它發出的光，要經過八點六年才會被地球上的我們所看見。」

「眞不愧是理工科出身。」我笑了下。

而後林揖辰低低哼起〈塹城一粒星〉的其中一段旋律。

「我知道爺爺爲什麼幫我取名『林揖辰』了。」他忽然說。

「因爲他很欣賞林依晨？」

「拜託，我出生時，她根本還沒出道。」

「那是爲什麼？」

「〈塹城一粒星〉有句歌詞提到『走過舊時的拱辰門』，我問過你哥，拱辰門就是興建於清朝的北門，『辰』指的是北極星。」

「北門、拱辰門，這和東門圓環的迎曦門，聽起來像是一組的。」

「沒錯，另外還有西門和南門，分別叫作『挹爽門』和『歌薰門』，但是拱辰門在一九〇一年就被燒毀，西門、南門也都被拆除了。」

「這和你的名字有什麼關係？」

「爲了紀念那段在北門街生活的日子，我爺爺才會以『辰』字來爲我命名。」

「你爺爺也是想藉此紀念他心中永遠的星星——彭炫妹吧？」

林揖辰點點頭，我想起其他往事。

「我爸在幫我取名的時候，也隱含了懷念阿公〈塹城一粒星〉這張唱片的意思。小時候聽老爸說，阿公的這張唱片已經失傳，連他都沒聽過，我急得大哭，覺得這首歌好可憐，我向老爸保證，長大開演唱會，歌單一定會列入〈塹城一粒星〉和〈雲歸何處〉這兩首歌，那時我還用注音符號寫了一張歌單，請他放進時光膠囊裡。」

「時光膠囊？」

「其實就是一個掬水軒的喜糖盒，裡頭放了很多我幼時寶貝的東西，我爸幫我藏在家中某處，也不知道他藏哪裡去了，我到現在還找不到。」

林揖辰琥珀般的雙眼凝視著我，「這樣說來，我們的名字算是一對嘍？」

我別開視線，不敢看他，「呵呵，好巧。」

「好啦，就唱〈塹城一粒星〉參賽，但不要像彭炫妹，呃，我奶奶說的，找人來伴奏。我們唱阿卡貝拉的版本。」

「阿卡貝拉版的〈塹城一粒星〉？」

「妳想想，如果能在比賽中演唱以描寫新竹爲題、並改編成阿卡貝拉版本的老歌，一定會很有話題。」

「行！」我愈想愈覺得這個主意不錯。

「還有，請妳答應我，別再當月亮了，至少當一回自體發光的星星吧。」

在林揖辰帶著期盼的目光下，我點點頭，「一言爲定。」

他朝我舉起手中的啤酒罐，我們輕碰酒罐，各自仰頭將殘餘的酒液一飲而盡。

第十章　有樂館廣場前

花了兩天時間編好曲後，我把樂譜交給其他三人，先各自練習，再約定時間聚在一起團練。然而在第一次練唱時，就碰上了一個大麻煩。

「逮霞欸村踢……欸，『二十世紀』的台語怎麼講？」

「林揖辰，你唱這什麼歌啊？」彭炫妹斥責她的孫子，「『城』的台語發音不是『霞』，『天』也不是發成『踢』。」

「我是美寶，不會講台語。」

「美寶？」

「在美國出生的寶寶啊！那時我爸在美國分公司工作，我的製造生產全都在美國。」

「那天在KTV，你〈望春風〉倒是唱得很好啊！」我覺得奇怪。

「〈望春風〉是我唯一會唱的台語歌。」林揖辰雙手一攤。

「把你的MP3播放器交出來。」我嘆了口氣，把整首歌的台語歌詞緩緩念過一遍並錄下來，並交代他，「回家後每天聽一百遍，開車吃飯睡覺都要聽。」

「好。」他一口應下。

有效嗎？可惜沒有。

第二次練唱，林揖辰竭力正確地發出每個音節，但聽起來還是非常僵硬。

「不然先讓林揖辰和音跟打拍子，再慢慢練習，否則明天就得上傳參賽的錄音檔了，我怕會來不及。」老哥建議。

「不行，這樣在聲音的呈現上不夠豐富，初選競爭很激烈，哪個樂團不是端出最好的表現？」我搖搖頭。

「那還是先練他會唱到的那幾句歌詞就好？」彭炫妹提出應急的作法。

但光是要做到這樣都有困難，看著林揖辰戴上耳機反覆練唱的認眞模樣，我實在不忍出言責備，只能輕輕嘆了口氣。

在練習過程中，舊正興的劉老闆突然找上門來。

「黎老闆，我外甥要賣一台義大利進口的偉士牌古董速克達，你收不收？」劉老闆問。

老哥接過劉老闆的手機，仔細端詳照片，「湖水綠的烤漆，水喔。」

「一九五九年出廠的，六萬就賣，狀態很好，還可以騎，但是一定要加混合油。」

「怎麼賣這麼便宜，是不是有什麼問題？」

「我外甥本來在台灣經營一間美式餐廳，最近決定和日本老婆搬回日本定居，不打算把車子帶過去。之所以會賣這麼便宜，一方面是因爲我外甥不缺錢，另一方面也是因爲他三年前曾經把這台車借人在告別式上使用。對方是個男生，他的女朋友爲了救人，在車禍中傷重過世，他騎著速克達載著她的遺照進到告別式會場。有的買家會很忌諱這種事。」

林揖辰由衷道：「劉老闆，你外甥眞好心。」

「那個男生爲什麼要這麼做？」老哥又問。

「他女朋友很喜歡奧黛麗赫本，一直希望以後結婚那天，老公可以騎著速克達載她進場。」

老哥拍了一下大腿，「《羅馬假期》對不對？」

「對啦，黎老闆眞聰明。」

「我是不太介意啦，好人會有好報，這車也會有福報的。」老哥點點頭。

「你們剛剛在做什麼？」大致談定交易後，劉老闆切換到閒聊模式。

「在練習唱歌，我們要參加迎曦音樂節。」我指指林揖辰，「但是有位團員不會講台語，也唱不出台語歌的味道。」

劉老闆起了興趣，「你唱幾句我聽聽看，我平常有在社區大學教台語。」

林揖辰依言唱了幾句，劉老闆想了想，「台語的發音中有很多鼻音，你加重鼻音試試。」

「逮霞恩欸村踢恩……」林揖辰邊唱邊誇張地皺起鼻子。

「鼻音又太重了，一半就好。」

林揖辰照辦，這次聽起來好多了，他又唱了幾遍，慢慢抓到竅門，連忙向劉老闆道謝。

「沒什麼啦。」劉老闆揮揮手，「黎老闆，我再把你的電話給我外甥，你們自己約時間看車。」

過了一星期，終於到了公布迎曦音樂節通過初選的隊伍名單那天。

彭炫妹早上五點就起床了，她一直忍耐到我吃完早餐，才拉住我的衣袖，眼巴巴地瞅著我看，不用開口我也知道她在想什麼。

「還沒啦，八點半才會在官方網站上公布。」

彭炫妹緊張難耐的表情看得我暗自發笑，其實我心裡也很緊張，儘管自覺還算有把握能通過初選，但當我在八點半打開電腦時，手心仍滲出了涔涔冷汗。

彭炫妹挨在我身旁，「有嗎？有我們嗎？」

我顫抖著手指點開官網上的公告，「萬金油、粉紅麥克、廢話、叉燒包、非常好……一九三四！耶，我們通過初選了！」

我和彭炫妹興奮地抱在一起尖叫，我胡亂改編〈跳舞時代〉的歌詞唱了起來，彭炫妹也跟著我亂唱一通。

「阮是文明女，東西南北自由志，逍遙佮自在，世事怎樣阮不知，阮只知愛來比賽，唱歌愛大聲，男女雙雙，排做一排，唱阿卡貝拉，我尚蓋愛……」

待興奮的情緒稍稍退去，我再次坐回電腦前，注意到我們上傳的錄音檔已經有一千多人按讚。

「欸，這陣子林揖辰天天都過來練唱，妳覺得他這個人怎麼樣？」彭炫妹問。

「什麼怎麼樣？我有男朋友的。」坦白說，我覺得他確實很不錯，但我不能承認。

「我覺得林揖辰比江山博好。」

「哪裡好？」

彭炫妹偏頭想了老半天，「我說不上來，總之，哪裡都好。」

我忍不住笑了，「妳這樣好像幫兒子護航的媽媽。」

其實是幫金孫護航的阿嬤。

如果真如彭炫妹所想，我和林揖辰交往，甚至結婚，我不就成了她的孫媳婦？彭炫妹要是知道其實她是林揖辰的奶奶，我可能每天早上都得端上一盆洗腳水給她，幫她捲頭髮，還得陪她逛街買圓點洋裝什麼的，我才不要！

向老哥和林揖辰通報好消息後，我又傳訊息給江山博，「我們要參加迎曦音樂節，演唱〈塹城一粒星〉喔。」

江山博馬上回傳訊息，「誰說你們可以搶先曝光這首歌？妳姑姑同意了嗎？」

我有點不開心，「爲什麼要她同意？我哥說，著作財產權只存續至著作人過世後五十年。」

面對江山博的再次已讀不回，我整張臉垮了下來，彭炫妹湊過來關切，「江山博不理妳喔？」

我點點頭，心煩意亂地打開電視，電影台恰巧正在重播《色，戒》這部經典之作。

「這部映畫裡的旗袍好看，我也想要穿成那樣。」彭炫妹看得兩眼發直，女主角湯唯那身藍色印花旗袍確實很漂亮。

「還好電視台應該把精彩鏡頭都剪掉了，妳要是看到迴紋針式，包準妳嚇死。」

「迴紋針？」彭炫妹一臉茫然。

「就是男女之間的那個……迴紋針式，眞的很難用言語形容，而且也不能跟妳講得太詳細，畢竟妳還沒滿十八歲。」

「妳說這部電影叫什麼？」

「《色，戒》。」

彭炫妹一副若有所思狀，我想大概是因爲片中所設定的年代，很接近她過往的生活吧。

「妳把詞曲謄寫成樂譜給我吧。妳姑姑說曲盤壞掉就算了，就說是從手稿中找到樂譜就好。妳可別拿這首歌參賽，不然我會很生氣。」

到了中午，江山博總算回傳訊息。

我嘆了口氣，只覺渾身乏力，一點都提不起勁去謄寫〈塹城一粒星〉的樂譜。

「欸，一粒星，我們要不要設計一下團隊的整體造型？」彭炫妹興致勃勃地提議，「我們兩個一定要穿洋裝，打扮得像是從一九三四年走出來的女孩，一定可以引起話題。」

我點點頭，彭炫妹像是察覺我心情有異，忽然問：「妳看起來沒什麼精神，怎麼了？」

「江山博向我要〈塹城一粒星〉的詞曲。」我無奈地說。

彭炫妹撇撇嘴，「就算妳不要林揖辰，也別繼續和江山博在一起，我覺得他不是好人。」

我本來想反唇相譏，我阿公黎雲聲雖然是個才子，但他在感情上也不是什麼好人！不過想到彭炫妹悲苦的際遇，便把話吞了下去。

「妳自己也說過，阿土反對妳的戀情讓妳很難過，妳怎麼不想想我也有同樣的心情？別再說了。」

彭炫妹悻悻地噘起嘴，「哼，不說就不說。」

我思索片刻，再次傳了訊息給江山博，「我們有非要唱這首歌不可的苦衷，況且，對我而言，這也是跨出了很重要的一大步，我好不容易才提起勇氣前去其他場地唱歌，身爲我的男友，你不是應該支持我嗎？」

「妳和誰去比賽？」江山博難得回覆得很快。

「我表妹、我哥，和一位我哥的朋友。你知道我很膽小，還得讓我表妹領唱。」

「身爲我的女友，妳怎麼能冒犯我的客户？」

「那你找別人謄寫樂譜吧。」

我不知道哪來的勇氣，居然敢反駁他，毫無意外，我再次被已讀不回。

♪

複賽將於後天舉行，那天適逢星期二，林揖辰得向公司請假參賽，因此星期一不好再請假，所以我們得趁今天進行複賽前的最後一次練習。

一得知通過初選，我熬夜將歌曲改編成快板，並在演出時搭配彭炫妹喜歡的TOROTO狐步舞，希望可以讓評審耳目一新。

我一邊啃著拿來當午餐的郭家潤餅，一邊傳LINE提醒大家晚上七點集合練歌。

出門在外的老哥第一個回訊息，問要不要幫大家帶晚餐。我請他外帶四碗段純眞牛肉麵，彭炫妹自從吃了我煮的牛肉麵以後，就愛上了紅燒牛肉麵，但我也不忘提醒他別加辣，畢竟後天就要比賽了。

剛在LINE群組裡交代完老哥，我便收到江山博的訊息。

「妳姑姑要我轉告妳，想想妳曾讓她們蒙受的損失，妳應該知道要適時收手。」

我咬緊下唇，是的，我害表姊此生不能再彈琴，這是我的錯，但我爲了彭炫妹，爲了自己，爲了和林揖辰的約定，我還是得參加迎曦音樂節，並且演唱這首歌。

坐在一旁的彭炫妹獨自練唱不懈，爲了做到「樂音繞梁萬人讚，旭日東昇事能全」，她眞的卯足了全力。

我不能讓她失望，更不能讓她回不了一九三四年，所以我得請江山博幫忙說服姑姑和表姊。

「我出去一下，妳自己一個人在家別亂跑。」

「知道了。」彭炫妹拿起桌上的潤餅捲咬了一口，「妳要去哪裡？」

「我有事要去找江山博。」

「妳不要去找他！」

「爲什麼？」

「他不是個好人！」

「不要再討論這件事了，我趕時間。」

彭炫妹伸手拽住我的衣角，堅持不肯鬆開

「妳不要這樣。」我有些無奈。

「妳才不要這樣！江山博過來看曲盤那天，妳不是去泡咖啡嗎？當時他站在門口講電話，妳知道他說了什麼嗎？」她壓低聲音，模仿起江山博低沉的嗓音，「我個人最欣賞的國片，當然首推大導演李安的《色，戒》。妳說迴紋針式嗎？我當然可以分析，那象徵易先生仍然對王佳芝有戒心，等到王佳芝說她要一棟公寓，他才卸下心防。趙小姐有興趣的話，我們可以透過實際演練迴紋針式，來揣摩易先生的心態。」

我呆住了，「妳偷聽他講電話？」

「我本來聽不懂他在說什麼，直到那天在電視上看到《色，戒》，妳也剛好提到迴紋針式，我後來在iPad可以聽歌看映畫的那個『油吐吧』查了，才知道妳的江山博早就和妳表姊在一起了！」

我先是一愣，隨即惱羞成怒：「妳怎麼不早點告訴我！」

「看妳對他那麼死心塌地，都鬼遮眼了，『目睭予蜊仔肉糊著』，我要怎麼告訴妳？」

「什麼鬼遮眼！妳自己也好不到哪裡去！」

「妳講啥？」彭炫妹雙手叉腰，嘴裡冒出台語。

我衝回房間，找出林清土老先生的信扔到她身上，氣得口不擇言，「妳自己看！這封信一直藏在阿土的帽子內裡，妳其實是林揖辰的阿嬤，被雷せんせい拋棄之後變得自暴自棄，就算妳回到一九三四年又怎麼樣？妳只出一張曲盤就被封殺，而且一輩子都得不到我阿公黎雲聲！」

彭炫妹張大嘴，整個人像是石化，一雙琥珀色的眼瞳眸光黯淡了下來。

「我之所以要去找江山博，就是爲了讓妳在比賽時唱那首歌！妳以爲妳是宇宙中心，所有人都要繞著妳轉？妳害我阿公沒好好寫歌，也害林清土一輩子寂寞，還讓林揖辰他爸在那麼小的時候就失去媽媽！」我氣昏了頭，失去理智下話愈講愈毒。

我抄起安全帽就要出門，卻遍尋不著車鑰匙，才想起老哥早就把摩托車騎走，只能改搭計程車。

走出店門前，我還忿忿撂下一句話：「有本事妳自己滾回妳的一九三四年！」

一踏進江山博家裡，我就問他：「你跟我表姊怎麼回事？」

「什麼怎麼回事？」坐在沙發上的江山博開始抖腳。

「彭……我表妹聽到你和她講電話，你說想和她演練《色，戒》的迴紋針式！」

「她亂講！看她打扮成那種鬼樣子就知道了，這個女孩瘋瘋癲癲的，不只很有事，還有病。」江山博仍舊抖腳抖個不停。

我深吸了一口氣，明明憤怒已極，頭腦卻異常冷靜，連我自己都覺得很反常，「對不起，是我太衝動了，我去一下洗手間。」

說完，我的步伐卻冷不防往江山博臥房移動，以迅雷不及掩耳的速度打開緊閉的房門，他注意到的時候已經來不及阻止。

江山博有好一陣子都不肯讓我進他的臥房打掃了，果然事出有因啊。洗衣籃裡躺著一件黑色繡花絲質旗袍，和一件我兩年前買給江山博的卡其色大衣，哈，他們到底扮了幾次易先生和王佳芝？

床頭櫃還有一隻金色的鏤空蛇形手鐲，我見過這隻名貴美麗的手鐲。

「這件旗袍是什麼？這隻手鐲又是什麼？」我口氣平淡。

「這是我買給妳穿的，我總要先拿去洗吧？手鐲也是要送妳的。」

我翻看旗袍領子下的標籤，「這旗袍是蔡孟夏的，一件要一萬多！你怎麼可能買這麼貴的衣服給我？絲質旗袍也不是丟洗衣機就能洗的！這隻手鐲是我表姊的，我親眼見她在喜宴上戴過，你別再瞎扯了！」

「小星星，妳別這樣，不是妳想的那樣。」

我用手摀住雙眼，感到一陣暈眩。當心中的猜疑變成不容抗辯的事實，我痛得說不出話，對，彭炫妹說得沒錯，我是鬼遮眼，是眼睛被蚵仔肉糊住了。

「我是爲了那個案子啊，也是爲了我的將來，而我的將來就是我們的將來，不是嗎？」江山博還兀自辯解。

我放下雙手，抬眼看他，「如果你爲了案子可以犧牲自己和客戶上床……不，我表姊那麼美，怎麼會是犧牲？明明就是你賺到！你根本想巴住我表姊，好省去三十年的奮鬥！我要跟你分手！」

奪門而出後，在等計程車過來的那九分鐘裡，我心中還有一絲絲愚昧的期盼，期盼江山博會追上來努力解釋，努力挽回我。

然而直到計程車停在我面前，江山博始終沒有出現。

想起過去五年種種，胃裡便一陣翻騰，我扶著路旁的電線桿，把早餐、午餐都吐了出來。

「小姐，不舒服嗎？要載妳去醫院嗎？」計程車司機看起來很爲我擔心。

「不，我要去……」突然間，我不知道該何去何從。

我讓計程車在新竹教育大學前放我下車，而後在市區遊蕩。當我拖著疲疼的雙腿走回家時，已經是晚上七點半了。

屋裡飄散著牛肉麵濃烈的香氣，一見到我，林揖辰和老哥立刻放下筷子。

「妳怎麼了？」林揖辰一臉擔憂。

我揉揉浮腫的雙眼，「沒事。」

「我們的女高音夢美小姐呢？麵都糊了。」老哥問。

他說他回來時，家裡一個人也沒有，我才猛地想起，自己在出門前對彭炫妹說了不該說的話，以及她那雙失去光彩的眼眸。

「糟了。」我懊惱地說。

老哥和林揖辰問：「發生什麼事？」

「我和她吵架，把林老先生的信給她看了……」我囁嚅道。

老哥看看我，驚疑的目光又落向林揖辰，我垂下肩膀，「林揖辰也看過信了。」

「統統給我出去找人。」老哥起身從桌上抄起摩托車鑰匙，率先走出去。

我和林揖辰先問了隔壁舊正興的劉老闆，他說他沒見到彭炫妹。我提議去城隍廟找找，說不定彭炫妹又去那裡求籤，然而卻也撲了空。

「新竹女中呢？也許她會想回母校走走。」我聯絡老哥，請他騎車過去察看。

十分鐘後收到老哥的回覆，他說他問過校警，別說一身復古裝扮的年輕女生，星期天的晚上，新竹女中校園裡根本空無一人。

我和林揖辰又前往中正台夜市，一看到服飾店裡有彭炫妹風格的衣衫，便走進去詢問店員是否曾見過彭炫妹，卻依然一無所獲。

「她會去哪呢？」我開始著急了。單憑一雙腳，彭炫妹是能走多遠？她不認識新竹市鬧區以外的道路，萬一迷路了怎麼辦？她講話常不小心露餡，被人當瘋子怎麼辦？她晚上十點就會自動斷電睡著，一個女孩子怎能露宿街頭？如果碰上壞人存心拐騙，她會不會吃虧上當？

老哥再次傳訊息過來，他去了火車站也沒能找到彭炫妹，接下來他打算針對北門街附近的小巷弄找找看。

「她看過我爺爺的信後，明白了我爺爺對她的感情，有沒有可能她會去某個對他們兩人有特殊意義的地方？」林揖辰提出意見。

「我想想，茶行、城隍廟……」我們站在中正台夜市的出口，對面的國際大戲院湧出一群電影散場人潮。

電影……

我靈光一閃，「彭炫妹說過，在穿越來到二〇一五年之前，她本來打算和你爺爺去看映畫！就是看電影！」

「電影？日據時期新竹有電影院嗎？」林揖辰懷疑道。

「有樂館！」我大喊，「就是現在的影像博物館！」

我們立刻三步併作兩步沿著文昌街走去，市區人潮洶湧，我一直被路人撞到，走在前頭的林揖辰折返回來，牽起我的手，拉著我快步往東門城的方向跑去。

繞過東門圓環轉進中正路時，時間已過十點，街邊的店家都已打烊，不遠處的影像博物館卻仍漾著暖黃燈光，矗立在安靜的夜裡，有個紅衣女孩蜷縮著身子坐在館前的階梯上。望著眼前這一幕，我不由得停下腳步。

「過去吧。」林揖辰出聲。

這時我才發現自己還牽著他的手不放，有些尷尬地鬆開。他輕輕一笑，逕自朝彭炫妹走去，我連忙跟上。

「彭炫妹，回家了。」我站在彭炫妹身前。

她猛地抬頭，一張臉爬滿淚痕，髮型也被新竹強大的夜風給吹亂了，她嗚咽道：「我不知道阿土為我做了這麼多事……」

「一起回去吧，阿嬤，我都知道了，憶星都告訴我了。」林揖辰喊出「阿嬤」二字時，一臉彆扭。

彭炫妹沒有接話，一滴眼淚又沿著腮邊滾落，她再次把臉埋進膝蓋中。

我打電話通知老哥找到彭炫妹了，讓老哥過來會合。

「林揖辰，我對不起你阿公和你爸爸。」哭了一陣，彭炫妹終於肯再次抬起頭，接著她對我說：「一粒星，我一定要回去一九三四年，我要唱想唱的歌，愛值得愛的人，我會結束和雷せんせい的關係，會錄很多曲盤，然後、然後……」

她的目光轉向林揖辰，兩雙琥珀色的眼珠四目相接，「我要嫁給阿土，不讓他孤單一輩子。」

彭炫妹語氣堅決，眼中閃爍著堅定的神采。

林揖辰伸手拉著她站起來，或許是因為哭了太久，又沒吃晚餐，體力不支，她腿一軟又跌回地面。

「我背妳吧。」林揖辰背向彭炫妹蹲下。

「毋好啦，我會歹勢。」彭炫妹都累壞了，卻還在逞強。

「有什麼不好意思的？妳是我阿嬤耶！」林揖辰硬是背起彭炫妹，繃緊的手臂肌肉顯示出他費了很大的力氣，他咬牙擠出聲音，「妳回去一九三四年以後，一定要活久一點，活到我出生那年，然後換妳背我。」

「好。」彭炫妹輕應了一聲，闔上雙眼。

老哥騎著摩托車趕過來，「喂，要不要我載她？背回北門街有點遠欸！」

林揖辰向前一步，「沒關係，我們講好了，以後換她背我，我出生時可是體重四千三百克的巨嬰呢。」

我跳上老哥的機車後座，老哥的車龜速地跟在這對祖孫身後。

「阿嬤，答應我一件事。」林揖辰說。

「什麼事？」彭炫妹悶著聲音問。

「背我的時候，不要用那種紅色底的阿嬤大花布，要選好看一點的背巾。」

「やくそくよ。」彭炫妹突然冒出一句日文。

「蛤？」林揖辰滿臉問號。

老哥爲這對祖孫居中翻譯：「やくそく是約定的意思，林揖辰，她和你一言爲定了啦！」

林揖辰不再回話，安靜地背著彭炫妹走在夜晚空蕩的街道上。

望著前方那對祖孫，我的眼淚忍不住撲簌簌落下，用力吸了吸鼻子。

「妳很愛哭欸，黎憶星，不准把鼻涕抹在我的機車坐墊上。」老哥的聲音也有點哽咽。

一回到家，我立刻泡了碗牛肉口味的泡麵給彭炫妹墊墊肚子，她吃完最後一口時，眼睛都快閉上了，老哥和林揖辰手忙腳亂地把她抬回二樓的房間睡下。

「餓死了，我晚餐吃的牛肉麵都消耗光了。」背著彭炫妹走過好幾條長街的林揖辰，坐在客廳一臉哀怨。

我趕緊說：「最後一碗泡麵被彭炫妹吃掉了，我去幫你買宵夜，你要吃什麼？」

「你們兩個都去吃點東西吧，黎憶星，妳也沒吃晚餐啊！別幫我帶宵夜，我的肚子愈來愈大了。」老哥把機車鑰匙扔給林揖辰。

「都十一點了，這個時間新竹還有哪裡有東西可以吃？」我問林揖辰。

「有個地方可以去試試。」

沒過多久，林揖辰將機車停在一棟位於靜謐小巷裡的木造樓房前，店家的招牌寫著「大叔酒食」。

牛肉串、鰻魚串燒、明太子雞肉串……林揖辰不停地將食物堆滿我的盤子，同時也不忘塞進自己的嘴裡。

幾串串燒、幾杯清酒下肚，我的心情卻陡然低落了下來。

彭炫妹失蹤的忙亂，像一劑麻醉藥，暫時讓我忘記慘遭男友背叛的痛苦，然而此刻麻醉藥的藥效退去了，撕心裂肺的疼痛張牙舞爪朝我撲來，而我無以迴避。

江山博到現在都沒有傳訊息過來，這是不是表示他根本無意挽回，爽快地同意分手？

我嘆了口氣，把杯裡的殘酒喝完，又倒了一杯灌進嘴裡，也許喝醉以後，心就不會再那麼痛了。

「喂，妳會不會喝太急了？」林揖辰阻止我。

「讓我喝嘛，我有非喝不可的理由。」

我幾乎喝掉了大半瓶酒，身體像浮在空中，心情也變得愉悅，嗓子發熱，好想唱歌。

「我們該回去了。」林揖辰付完賬，攙著我走出店門外。

我注意到居酒屋旁邊就是一座小公園，喃喃道：「林揖辰，我要唱歌……」

「那我們去KTV吧。」

「在這裡唱就好……」我感覺渾身輕飄飄的。

「不好啦，黎憶星，天氣這麼冷。」

「今天我失戀了，我男友劈腿我表姊，我不管，我就是要在這裡唱！」

我站上公園的花臺，裡頭的植栽枯萎成一片，像我和江山博的感情。五年來，我的眼裡一直只有他一個人，而他卻不是這樣。

我需要一首歌，來哀悼我和江山博曾經幸福，卻在不堪之下終結的愛情。

「幸福好不容易，怎麼你卻不敢了呢？我還以為我們能，不同於別人，我還以為不可能的，不會不可能。你的姿態，你的青睞，我存在在你的存在，你以為愛，就是被愛，你揮霍了我的崇拜……」

如果是以前，我一定會努力複製梁靜茹在演唱〈崇拜〉這首歌時的婉轉細緻，但此刻我什麼都不想管了，好像只有聲嘶力竭地唱，才能宣洩心中那些對江山博的控訴。

歌詞的最後一段，林揖辰從旁加入合音。

一曲唱畢，我全身的氣力好似也已用盡，勉強提振起最後一絲力氣，雙手圈成喇叭狀，對著遠處大喊：「江山博！你這混蛋！我他媽的再也不會為你而活！」

一陣掌聲響起，林揖辰定定地望著我，琥珀眼瞳中彷彿有光在閃爍，他緩緩開口：「黎憶星，這是我聽妳唱歌唱得最好的一次。」

我看著他，想要給他一個笑，卻突地感到暈眩，腳下一個站立不穩。

下一秒，我跌進了他的懷裡。

接下來的事情，我其實印象有些模糊了，只隱約記得林揖辰懊惱地說摩托車沒油了，於是他讓我趴在他的背上，背著我一步步向前。

林揖辰寬闊溫暖的背，讓人很安心，我緩緩闔上了眼睛。

第十一章　夢想有多遠，我看不見

「欸，一粒星，我們兩個的舞步還不夠熟，應該再多練幾次。」

彭炫妹說這話時，已經是星期一吃過午餐後了。宿醉的我儘管喉嚨乾啞，依然一手揉著太陽穴，一手抓著樂譜，把握時間為明天的比賽做最後衝刺。

「夢美大歌星，如果妳沒鬧失蹤，我們本來昨晚就該練習的。」我沒好氣地回。

「好啦好啦，拜託啦！」彭炫妹放軟口氣。

彭炫妹本來每天就會固定抽出時間練習唱歌，自從決意參加比賽後，除了偶爾為上門的客人解說古董，她更是幾乎把所有的空閒時間全放在這上面。

我被她的拚勁感動，於是拿起手機，想先打電話給林揖辰，再聯絡出門在外的老哥。

然而才按下撥號鍵，便同時想起一件事——昨天林揖辰背著我去加油站買汽油，我一路上邊唱歌邊捶打他的背作為伴奏，唱到傷心處，還拉扯他的頭髮咒罵江山博……

不不不，我現在不要和林揖辰講話，我做不到！我連忙掛掉電話，改傳LINE過去。

訊息來來往往，老哥和林揖辰都說會盡量努力提早結束手邊的工作，好過來練歌。

想了又想，我還是發了LINE給江山博。

「我們應該好好談一談，就算要結束，也別這麼草率。明天就是複賽了，地點在新竹市演藝廳，希望你可以來為我加油，這對我真的很重要。」

江山博還是已讀不回。

即便我還是一想起他就覺得胸口悶痛，但是經歷過昨天那場鬧劇，我已經徹底清醒過來，有太多跡象顯示他早就不愛我了，或許他愛的從來都是我對他的崇拜與支持，對他而言，我只是女版的工具人罷了。從前的我，就像彭炫妹說的，目睭予蚵仔肉糊著——不對，根本是被一整盤蚵仔煎糊住了雙眼。

至於江山博愛馥湄表姊嗎？

我並不這麼認爲，這個人大概只愛他自己吧。

那我爲什麼希望他來看我比賽呢？

非關留戀，我只是希望他能給予終於願意嘗試克服心魔的我些許肯定，只是希望他能稍微感謝我過去五年的付出，只是希望，他別讓我五年的青春與愛戀變得一文不值。

傍晚五點半，一個高大的身影閃進店內。

林揖辰穿著黑、灰、藍、白四色交錯的迷彩圖案毛衣，搭配黑色牛仔褲，說也奇怪，每次他走進店裡，都讓我覺得光線黯淡的古董店頓時明亮不少。

想起昨晚的醉後失態，我不敢看他，逕自走進廚房泡茶，同時清了清喉嚨，朗聲說了句：「謝謝你昨天送我回來。」

我端著三杯茶回到客廳，彭炫妹正坐在林揖辰身邊，纏著林揖辰多說一些阿土的事，也不知怎麼的，林揖辰明明是在和彭炫妹說話，卻不時將目光投向我。

「憶星，妳怎麼一直在清喉嚨？我才來不到十分鐘，妳就清了三次了。」

有嗎？還有他怎麼叫我憶星？

「有嗎？是說我哥怎麼還沒回來？」我趕緊轉移話題。

林揖辰揚了揚手機：「我剛打電話給他了，妳哥說還要二十分鐘。」

我點點頭，放下鐵捲門，看來今天不會再有客人了，而且等一下還要練歌、練舞，這樣也才不會吵到鄰居。

下一刻，一陣拍門聲忽然響起，我走過去開門，站在門外的竟是江山博。他居然會來這裡找我！是想復合嗎？不可否認，我的心跳為此漏了一拍。

「是誰呀？」林揖辰問。

我沒回答，江山博眼神冷峻，我從沒見過這樣的他。

我心裡有不好的預感，他絕對不是來談復合的。

江山博走進店內，坐在彭炫妹和林揖辰對面的沙發上，卻看也不看他們一眼，彭炫妹則狠狠地瞪著他。

江山博根本不在乎彭炫妹充滿敵意的態度，他扶了下眼鏡，直接發話：「黎憶星，妳姑姑說，參加迎曦音樂節比賽可以，但是你們得換首歌，不許唱〈塹城一粒星〉。」

所以我們眞的就算是分手了嗎？他不再喚我小星星了，甚至還連名帶姓叫我。

我壓抑著內心的悲傷與不快，努力用冷靜的語氣說：「拜託，明天就要比賽了，要怎麼換歌？到時唱壞了，讓人知道我不僅是黎雲聲的後代，還是黎仁英理事長的姪女，豈不是丟光了她的臉？」

「如果在意妳阿公的名聲，妳就不該參賽，趕快專心幫忙我寫傳記。」

我心中那些難受的情緒一下子轉為怒氣：「為什麼我們唱哪首歌還要經過姑姑同意？而

且你幹麼還替她出面干涉我？」

「妳姑姑還要妳想想妳表姊，以及妳帶給她們的損失。」江山博冷冷地說。

「那是多久以前的事了，我也爲此放棄報考音樂系了！我這次參加比賽唱這首歌，不是爲我自己，是爲了……」我硬生生止住話，改口質問他：「爲什麼不能唱這首歌？」

「理事長希望這首歌能在基金會主辦的活動上首次披露。」

「黎雲聲是她爸爸，但也是我阿公！只有她能找人寫我阿公的傳記、只有她能公開我阿公寫的歌嗎？」我既憤怒又不平。

江山博再次推了下眼鏡，正想開口，林揖辰卻搶先發話：「憶星，這位到底是誰？如果這個人對著作權法不太熟悉，我可以請我們公司的法務教教他。」

彭炫妹語帶鄙夷：「他就是黏在一粒星眼睛上的蝌仔肉，無恥劈腿江山博。」

林揖辰不動聲色道：「久仰大名啊。」

江山博挑眉看了眼林揖辰，「喲，這位打扮入時的韓流明星是誰？」

「他是我哥的客戶，也是我們的朋友。」我盡量忽視江山博口氣中的嘲諷。

「黎憶星，妳有新歡啦？難怪嚷著要分手。」江山博冷笑。

我氣極，「不要亂說，他是我表妹的遠房親戚，明天會和我們一起參加比賽。」

江山博用鼻孔哼氣，起身把我拉到一旁，低聲說：「這個男的一看就是花心富二代，妳離他遠一點。」

我撥開他的手，「你管這麼多做什麼？我跟他沒什麼，而且我和你已經分手了，對吧？」

「妳這麼單純，很容易被騙。我承認我對不起妳，但我畢竟曾經愛過妳，當然會關心妳。」

「對，我就是這麼單純，才會被你騙！」我惱火地瞪著自以爲是的江山博。

這傢伙平時都很不願意來我家，上次明明是他想過來看〈塹城一粒星〉的曲盤，還要我特地騎車去載他，現在爲了傳達我姑姑的指令，就二話不說趕過來。

我伸手指著大門，今天以前的我從沒想過自己會這麼做，「江山博，請滾出我家！」

「妳記得請我寫傳記的莊院士吧？」江山博雙手插在口袋裡，突然提起那位我們一同採訪過的天文學者。

「別轉移話題，滾！」我推他出店門。

「我自己會走！」他反手緊緊扼住我的手腕。

江山博直直盯著我，以往這會讓我全身發燙，但此刻他冰冷的眼神卻令我心底發寒。

「他喜歡天狼星，所以我特別查過天狼星的相關資料。妳知道天狼星B嗎？它是顆白矮星，幾乎沒能發出什麼光亮，以五十年爲週期繞著天狼星運轉，分享它的光，因此被稱之爲天狼星的伴星。」

他突然提起天狼星的伴星，肯定不存好意，我很想說些什麼阻止他講下去，喉頭卻像是被堵住了，一個字也擠不出來。

江山博冷哼一聲，「妳不過就是天狼星的伴星，一顆黯淡的白矮星，沒有才華還想做音樂大夢，就跟妳老爸一樣。黎憶星，別說我沒事先警告妳，你們絕對沒辦法進入總決賽。」

林揖辰叫我月亮小姐，是希望我能唱出自己的聲音；江山博叫我天狼星的伴星，卻是爲了羞辱我。我並不憤怒，只覺得自己過去五年怎麼會如此痴傻？江山博這種人還有什麼好留戀的？

這時，我瞥見一台紅色的福斯Polo汽車違規停靠在馬路對面，是馥湄表姊的車！

江山博輕巧閃過馬路上的車輛，頭也不回地坐進紅色轎車。

我呆立了好一會兒，才轉身回到店裡，彭炫妹馬上兩眼發光湊過來，「一粒星，妳和江山博分手了？」

「對啦，托妳的福，我和他下午才剛分手，妳晚上就鬧失蹤，我忙著大街小巷找妳，根本沒多少時間傷心。」

「別傷心了。」彭炫妹眼珠子一轉，偷偷指了指林揖辰，我知道她是在暗示：我孫子可是絕品暖男一枚，要搶要快！

我白了她一眼，還沒來得及回話，拍打鐵捲門的聲音再次響起。

我氣得衝著門口大吼：「有事嗎？還不快滾遠一點！」

「開門啦，我回來了，過來幫忙搬東西啦！」原來是老哥。

坐在一旁的林揖辰一臉驚嚇，天啊，他大概覺得我脾氣很壞吧！算了，無所謂，反正我在他面前早就沒形象了。

♪

經過一晚的積極練唱，隔天正式迎來了迎曦音樂節的複賽。

文化局演藝廳的舞台上掛著紅色布條，舞台前方設置有評審席，偌大的演藝廳大概只坐滿十分之一的座位，大多是參賽隊伍和來加油的親友團。

我們走進後台準備室，彭炫妹掏出丸竹白粉補妝。我一身白底紅點洋裝，彭炫妹是紅底白點洋裝，老哥和林揖辰則是白上衣配黑色西裝褲，褲子還故意改短，露出腳踝，再搭上白襪和黑皮鞋，既復古又俏皮。

「如果讓我同事和朋友看到……我還是死了吧。」林揖辰看看自己身上的裝束，翻了個白眼。

老哥取笑他：「阿嬤要你這樣穿，聽話喔，乖。」

我本來也想揶揄他，但一想到前兩天夜裡我在他面前做下的那些糗事，就覺得臉頰發熱，連跟他說一句話都覺得不好意思。

「咳咳咳，」我假裝咳嗽想掩飾尷尬，沒想到愈咳愈覺得喉嚨發癢，「咳咳咳咳咳……」

林揖辰探照燈般的眼光立即投射過來，「憶星，妳怎麼了？」

「喉嚨有點癢，咳咳咳。」

「該不會是前兩天夜裡吹了太多冷風，感冒了吧？」老哥問。

「待會就要上台了，一粒星，妳要撐住啊！」彭炫妹懇切地看著我，我點點頭。

「一九三四！一九三四的團員在哪裡？」一名工作人員高喊。

「在這裡！」我趕緊舉手。

隨後我們跟在工作人員身後，去到舞台左側就定位。

台上正在表演的是「粉紅麥克」樂團，五個穿著粉紅色夏威夷襯衫的男孩，手上全都抱著烏克麗麗，擔任主唱的男孩鬢角還插著一朵粉紅扶桑花，團名和裝扮都很吸引人，彭炫妹站在一旁都看傻了。

烏克麗麗輕快的樂音響起，他們表演的是自創曲〈流浪到夏威夷〉，熱力四射的演出，將冬天的新竹瞬間幻化成夏天的海島，台下許多觀眾情不自禁隨著節奏擺動身體，是場相當成功的演出。

在這麼顯眼的樂團後登場，很容易被比下去。

無意間，我瞄了眼牆上貼著的迎曦音樂節海報，注意到這場比賽的合辦單位竟是雄英建設，心頭頓時湧上一股寒意。

雄英建設，是姑姑名下的建設公司……我的腹部猛地一陣翻攪。

「現在歡迎第三十組入圍隊伍上場，一九三四！」

終於輪到我們上台了，四位評審臉上都帶著疲憊，畢竟他們先前已經全神貫注看了二十九組表演，也該累了。

我和彭炫妹牽起手，擺好狐步舞的預備姿式，評審們下垂的眼角頓時揚起，眼神放出光采。

「塹城的春天，日頭照在北台灣的舊文明，我看見二十世紀的新生命……」

彭炫妹活力十足的歌聲揚起，我跟著合音，卻感覺自己的聲音好緊，等一下輪到我擔任主唱時，要是聲音出不來該怎麼辦？

心慌意亂之下，我跳錯了舞步，差點撞上彭炫妹；彭炫妹很鎮定，只輕輕瞥了我一眼，彷彿在鼓勵我。

我定下心神，努力穩住舞步和歌聲，待表演結束那一刻，我已滿身大汗。

司儀宣布，四十分鐘後會公布進入決賽的前十名。

坐進觀眾席後，我低頭向其他團員道歉，「今天我表現不好，對不起大家。」

彭炫妹搖搖頭，「才不，我覺得我們表現得很好，一定可以入圍！」

「哈啾！」我打了個大噴嚏，頭昏沉沉的。

「妳還好吧？感冒了嗎？」林揖辰脫下西裝外套披在我身上，「這邊冷氣很強，妳已經有感冒跡象了，小心點。」

這時，一位背著單眼相機的男士走過來朝我們遞出名片，是報社地方版的記者，「請問你們的團名『一九三四』，有什麼特別的含意嗎？」

老哥推了推我，我趕緊做爲代表回答：「呃，一九三四年是台灣音樂百花齊放的一年，我們找到音樂家黎雲聲先生發行的第一首歌，爲它做了點改編……」

「這裡好吵，可以去外面聊嗎？你們的表演特別有意思，應該會入圍吧？」

記者大哥這番話讓我高興得想跳起來，彭炫妹、老哥和林揖辰也同樣笑瞇了眼。

我們魚貫從後門走出表演廳，離開前，我下意識回頭瞥向舞台，只見一個穿著白襯衫的男子正在與司儀交談，身形很像江山博，難道他眞的來看我表演？

「黎小姐？」記者大哥喊了我一聲，他的手還扶著沉重的大門，等著我走出去。

「喔，謝謝，不好意思。」我連忙跟上。

受訪結束回到表演廳坐下，老哥悠哉地開口安定軍心：「安啦，記者只採訪我們和粉紅麥克，他很篤定我們這兩組會入圍。」

沒過多久，司儀走向舞台，拿起麥克風，「現在公布進入決賽的隊伍名單：粉紅麥克、非唱不可、叉燒包、柔柔、鍋子電動大樂隊……」

歡呼聲此起彼落，我手心裡淌滿緊張的冷汗。

「明太子御飯糰、山腳社區山歌隊、綠巨人浩客客家流行樂團……」

我的心愈來愈往下沉。

「風中奇緣、迷幻舞台。恭喜以上十個隊伍！」

台下尖叫聲和哀號聲交錯，彭炫妹臉上全是失望。

「咦，一九三四，搞了半天，你們沒入圍啊！剛剛採訪你們的文字照片都不能用了啦！」那位記者大哥抓了抓頭髮，追著入選隊伍圍上去。

「爲什麼？我們明明表演得很好啊！」老哥衝向司儀抗議。

「評選本來就帶有評審的主觀選擇，你們是一九三四吧？我也很喜歡你們的表演，我看看……」司儀翻了下評審紀錄，「算是私下透露給你們知道，你們是第十一名，失分主要原因是女中音不穩、團隊默契稍弱。明年繼續努力，加油好嗎？」

我忍不住提問：「不好意思，入選名單揭曉之前，我看到有個男的在跟妳交談，請問他是誰啊？」

「喔，江先生啊，他是主辦單位的工作人員，也有加入評選討論。」

果然那個男人就是江山博！

「黎憶星，別說我沒事先警告妳，你們絕對沒辦法進入總決賽。」

這實在是太明顯黑箱作業了，江山博今天之所以過來，一定是爲了傳達姑姑的旨意，要求評審委員把我們踢出總決賽名單，否則雄英建設將取消贊助。

我忽然想明白一件事——先前江山博是故意弄壞曲盤的，此舉肯定也是出自姑姑的授意。

江山博爲了追逐個人名利，居然可以不擇手段到當人走狗……

我們四人都沒說話，安靜地步出表演廳，我落在最後，前方老哥、林揖辰、彭炫妹的肩膀都垂得好低。

如果不是我表現不好，江山博和評審哪能找得到藉口把我們踢出總決賽名單？想著想著，我突然眼前一黑，踩空了階梯，耳邊聽見彭炫妹的尖叫……

第十二章 黎明來臨之前

「一粒星，妳醒了？」

緩緩睜開眼睛，彭炫妹和林揖辰圍在床邊擔憂地看著我。

我躺在自己房間的床上，頭枕著冰枕，全身發熱，骨頭痠痛，我掙扎著想坐起身。

「感冒了就好好休息，快點躺下吧。」彭炫妹取走敷在我額頭上的毛巾，動作輕柔。

我勉力坐起身，並費勁清了下喉嚨，「是姑姑和江山博暗中打壓我們，雄英建設是姑姑家的產業，也是比賽的最大贊助商，如果我在台上的表演沒有出錯，或許評審還能堅守立場，對不起……」

「別傻了，就算我們的表演再出色，姑姑也不可能善罷甘休，妳是第一天認識黎仁英嗎？」老哥渾厚的嗓音傳來，他端著一碗香氣撲鼻的皮蛋瘦肉粥走進房間。

彭炫妹接過碗，舀了一匙餵進我的嘴裡，「沒入選總決賽沒關係，我們只要想辦法在跨年晚會上，或趁著元旦升旗前，登上迎曦門唱那首歌給大家聽就行了。」

我點點頭，眼淚難以抑制地流了下來。

林揖辰開口道：「我表妹鄭恬佳的公關公司，接了市政府跨年晚會的案子，我去問問她，能不能把我們安排進晚會的暖場表演裡，妳就先好好休息吧。」

我不敢看他。我不但讓彭炫妹失去了返回一九三四年的契機，也沒唱出自己的聲音，他應該很失望吧，我終究不是能夠自體發光的星星。

我內心充滿悔恨與歉疚，爲什麼我不能表現得好一些？我好想在跨年晚會上演唱〈塹城一粒星〉，這是我第一次完全不考慮自己的陌生舞台恐懼症，只想和一九三四樂團一起站上舞台唱歌。

喝了幾口粥、吃了藥後，我躺在床上，闔上眼睛，意識迅速沒入無邊的黑暗。

我一向很少感冒，就算感冒也不至於太嚴重，這次卻在床上連躺了三天。一次偶然醒來去廁所時，聽見客廳傳來林揖辰、老哥和彭炫妹刻意壓低的交談聲。

「我表妹說，負責暖場的表演隊伍一定得是某些特定代表團體，像是新竹高中、清交大校友會等等，像我們這樣的個人組合是沒辦法的。」是林揖辰的聲音。

「那我們在元旦升旗前，快閃東門城開唱好了，我來勘查一下爬上東門城的路線。」老哥說。

「一粒星還在昏睡，要不要送她去醫院啊？」

「奇怪，明明燒也退了，還整天在昏睡……」

「她太累了，需要休息吧。」

而彭炫妹仍然每天努力不懈地練唱，清脆嘹亮的歌聲不時透牆而入。

……我也好想唱歌，但，我還唱得出聲音嗎？

第四天中午，我終於走出房間，老哥已外出收貨，彭炫妹正站在店門口對著騎樓做發聲練習。

「妳這樣沒人敢進來店裡。」

彭炫妹轉頭看見是我，又驚又喜：「一粒星，妳好點沒？」

「好多了。」我看著她，「有找到方法能在跨年夜去迎曦門唱歌嗎？」

我多希望她能給我肯定的答覆，彭炫妹卻搖搖頭，「還沒，黎光陽和林揖辰還在想辦法。」

我低下頭，「對不……」

「一粒星，不要再說對不起了，妳沒有對不起誰。」彭炫妹截斷我的話，又繼續對著騎樓做發聲練習。

「每個路過的行人都在看妳，回房間練啦。」

「我從以前就一直很想在亭仔腳唱歌，但以前這裡到處都是揀茶的女工，大人嫌我礙事。」她癟嘴道。

我猛地一陣頭暈，險些站不住，彭炫妹連忙扶著我坐在沙發上休息，彷彿我是身嬌體弱的千金小姐。

「我去煮東西給妳吃。」她穿上我的破圍裙，走進廚房。

什麼時候她變成丫鬟、我變成小姐了？

她快手快腳煮了一碗加了蛋包的湯麵，「吃完後，打個電話給林揖辰吧，他很擔心妳。」

我點點頭，低頭吃麵。

然而一直到晚上，我都沒去碰手機。

「感冒好些了嗎？」睡前，林揖辰傳了LINE過來。

我沒有回隻字片語，逕自躺上床。

隔天早上醒來，手機裡又是好幾則來自林揖辰的訊息。

「還覺得不舒服嗎？」

「需要我幫妳帶什麼過去嗎？」

我只得回他：「我好多了，沒事。」

「今天下班我過去看妳。」

「你忙吧，我今天有事。」

接收到我的拒絕之意，林揖辰只傳了一個「Take Care」的可愛貼圖，就沒再多言。

我沒說出口的是，既然你已經發現我不是個能憑藉自身才能發光的人，又何必浪費時間在我身上呢？

其實我今天什麼事也沒有，在家看了一整天的電視，也吃了一整天的零食。

彭炫妹練完歌，問我：「晚餐要吃什麼？披薩可以嗎？」

「妳竟然知道這種東西？」

「我看電視廣告的，妳哥去送貨，他說會外帶晚餐回來。」

「唔，隨便啦，都好。」我懶洋洋地回話。

不料拎著兩盒披薩回來的不是老哥，而是穿著灰色毛衣、搭配黑底白星星長褲的林揖辰！

三天沒洗頭髮，身上穿著洗到起毛球的舊睡衣，腳上的毛線襪還破了個洞，我尖叫一聲，連忙逃進浴室把自己清洗過一遍。

二十五分鐘後，我穿著特別挑選過的撞色毛衣和男友風牛仔褲走出房門。

「呃，你怎麼來了？」我還是不敢直視林揖辰，一說完立刻轉頭低聲埋怨彭炫妹，「不是說我哥會買披薩回來？你孫子要來也不提前告訴我。」

彭炫妹咬了口披薩，笑彎了眼睛：「爲什麼他要來得提前告訴妳呀？讓妳先躲起來嗎？」

「妳根本和他串通好了吧？」我作勢要掐彭炫妹的脖子。

「妳說什麼，我聽不懂。哇嗚，披薩這東西眞好吃，我回一九三四年就吃不到了，怎麼辦？」

我翻了個白眼，把紙盒裡最後一塊海鮮披薩搶走，「披薩這東西，對妳這位大正六年出生的老人家不太好，妳少吃一點。」

彭炫妹鼓著塞滿披薩的腮幫子，氣呼呼地瞪著我，她的愛孫林揖辰趕緊幫她倒了杯可樂解解氣，我樂得要命，笑得連腹肌都痠了。

「阿嬤，妳以前喝過可樂嗎？」林揖辰一本正經地問，自從公開揭露兩人的祖孫關係後，林揖辰對彭炫妹的態度一直頗爲畢恭畢敬。

「可樂？你說這種黑黑的汽水嗎？在我們那裡，汽水是高級飲料，只有在接待貴客時，我卡桑才會買個一兩瓶，在這裡竟然可以無限暢飲，眞好。」彭炫妹喝下可樂，發出一聲滿足的嘆息。

我忍不住又笑了，自比賽失利後，這還是我第一次笑得這麼開心。

吃完晚餐，我正準備丟掉淨空的披薩盒，才想起一件事，「慘了！忘了留披薩給黎光陽！他會要我們的命！」

彭炫妹大搖大擺地吩咐：「你們兩個出去買。」

「那妳咧？」

「別忘了我十點就要睡覺，現在已經九點了。」

我只好穿上羽絨外套、戴上圍巾，坐進林揖辰的車，依舊是先前那台鈦藍色Camry。

「你怎麼沒換車？不是喜歡開新車？」

「沒，等古董車可以上路，我就要換開我爺爺的賓士。」

「你口味變了耶，什麼時候也喜歡上古早味了？」我打趣他。

十分鐘後，我發現林揖辰走錯路了，「欸，必勝客的門市在林森路，你怎麼往東大路開？」

「先帶妳去一個地方。」

林揖辰把車子停在東大路和公園路交叉口的新竹公園，還搶先下車替我打開車門。

「我查過了，這座公園初建於一九一六年，下次可以帶我阿嬤一起來走走。」

耶誕節快到了，園區裡的玻璃工藝博物館外牆裝飾有繽紛的彩燈，遠遠望去，彷彿如夢似幻的銀河。我很喜歡耶誕節的節慶氣氛，卻也不免感到焦慮，這表示一年將盡，而我又虛度了一年。

「我要跟妳道歉，先前不該叫妳月亮小姐。」與我並肩而行的林揖辰突然說。

我刻意跨出一大步，走在林揖辰前面，「你不需要道歉，你說得一點也沒錯。該道歉的是我，複賽表現不好，讓你阿嬤沒辦法返回一九三四年。」

「不是這樣的。」我苦笑了下，「我之前老是模仿別人的唱腔，確實就像月亮向人借光。後來玩阿卡貝拉，也只是改編歌曲，把樂器換成人聲，還是沒能創造出自己的歌聲特色。」

「憶星。」林揖辰的聲音嚴肅了起來。

我不由得停下腳步，但仍舊背對著他，「我表姊、彭炫妹和你，都出身於富裕家庭，才能擁有閃閃發亮的自信，我跟你們不一樣。」

「難道，高中時站在舞台上自信唱歌的那個女孩，不是妳嗎？」

「唔……」可為什麼我覺得當時的自己如此遙遠、如此陌生？

「妳只是忘了自己所擁有的力量而已。」他沉聲道。

我想要往前邁步，卻被他拉住手腕，一轉過頭，就對上林揖辰那雙在夜裡依然熠熠生輝的眼睛。

「憶星，我喜歡妳。我不知道這份喜歡是從什麼時候開始萌芽的，或許是在目睹妳認真反駁妳姑姑時，也或許早在多年前初次在竹中舞台上見到妳的那一刻，我就為妳動心了。」

「我……」我別開目光，心慌意亂下，本想習慣性地回一句「我有男朋友」，卻猛然想起自己已經跟江山博分手了。

「我知道妳才剛剛結束一段戀情，可能還需要一點時間，所以妳不用現在回答我。」

「我……」我想接話，卻什麼也說不出口。

「我們該走了，該去買披薩了。」林揖辰體貼地說。

我緩緩跟在他身後走回停車處，夜風吹拂在身上，吹亂了我的頭髮，卻吹不散我心中的紛亂。

隔天早上吃完早餐，趁著彭炫妹練歌中間的休息空檔，我和她有一搭沒一搭地閒聊。

「欸，彭炫妹，妳爸媽沒要妳繼承茶行嗎？」

「本來家裡規畫等我十七歲就要招贅，但是我爸媽看我對唱歌這麼有興趣，也很有天分，就答應讓我去河原當歌星。」她眉飛色舞地說。

「你爸媽是妳的頭號歌迷吧。」

「對，除了我爸媽，最喜歡聽我唱歌的就是阿土。」彭炫妹目光落向桌上的某處，隨著她的視線看過去，我才發現桌上放著林清土老先生的那頂紳士帽。「之前妳生病時，我看它被放在妳房間的書桌上，就……把它拿出來了。」

「哈哈，妳想念阿土了吧？」我翻看帽子，先前剪開的內裡破口仍在，於是我拿來針線包。

「讓我來吧。」彭炫妹接過手，穿針引線，一針一針仔細縫補。「以前阿土說，要請他阿爸建議我多桑買一台古倫美亞蓄音器擺在茶葉行，店裡的木櫃上除了放茶壺、茶杯，將來還要放我的曲盤，展示給所有客人看，播放給客人聽，讓客人一邊聽我的歌，一邊品茶。」

「我想起來了，妳來這裡的那一天，舊振興劉老闆說過，那些櫃子是以前妳家放茶具和茶葉罐的，經過這麼多年，那些櫃子還是很堅固耐用。」

「那是ヒノキ的。」

「蛤？」

「用你們這邊的話，叫『檜木』啦，是很好的木料喔。」

我安靜片刻，突然想到，「欸，彭炫妹，妳從小在這間屋子裡長大對吧？」

彭炫妹翻了個白眼，「廢話。」

「那有沒有什麼地方可以藏這麼大的盒子？」我用手比畫出一個尺寸。

彭炫妹沉吟一會，走近木櫃，打開第二排左邊數來第二個抽屜，並將抽屜整個抽出來，伸手朝該處的長方形洞口探入，「這邊的背板挖了一個缺口，直通磚牆上的小洞，在還沒買保險箱前，多桑會把貴重物品藏在這裡。」

她使勁掏了一會兒，終於取出一個陳舊的紅色愛心形狀塑膠盒。

「妳找到了！」我高興得衝上前抱住彭炫妹。

「這什麼啊？」

「這是我阿爸留給我的時光膠囊！」我接過那個掬水軒喜糖盒。

「時光膠囊是什麼？」

「把一些東西裝進盒子裡藏起來，留給以後的人看。在我六歲的時候，阿爸幫我做了一個時空膠囊，我一直找不到，謝謝妳幫我找出來了。」

「一粒星，那妳快打開來看！」

我拍掉盒子上的灰塵，小心翼翼地打開這個塵封十九年的時光膠囊。

喜糖盒裡裝有我們一家四口的合照、吸管串成的項鍊、老爸〈雲歸何處〉的詞曲手稿，以及一張用注音符號寫下的歌單。

彭炫妹不認得注音符號，於是我把歌單上所列的曲目逐一念給她聽：「〈塹城一粒星〉、〈雲歸何處〉、〈小星星〉、〈虎姑婆〉、〈拔蘿蔔〉、〈我的家庭真可愛〉、〈小蜜蜂〉、〈小城故事〉、〈蘭花草〉、〈夜來香〉。」

「一粒星，妳的演唱會歌單還眞是……」

「包羅萬象，很不錯吧？哈哈。」

「像辦桌後把所有剩菜煮成菜尾湯一樣。」

我假裝生氣，「菜尾湯又怎麼樣，可好吃的咧！」

「我也沒說不好吃啊！」彭炫妹說完，我們兩人笑成一團。我告訴彭炫妹，有機會的話，我們可以去辦桌的場合唱歌，那種感覺一定很像在路邊開演唱會。

「對了，妳那個時代有演唱會嗎？」我問。

彭炫妹想了想，「歌仔戲算嗎？」

「不算啦。」

「好，如果可以回到一九三四年，我一定要開一場演唱會，才能死而無憾。」她鄭重地說。

「那妳要唱什麼歌？」

「第一首當然是〈跳舞時代〉，第二首要唱〈塹城一粒星〉。」彭炫妹歪頭思考，「還有還有，我要唱〈小幸運〉。」

「那妳得活到〈小幸運〉這首歌問世，不然沒人聽過欸！」我提醒她。

「那算了，等我回去再想。對了，我也要唱妳列的那首〈雲歸何處〉，名字好好聽，不過這是什麼歌？」

「這首歌是我爸寫的，他從小就很會唱歌，小學老師鼓勵他去考音樂班，可惜大阿嬤不讓他去。他後來寫了這首歌，參加唱片公司舉辦的比賽獲選佳作，被收錄進一張合輯。老爸一直想再創作，但是他得賺錢養家，根本沒時間靜下心好好寫歌，好不容易寫了幾首歌曲投稿到唱片公司，卻都沒下文……」

彭炫妹聽著聽著，竟紅了眼眶。

我深吸一口氣，再緩緩吐出，「我好像把對老爸的同情，投射到江山博身上了，才會傻傻爲他付出，哈哈。」

「好在妳總算醒了，快教我〈雲歸何處〉怎麼唱。」

我被彭炫妹的急切逗笑，便一併告訴她，我和林揖辰是如何兩次因爲〈雲歸何處〉而有過交集。

「就說我阿孫很好，你們在一起了沒？」彭炫妹一臉得意。

「沒啦！」

「妳這次感冒生病，他很擔心欸。」

「好了，別說了，妳到底要不要學〈雲歸何處〉？」

「要啦。」

「認眞點！」

我開口唱：「如果妳是雲，我願如天空包容，讓妳停留在我胸襟，做妳生命的底色，任妳彩繪夢的圖形。但我只是風，只能苦追妳的影……」

彭炫妹專注聆聽，雙手輕輕幫我打拍子，「這是一首情歌，可是我聽起來，怎麼好像也可以說是妳阿爸在想念雷せんせい啊？雲，指的就是黎雲聲，妳阿爸一輩子都在找〈塹城一粒星〉這張曲盤，找黎雲聲的蹤影。」

我霍地起身。

彭炫妹詫異地看著我，「一粒星，妳怎麼了？後面怎麼唱？妳還沒唱完耶。」

「現在沒辦法跟妳解釋，我要回房工作，直到我主動走出房間爲止，都不要來叫我。」

說完我立刻奔回房。

彭炫妹大喊：「一粒星！那妳午餐怎麼辦？」

「幫我買潤餅就好！」

我坐在桌前，打開手機編曲APP，反覆播放阿公的〈塹城一粒星〉，以及阿爸的〈雲歸何處〉，同時在筆記本上快速抄抄寫寫，腦袋高速運轉，累了就趴在桌上睡一會，醒了就繼續埋首努力編曲，就連去上廁所，也都盡可能快去快回。

午餐和晚餐都是彭炫妹幫我送進房裡的，她試圖窺探我的電腦和手機畫面，又因爲看不懂而默默離開。

當我結束工作，感到飢腸轆轆，並推門而出走向廚房時，已經是第二天傍晚了。

廚房飄來一陣食物的香氣，彭炫妹剛煮好一鍋「阿星師招牌紅燒牛肉麵」，她盛了一碗給我。

「嗯，和我做得差不多嘛，妳何時學會的？」我唏哩呼嚕吞下麵條。

她笑著回答，「一粒星，看妳做這麼多次，也該會了。」

見她戴著隔熱手套端起湯鍋，我問她：「妳要拿去哪？」

「客廳啊，我打電話叫我阿孫來吃，他人已經跟妳哥一起坐在客廳了。」

聞言，我趕緊放下筷子想要回房。

彭炫妹大喊：「欸，一粒星，妳幹麼？不吃了嗎？」

「我……」我低頭望向自己身上的睡褲和舊毛衣，「呃，我回房間換件衣服。」

「哈哈哈哈！有人聽到我的帥孫要來，又害羞了！」彭炫妹語氣裡半是取笑半是高興，她笑嘻嘻地端著整鍋湯麵走向客廳，「一粒星，把麵端過來客廳一起吃吧！」

我訕訕地端著吃了幾口的麵碗走進客廳，林揖辰灼灼的目光立刻射過來，像是要將我看穿。

「妳看起來好像……剛完成一件了不起的大事。」他說。

我不自在地拉了拉毛衣下襬，「沒啦，哪有什麼大事。」

「我們公司的工程師在熬夜寫完程式後，臉上就是妳現在這種表情，雙頰泛紅，眼睛發亮，看起來很累，但是又透出一股滿足。」

「沒、沒有啦。」我轉頭問彭炫妹：「怎麼突然想煮牛肉麵？」

「證明我在妳家不是白吃白住嘛。」

仔細想想，自從知道自己有了「孫子」之後，彭炫妹彷彿在一夜之間長大。

我默默吃完湯麵，擦過嘴才開口：「我有事情要宣布。」

接著掏出手機，將這兩天努力的成果播放給他們三個人聽。

這是〈塹城一粒星〉3.0版的試唱錄音檔，從一開始中規中矩的阿卡貝拉編曲，到先前配合舞步的輕快版本，直到現在，我才終於找到這首歌該有的樣子，或者說，該從我手中幻化而出的樣子。

我把阿公黎雲聲的〈塹城一粒星〉與阿爸黎致風的〈雲歸何處〉，融合成一首組曲，透過間奏時的Rap訴說這對父子的際遇，這一段將交由林揖辰演繹，搭配老哥的Beatbox，應該可以有非常完美的呈現。

看到三人的表情隨著旋律由驚訝轉爲驚喜，我便知道，這兩首歌在我的編曲下，融合成另一首很棒的歌。

彭炫妹那雙琥珀色的眼睛裡盈滿淚光。

「黎憶星，幹得好。」老哥吸了吸鼻子。

「我們一定要讓這首歌，被很多很多人聽見。」林揖辰定定地看著我。

第十三章　曙光乍現

林揖辰這話不是說說而已，除了繼續纏著鄭恬佳，拜託她盡量找機會安排我們上台，他也去文化局拜託承辦人，甚至請他遠在美國的父母親自致電給我姑姑。

當然，問題不可能這麼順利解決，但生活中也不是完全沒有好消息。

我去面試音樂補習班的櫃台行政人員，班主任知道我喜歡音樂，便要我兼職試教幼幼班的小朋友唱歌、玩樂器。我打算等存到一筆錢之後，就去台北上課，學習更多阿卡貝拉人聲演唱和編曲的知識。

老哥店裡的生意也熱鬧滾滾，被他視為年度重點商品之一的復古偉士牌摩托車，儘管車子還在車廠整頓保養，不過他已找到買家，預計明年一月交車。

明年一月，聽起來好像還有一段時間，其實近在眼前。那時候，彭炫妹是不是已經回到一九三四年了？

而彭炫妹依舊日日認真練唱，彷彿只活在當下，活在每一個音符被唱出的瞬間。

我悄悄拜託林揖辰打聽，是否有能讓彭炫妹在二〇一五年安身立命的方法。

「她需要新的身分和證件……」我囁嚅道。

「憶星，這是違法的。」林揖辰正色說。

「萬一她真的沒辦法回去，她就得在二〇一五年生活下去，至少在生病時要能去看醫生吧？要是她以後遇見喜歡的人，卻因為沒有身分而不能結婚，這樣不是太可憐了嗎？」

林揖辰點點頭，表情無奈，「妳說得對，可是……」

「一定有辦法的，我們一定可以找到辦法幫彭炫妹的。」

林揖辰搔搔頭，神情相當苦惱。

其實就算能順利回到一九三四年，彭炫妹眞正辛苦的日子也才要開始——她得斬斷情絲，專注發展唱歌事業不說，透過我幫江山博收集的資料可以得知，幾年後，中日戰爭開打，皇民化運動下，台語歌初萌的花朵被強行摘下，許多流行歌被改編成軍歌或戰爭歌曲，彭炫妹很快就會無歌可唱。即便她能改變命運，在戰火攻擊下存活下來，戰後也將有好長一段時間不利台語歌謠發展，彭炫妹要怎麼如她所期待那般在舞台上發光發熱？

這陣子以來，改變不止發生在彭炫妹身上，也同樣發生在林揖辰身上。他不再堅持勸說父親將公司轉往綠能和太陽能等當紅產業，而是打算繼續開發新的音樂儲存產品與相關應用，甚至著手規畫創立音樂網站和軟體服務，得到他父親的嘉許。

慘遭江山博摔裂成三大塊的曲盤也修好了，雖然林揖辰拜託負責修理的老師傅保密，但消息不知道爲什麼還是走漏了，馥湄表姊發布的新聞稿被登載在網路新聞上。

「近來聽聞黎雲聲失落的曲盤〈塹城一粒星〉重現於世，雲聲音樂文教基金會黎仁英理事長表示，消息來源尚未證實，基金會將秉持典藏與宣傳黎雲聲作品的宗旨，全力查訪此張曲盤的下落……」

而後，姑姑親自致電老哥，老哥按下手機擴音鍵，姑姑虛情假意的話音傳出：「光陽，跟姑姑說，那張曲盤的收藏者是誰？」

「抱歉，對方拒絕透露身分。」

「告訴他，價錢隨他出，我願意高價購買。」

「姑姑，對方並不在意。您老人家讓我們在跨年晚會上演唱〈塹城一粒星〉這首歌，我就幫您轉告對方。」

姑姑直接掛斷電話。

「哼，妳絕對想不到，曲盤的收藏者就住在妳家隔壁！」

老哥對著手機吐舌頭，接著神祕兮兮地拉下店門，打開保險箱，確認曲盤好端端躺在裡頭，再慎重關上保險箱，還把密碼改了。

「幹麼改密碼啊？」我問。

老哥挑眉，「妳還敢問？妳上次在江山博面前開鎖，他都看到了，能不改嗎？說不定哪天姑姑會派他來偷曲盤，我相信這種事他幹得出來！」

「你怎麼知道他來看過曲盤？」我嚇到差點要吃手手。

「在妳生病那段期間，彭炫妹全部招了。」

我打了個哆嗦，「那這次你又要改成哪個AV女優的名字？」

老哥迅速設定好新密碼，「テレサ，Te-re-sa，這是鄧麗君的英文名字啦，日本人都叫她Teresa Teng。」

「你也太跳tone了吧？密碼從女優改成女神是怎樣。」

「我們家裡有兩個會唱歌的女生，我希望妳們都能像鄧麗君，成爲一顆永遠在歌壇裡發光的星星。」

老哥突然這麼感性，我相當不適應，但也有點感動。

「總之，密碼不能讓任何人知道，尤其是江山博！他再敢碰這張曲盤，我就打斷他的手腳，把他關進這個保險箱裡！」老哥做出凶狠的表情。

「好恐怖喔，我知道了啦！」

蕭瑟的冬日裡，隨著耶誕節將至，市區店家紛紛掛上各式耶誕燈飾與裝飾。

「妳知道什麼是耶誕節嗎？」外出買餐食時，我指著街角的充氣耶誕老人問彭炫妹。

「我知道啊，這是『サンタ桑』。」彭炫妹一副這有什麼好大驚小怪的模樣，「去年『クリスマス』，我還和高等女學校的同學一起去西門的教會參加活動咧！不過你們這裡的耶誕節布置比較漂亮，我們也在店裡擺一棵耶誕樹吧！」

「妳想太多了！」我翻了個白眼，「明天雖然是耶誕夜，但這可是我們第一次練習新版〈塹城一粒星〉的日子，別忘了我老哥已經計畫好，在市政府元旦升旗典禮正式開始之前，我們要衝上舞台快閃演出！」

隔天下午，我穿著一身耶誕老人裝，領著二十個三歲小孩，邊唱〈Jingle Bells〉邊跳舞，小朋友們把「Jingle Bells」全唱成「天公伯」，笑死我了。

音樂課一結束，我特別騎車前往高檔火鍋店，外帶蒙古鍋的鍋底，又到超市採買肉片、青菜、火鍋料，打算讓彭炫妹見識一下一九三四年沒有的好物。

回到家時近六點，老哥早就坐在客廳等了，我和彭炫妹加快手腳洗菜、切菜，預定等六點半林揖辰趕到就開吃。

「獨夜無伴守燈下，清風對面吹……」放在客廳茶几上的手機，響起了我們合唱的歌聲。

彭炫妹正在剁蒜泥，我忙著切蔥花，於是我大喊：「黎光陽！幫我接電話。」

「喂？」老哥接起電話，「黎憶星在忙，我是她哥哥，請問有什麼事？」

拜他的大嗓門之賜，他說的每一個字，身在廚房的我和彭炫妹都聽得很清楚。

「候補？當然沒問題！但是贊助這場比賽的雄英建設很討厭我們耶，讓我們上台沒問題嗎？等一下、等一下，我們要換歌，改唱〈雲歸何處〉這首歌。」

「怎麼了？」我和彭炫妹雙雙從廚房奔出，卻見老哥已結束通話。

「先把刀子放回去啦！妳們是雙刀歌姬嗎？」老哥驚恐地看著我們倆手上的菜刀，接著對我說：「剛剛是妳高中同學鄭恬佳打電話過來。比賽辦法規定，團隊中需至少一人目前在新竹設籍、工作或就學，『明太子御飯糰』只有一位團員符合條件，但那位團員卻因為快被雙二一，緊急休學了，所以被取消參賽資格。我們是備取第一名，就順勢遞補上了。」

彭炫妹的眼睛閃閃發亮，但她沒被喜悅沖昏頭：「雄英建設會同意讓我們上台嗎？」

「評審堅決表示，備取第三名以後的表演都上不了檯面，第二名那團買了廉航機票去東京玩，趕不回來，而第三名那團，主唱被家長押著準備報考研究所，沒時間繼續參賽。」

我戳了一下老哥，「你剛剛幹麼改歌？你忘了彭炫妹一定要唱這首歌？」

「我總覺得姑姑不會那麼輕易放過我們，所以才故意說要改唱〈雲歸何處〉，讓她放鬆警戒，以免她又派江山博來搗亂，上台再依原定計畫演出就好。」

「這樣不就名實不符嗎？會不會被轟下台？」我很擔心。

「哪有名實不符？我們要唱妳新改編的〈塹城一粒星〉和〈雲歸何處〉合體那首歌。」

「不可能啦！十二月三十一號晚上比賽，這樣我們只有……」我忍不住尖叫，屈指一算，「只有七個晚上可以練歌，要快閃演出還行，要練到能在比賽中得名，這點時間不夠啦！」

「我們這麼優秀，七個晚上很夠了。」老哥老神在在。

「什麼很夠了？」林揖辰走進店裡。

我向他解釋完來龍去脈，林揖辰點點頭，看了眼腕上的手錶，「一個半小時就夠我們吃完火鍋，接著就來練歌，一定來得及！」

大家吃火鍋吃得很認眞，猛夾剛涮好的鮮嫩肉片塞進嘴裡，互不相讓。

「是說，憶星妳改編的這個新版本，要不要取個名字？它好像也不適合以〈塹城一粒星〉或〈雲歸何處〉稱之，更像一首獨立的創作曲。」林揖辰問我。

我抓了抓頭髮，「我想想，一粒星……雲歸何處……」

「雲歸一粒星。」彭炫妹提議，卻被我們其他三人異口同聲反對。

老哥說：「塹城之雲，有氣質多了吧？」

我搖搖頭，「但好像少了點什麼。」

「穿樂吧！星雲組曲。音樂的樂，怎麼樣？」林揖辰提議。

老哥拿起湯勺當麥克風，「大家好，我們是一、九、三、四！今天爲各位帶來改編自〈塹城一粒星〉和〈雲歸何處〉的〈穿樂吧！星雲組曲〉！」

這個提議獲得一九三四樂團全員鼓掌通過。

「還等什麼，大家趕快吃，吃完要練歌，一九三四樂團要強勢回歸啦！」老哥擎起湯勺，一舉擒獲最好吃的雪花牛肉片。

我大叫：「不公平！湯勺在你手上！」

老哥不理會我的抗議：「掌握湯勺，就是掌握致勝關鍵！」

不讓我們兄妹搶食專美於前，林揖辰和彭炫妹的筷子也在湯鍋裡打架。

「這粒魚餃是我的！」彭炫妹毫不客氣地夾起鍋裡的基隆三記手工魚餃。

「明明是我先夾的！哪有阿嬤和孫子搶東西吃的啦！」林揖辰難得鼓著腮幫子，一臉委屈，像是個搶輸玩具的小男孩。我不得不說，他這個樣子眞的好可愛。

「能夠重新參加比賽，代表我快要回去一九三四年了，不趕快把握機會多吃一點，誰知道這些好東西哪年才被發明出來啊？」彭炫妹這位任性的阿嬤，逼迫林揖辰心不甘情不願地讓出魚餃。

我放下碗筷，起身走向冰箱，「統統都別吵了，再下兩盒就是啦！」

吃完火鍋，練唱幾回〈穿樂吧！星雲組曲〉後，老哥坐在沙發上睡著了，彭炫妹維持昭和時代日落而息的作息，也已回房休息，由林揖辰和我負責洗刷餐盤，以及整理環境。

事情都做得差不多後，我對他說：「時間不早了，你該回去了。」

「我……」林揖辰明顯不太情願，「那段Rap我還不太熟練，需要妳的指導。」

「那段是國語欸，又不是台語。」

「我是美寶嘛，國文不是我的強項。」

「要在哪裡練？我哥和你阿嬤都睡了，在家裡練會吵到他們。」

「不然去外面吧，這次找個不會被冷風吹的地方，免得妳又感冒了。」

其實我知道林揖辰只是在找藉口與我共處，不知道爲什麼，我也欣然接受了他這樣的藉口。

我們沿著北門街，往鄭用錫進士第的方向走，看見一家矮小平房外排了長長的人龍。

林揖辰瞇眼辨認招牌：「啊！原來網路上爆紅的滿美吐司在這裡，我一直很想吃吃看，陪我一起排隊吧！」

「這有什麼好排的，不就是把早餐店的肉蛋吐司拿到文青店在宵夜時段賣嗎？」我一臉困惑。

「拜託，我家附近連買宵夜和早餐的地方都沒有，當然很稀罕。」他振振有詞。

「你們那邊是豪宅區啊，附近當然不會有這種庶民食物。」

「就是這種庶民食物才有溫度。」林揖辰拉著我加入排隊的行列，眼睛裡燃燒著期待。

「天氣這麼冷，跨年晚會那天，我的洋裝裡可能得貼滿暖暖包吧。」我搓著手。

「妳得準備發熱衣，不然妳一定會感冒。」

「可能得穿三件發熱衣吧。」

聊著聊著總算能夠入座，我們點了招牌肉蛋吐司。烤得焦香的吐司、多汁的豬排、滑嫩的煎蛋，儘管熱量爆表，我仍毫無顧忌地大口咬下，畢竟得爲跨年夜的演唱儲備體力嘛。

吃完走出小店，十二月底的寒風吹過，我不由得抓緊外套，林揖辰注意到我的動作，

「夜裡太冷了，我們的女中音得保護喉嚨，回去吧。」

就這樣？特地叫我出門就只說了這麼點閒聊家常的話？沒別的了？

一路上我因爲賭氣而陷入沉默，兩人默默走回我家門前。

他拉住我的袖子，「妳怎麼啦？」

我搖搖頭，「沒。」

他小心翼翼問：「生氣了嗎？我做了什麼讓妳不開心了？」

「沒、沒有。」我其實有些愣住了，以前和江山博交往的時候，永遠都是我小心翼翼，怕他哪裡不開心，五年來都是我在努力討他歡心。

我覺得林揖辰很無辜，但我也不好告訴他，我期待……我也不知道我在期待些什麼。

轉身正要走進家門，他叫住我，「等我一下。」

他從車內拿出一張CD，和一個小盒子一起遞給我：「憶星，Merry Christmas。」

我接過這意料之外的耶誕禮物，「現在KKBOX就可以聽音樂，我很久沒買CD了耶，是誰的專輯啊？」

「回去再看。」林揖辰淺淺一笑，眼神閃爍，似乎不敢看我。

他目送我走進店門，而後我聽見汽車駛離的聲音。

我低頭朝手中那片CD定睛看去，封面竟是穿著旗袍、頂著一頭鬈髮造型的我！專輯名稱為〈The Sound of a Star〉，下面還有一行印著「黎憶星作品No.1」的小字，顯然這是一張林揖辰自製的CD。

翻過CD背面，上面列出的全是我再熟悉不過的歌名，〈最想環遊的世界〉、〈因爲你愛我〉、〈小夫妻〉、〈雲歸何處〉、〈小幸運〉、〈望春風〉、〈崇拜〉、〈塹城一粒星〉、〈穿樂吧！星雲組曲〉。

我把CD放進電腦光碟機裡播放，有我的歌聲，也有彭炫妹的，更有老哥和林揖辰的唱和。原來，這些都是林揖辰在我注意或沒注意到的時刻細心側錄下來的。從第一次與他合唱的那首〈最想環遊的世界〉，到最近的〈穿樂吧！星雲組曲〉，我聽見自己從模仿別人的唱腔，漸漸唱出了自己的聲音。

CD裡附有一張卡片，寫著：

妳的聲音，就是我最想聆聽的，The Sound of a Star。

妳的頭號歌迷

而小盒子裡則躺著一只復古的開口式銀色手鐲，上頭鑲嵌了一顆琥珀色的寶石，在桌燈下光澤流轉，如同貓的眼睛，炯炯有神。

紙盒裡另有一小張紙片，標明此爲虎眼石，經常配戴可增強自信與創造力。

我戴上手鐲，那個有著一雙琥珀色眼珠的人，彷彿正凝視著我、守護著我。

想了五分鐘，我決定傳LINE給林揖辰：「到家了嗎？謝謝你的手鐲和CD。製作CD花了你很多時間吧？」

「還好。」

「耶誕快樂。」

「妳也是。」

我數次打好訊息又刪除，最後還是送了出去：「跨年晚會結束後，如果你阿嬤能順利回去，我們就各自回家補個眠，然後傍晚一起去看電影吧！」

林揖辰讀取後沒有馬上回覆，我有些失落。

五分鐘後，他才連續發了十個歡欣鼓舞的貼圖過來：「一言爲定！我非常期待！」

♪

距離跨年晚會只剩三天。

年關將近，儘管俗諺說「有錢沒錢娶個老婆好過年」，但今年經濟不景氣的消息一再傳來，有廠商開始放無薪假，結婚的人少，辦婚禮的人更少，擔任婚禮歌手的我，自然沒能接到什麼工作。不過這幾天我待在家裡也沒閒著，總是早早起床和彭炫妹討論參賽造型，晚上則四個人共同緊鑼密鼓練歌。

此刻，我和彭炫妹正研究網路上那些三〇年代的服裝照片。

「這種圓點復古洋裝參加複賽或一般演唱還可以，如果是跨年晚會這種場合，對觀眾來說，在視覺上不夠具衝擊性。」

「那穿旗袍！」彭炫妹嚷嚷。

「旗袍開叉那麼高，會冷死啦。」我找來電影《大亨小傳》的劇照，讓彭炫妹欣賞女主角華麗的晚宴裝扮，「要像這樣才夠看。」

彭炫妹伸手觸摸螢幕上女主角華麗的髮帶，「哇，好漂亮！我也好想要一條！」

「也是，戴上短假髮，再綁上這種髮帶，復古的感覺就出來了。不過這和三〇年代的流行時尚似乎不太相符，在妳認識的人裡，有人戴這種髮帶嗎？」

「沒有耶……可惡，如果我回到一九三四年，一定要讓這種髮帶流行起來！」

「砰砰砰！」

古董店的鐵門忽然被敲響，我走過去打開門，只見江山博捧著一大束紅色的玫瑰花站在我面前，身上還穿著我買給他的那件大衣，對著我露出微笑。

我嚇了一跳，並不只是因爲他的突然出現，還因爲那張過去我一直覺得誰也比不上的笑顏，如今看來，也不過就是路人。距離上次見到他，也才過了三個星期，我的心境竟有了如此巨大的轉變。

「有什麼事嗎？」我禮貌但生疏地問。

「小星星，我覺得……自己也有不對，想到妳可能會生我的氣，甚至怨恨我，所以過來跟妳道歉。」

彭炫妹衝上來，「去去去，這裡不歡迎你。」

我示意彭炫妹別插話，淡淡地對江山博說：「我沒有生氣，也不恨你。」

江山博有點驚訝，他大概以爲我會感動落淚，並迅速與他言歸於好，然而我卻只是淡然以對，使得向來辯才無礙的他，竟一時不知該如何接話。

「你該不會……遇到什麼困難吧？」看著這樣的他，我問。

江山博垂下肩膀，「果然是我的小星星，妳最了解我了，被妳說中了。第一次爲已經去世的對象寫傳記，我還眞不知道怎麼下筆。理事長她不是很滿意我交出去的稿件，還說如果修稿後還是不行，就要把我換掉。我問她我哪裡寫不好，她也說不上來。」

我忍不住笑了，「答案很顯而易見啊，她只想你爲黎雲聲歌功頌德，怎麼能寫出人物立體又有深度的傳記？這種案子不如別接了。」

江山博再次愣住，他小心翼翼地把那束玫瑰遞給我，「小星星，對不起，是我不好，妳回來幫幫我，好不好？」

「不好意思，我要忙著參加迎曦音樂節總決賽，我想這件事你應該也已經知道了。」

彭炫妹按捺不住，再次插話：「一粒星，妳跟他說這麼多幹麼？他搞不好又要從中破壞，害我們沒辦法比賽！」

「江山博，我們這次要唱的是〈雲歸何處〉，你請姑姑放心。」

「比賽……準備得怎麼樣？妳不是有陌生舞台恐懼症？」江山博眉頭微蹙，似乎是在爲我擔心。

「彭……我表妹會先唱，這樣我就不怕了。」

「加油。」他點點頭，「這束花妳收下吧，我手好痠。」

如果我拒絕收下，這束豔紅的玫瑰大概要面臨棄置於垃圾桶的命運，不忍心辜負花朵的美麗，於是我接過花，「你願意的話，歡迎來看我們比賽。」

江山博點點頭，與我揮手道別，我偷瞄了眼對街，這次已不見那台紅色的福斯Polo。

他跨出一步，又停下來轉身對我說：「小星星，我眞的很想念妳做的牛肉麵，五星級飯店的牛肉麵也比不上。」

我笑了笑，什麼也沒說。想也知道，所謂五星級飯店的牛肉麵，是馥湄表姊帶他去品嘗的。他大概是被甩了，才會回來找我吧？我以爲自己會生出類似報復的快感，然而卻什麼感覺也沒有，江山博的出現並未在我心中激起一絲漣漪。

「江山博這麼壞，妳幹麼收他的花啊？」彭炫妹雙手叉腰質問我。

「他是對我不好，但是花沒有錯。他辜負了我五年的青春，不代表我要辜負花的青春。」我把玫瑰一支支插進花瓶裡。

晚上七點，又是約定好的練歌時間。

「怎麼有玫瑰花？」

林揖辰一進門就注意到盛放在花瓶裡的玫瑰，他似乎想問花是從哪裡來的，卻又不敢開口，倒是老哥一看到就問了。

「江山博送的，大家不要擔心，一粒星對他已經沒感覺了，只是覺得花被丟掉很可憐。」彭炫妹搶著替我回答，明明問話的是老哥，她卻看著林揖辰。

林揖辰沒說什麼，但似乎鬆了一口氣。

「來來來，今天男士們要定裝，這是照你們兩個的尺寸買的，快去換上。」

老哥和林揖辰接過紙袋，分別去房間和洗手間更衣，走出來時，我和彭炫妹拍手叫好。

他們兩人都穿上襯衫和九分吊帶西裝褲，腳上搭配皮鞋，唯一的不同是老哥脖子上繫著紅色的領結，林揖辰摸摸脖子問道：「爲什麼我沒有領結？」

我笑嘻嘻地交給他一個紙盒，「你阿嬤交代，這個東西，比賽時一定要戴。」

紙盒裡那頂灰色毛呢紳士帽，是當年彭炫妹送給阿土的禮物。

林揖辰不發一語，迅速拿起帽子戴上。

彭炫妹瞇起眼睛，幽幽吐出一句台語：「眞緣投。」

她說的是自己的孫子林揖辰，更是身在一九三四年，始終注視且等待著她從迷途愛情中回心轉意的那個人。

我在心裡默默對林清土老先生說：請你再等彭炫妹一會兒，她就要回去一九三四年找你了，你們很快將在青春的時光裡團聚。

第十四章　東門，迎曦

期待已久的跨年晚會終於來臨了。

「已經五點了，動作快一點！」我和彭炫妹、林揖辰三人提著大包小包，站在店門口催促老哥。

「等一下，我跟劉老闆交代事情。」老哥扭頭對劉老闆說：「劉老闆，晚上八點左右，你外甥會把那台速克達摩托車送過來，麻煩你幫忙把車子牽進店裡，再鎖上店門，拜託你了。」

劉老闆一口答應，「沒問題！比賽加油啊！」

我們一行人趕緊步向東門圓環。

跨年晚會的舞台搭建在東門圓環外圍的信義街和勝利路中間，我們在舞台旁的紅白活動帳棚下完成報到手續。

鄭恬佳是晚會的控場總監，她特別叮嚀：「你們是最後一組，比賽從七點半開始，輪到你們大概會是八點半左右。請務必於七點半換裝完畢，並回來這裡集合，否則視作棄權，而且手機要保持暢通，知道嗎？」

「知道了。」我乖巧應答。

「妳們兩個女生爲什麼要用圍巾包著頭髮？」鄭恬佳問我。

我揭開圍巾一角，秀出漩渦捲捲頭，「因爲我們做了特別的髮型，妳看！」

「哇嗚，好復古！上哪家髮廊弄的？」見我得意一笑，鄭恬佳倒是收斂起笑意，「不准笑，黎憶星，這次別再忘詞了。」

我點點頭，〈塹城一粒星〉和〈雲歸何處〉簡直銘刻在我的腦海裡，想忘也忘不掉。

晚會開始前，每隊有五分鐘可以上台練習走位。站在舞台上，我深吸一口氣，想像待會天色暗下，人群將如潮水般從四面八方湧來，我感覺到心臟在胸腔裡撲通撲通跳得好快，腹部也隱隱作痛。我再次深呼吸，試圖平復緊張的情緒，還好將由彭炫妹先唱，在她的引領下，我不會那麼緊張。

在附近速食店的廁所換好裝，一走出來便感覺四周所有人的目光瞬間集中在我和彭炫妹身上。寬邊大帽、紅色復古長洋裝、白色蕾絲手套，並抹上鮮豔的紅色唇膏，這樣的裝扮確實很吸睛。

老哥和林揖辰也換上演出服裝與我們會合，幾個路人拿出手機對著我們拍。

「他們好酷喔！是要參加迎曦音樂節吧？」

「那兩個女生好美，好想問她們衣服在哪買的！」

「天哪，那個男生好高、好帥！」

「那個胖胖的也不錯，算是胖子界的梁朝偉……」

返回集合處的路上，我和彭炫妹抬頭挺胸走在前頭，儘管眾人的目光令我有些忐忑，但只要瞥見手腕上的虎眼石手鐲，便能讓我生出與之對抗的勇氣。

當主持人的聲音從巨大的音箱傳出，宣布跨年晚會開始，並請市長上台致詞時，我環顧舞台四周，從東門圓環輻射出去的所有道路已全數封起，到處都擠滿了人，也不知道是不是眼花，我竟覺得前方人群裡，有位身穿卡其色大衣的男子很像是江山博。

該不會是緊張到開始產生幻覺了吧？江山博才不會來看我比賽，他不會把時間浪費在無用的事物上，此刻他一定是在拚命修改稿件，好讓姑姑滿意。

胡思亂想間，我的手不住發抖，彭炫妹悄悄握住我的右手，隔著薄薄的蕾絲手套，我感受到她手心的溫暖。

她沒說話，但我知道她想告訴我：一粒星，別緊張。

我抬起左手輕拍她的手背，向她點點頭。

「接下來，將由進入迎曦音樂節總決賽的十組團隊，在跨年夜上帶來音樂的饗宴，這次比賽增設了人氣獎，各位觀眾請至官方網頁爲喜歡的隊伍投票！廢話不多說，接下來讓我們掌聲歡迎第一組的表演！」

隨著主持人的串場結束，舞台前的燈光轉爲粉紅，「粉紅麥克」率先登場！

身穿桃紅色西裝外套的他們依然抱著烏克麗麗登台，白淨斯文的主唱一開口，舞台下響起一片尖叫，演出的自創曲目也依然擁有讓人想跟著搖擺的輕快節奏。

「欸，一粒星，我去上一下廁所。」彭炫妹輕聲對我說，我點點頭，要她快點回來。

第一組的演出獲得滿堂彩，我透過手機連上官網，他們目前得到了兩百多票。

下一組「非唱不可」是由一群長髮飄逸的短裙辣妹組成，不管是長腿還是氣勢，都頗能媲美韓國女團，她們的表演也贏得了震天的歡呼和口哨聲。

而我注意到一件事——彭炫妹還沒回來。她已經離開至少十五分鐘了，大概是廁所人太多了吧？希望她回來的時候，妝髮都還能維持得好好的。

等到第四組參賽樂團演出完畢，老哥也覺得不對勁了：「彭炫妹怎麼還沒回來？她去了有半小時了吧？」

「可能女廁排隊的人比較多？」

「可是從這裡走到速食店或是流動廁所，都只要三分鐘路程耶。」林揖辰挑眉。

經過一番討論，老哥做下決定：「我去找彭炫妹吧，畢竟黎憶星穿高跟鞋，沒辦法走太多路。」

望著老哥胖胖的身軀沒入擁擠的人群，我心中沒來由地升起一股不好的預感。

掌聲響起，又一組樂團表演結束，焦急的我無心聆賞對手的表演，緊抓著手機，深怕錯過老哥的電話或簡訊，卻一直沒等到消息。

這時，我看到鄭恬佳領著兩個女人至貴賓席入座，一個是穿著夏姿旗袍的中年貴婦，另一個則是身披皮草的千金名媛。

是姑姑和馥湄表姊。

我擠上前攔住走回帳篷的鄭恬佳，「我姑……黎理事長怎麼會來這裡？」

「市長邀請她來頒獎，她是……」

我搶答：「雄英建設的常務董事，也是音樂節的主要贊助商。」

鄭恬佳一臉驚訝：「妳很清楚嘛，她不能來嗎？對了，你們的團員好像少了兩隻，上台前記得找回來啊！」

說完，她便握著對講機匆匆離去。

「彭炫妹的失蹤，應該跟我姑姑有關，她既然要來頒獎，就絕對不會甘心把獎盃頒給我。」我轉頭告訴林揖辰。雖然毫無證據，但我敢肯定事情一定是這樣。

「妳是說，她派人把我奶奶帶走？」

「嗯，晚會開始前，我在現場看到一個很像江山博的人。」我愈想愈驚慌，「不行，我也要去找彭炫妹。」

林揖辰拉住我：「不行，妳一定要待在這裡，妳想想，萬一他們兩個趕不回來怎麼辦？至少還有我們可以上台。」

我撥開他的手：「只有我們也沒用啊！你也知道，我害怕陌生的舞台，一定要彭炫妹先唱才行！」

林揖辰自告奮勇：「不然換我先唱。」

「可是我也沒辦法唱其他人的部分啊！不行，一定要四個人一起上台！」

相持不下之際，老哥突然來電，我連忙接起，「哥！你在哪裡？第七組上台了！你找到彭炫妹了嗎？」

「我在家裡找到她了，她和劉老闆被綁在沙發上，嘴巴還被貼上膠帶。」

「怎麼回事？人沒怎麼樣吧？」

「放心，兩個人都沒事。劉老闆說，他外甥提早把摩托車送來，他把車牽進店裡後，突然有人從背後用力敲了他的頭一記，醒來就發現自己和彭炫妹分別被綁在沙發兩端。彭炫妹說，她上完廁所出來，就有兩個彪形大漢直接將布袋往她頭上一罩，挾持她坐進一輛轎車，她還說雖然她看不見，但她聽到江山博在指揮那兩個人行動。」

「太過分了！我就知道！姑姑一定死也不想把獎盃頒給我們！你趕快報警！」我簡直氣炸了。

老哥的聲音卻意外地冷靜，「現在報警就趕不上比賽了！彭炫妹正在補妝，她堅持要趕回去參賽。」

「不報警要怎麼懲罰姑姑和江山博？」

「黎憶星，我問妳，彭炫妹的身分證字號要怎麼塡？」

「可、可是現在路都封了，你們來得及過來嗎？」我急得快哭出來了。

老哥安慰我，「我們用爬的也得爬過去，妳想辦法拖延上台時間。」

我又氣又急，「死江山博，爲什麼要抓彭炫妹？有種怎麼不抓我？」

「彭炫妹說，江山博在離開前，還對她撂下一句話。」

「什麼話？」

「他說『把妳抓走，我看黎憶星那膽小鬼要怎麼上台』。」

霎時間，我一句反駁都吐不出來，好像嘴巴被膠帶封住的那個人是我。

「好了，妳趕快想辦法拖延時間，我們要騎摩托車過去了，妳跟妳那個同學說一下，從東門街口放我們進去，我們騎車繞著圓環外圍人行道直趨舞台，這樣才來得及……啊！靠夭啦！」

「又怎麼了？」

「我車子輪胎被弄破了！一定是江山博！」

「那快點叫計程車啊！」

結束通話後，我把事情經過轉述給林揖辰聽，他趕緊打電話給鄭恬佳，鄭恬佳先是罵了我們一頓，隨後承諾她會派同事親自在東門街和大同路口等老哥和彭炫妹，讓執行封路勤務的警察幫他們開道。

時間一分一秒過去，我心急如焚，始終踮著腳尖往他們可能出現的方向望去。

輪到第九組樂團上台了，接下來就是我們了，也就是說，老哥和彭炫妹得在交通阻塞和人潮洶湧的情況下，在十五分鐘內，從北門街趕到東門圓環……

舞台燈光閃爍絢麗，樂團在台上勁歌熱舞，台下群眾激動地揮舞雙手，我身處在嘉年華式的狂歡氛圍中，卻感覺將要迎來世界末日。

林揖辰握住我的手，「他們一定會趕回來的。」

我很想哭，卻不敢哭，深怕一哭臉上的妝就花了，怕來不及補妝，更怕補好了妝，老哥和彭炫妹仍未趕到。

鄭恬佳走過來，「還沒到嗎？」

我和林揖辰黯然不答。

她嘆了一口氣，「我去請主持人在你們上台前再拖一下時間。」

我看著她走向舞台邊與主持人交頭接耳，也看到主持人走向姑姑說了幾句話，並指了指舞台，然後主持人便回到舞台邊待命。

馥湄表姊看了眼手機，也轉頭對姑姑說了幾句，神情嚴肅，像是在報告什麼事。

第九組樂團下台，主持人宣布：「比賽將近尾聲，在請第十組表演團體上台演唱之前，我們先請本次比賽的主要贊助單位，雄英建設黎常董，同時也是黎雲聲音樂文教基金會理事長，黎仁英女士，爲我們說幾句話！」

姑姑挺直腰桿走上台，「雄英建設很榮幸能參與這麼有意義的活動，我父親，音樂家黎雲聲，出生在苗栗，卻是在新竹長大成人，活躍於一九三〇年代的台灣樂壇，他一定很高興看到這麼多在新竹出生、求學或是工作的後輩，開出屬於自己的音樂之花。我更期待，等我們基金會找到〈塹城一粒星〉這張唱片後，能和新竹的年輕音樂人才，一起將這首歌發揚光大……」

我愣愣地望著舞台上的姑姑，林揖辰靠在我耳邊說：「我剛打電話給妳哥，但他沒接。」

我摸向手上的虎眼石手鐲，即便隔著蕾絲手套，依然能感覺到寶石沁涼的觸感。

看著姑姑在台上大放厥詞，我用力咬了下嘴唇，對林揖辰開口：「不管他們是否來得及趕過來，我都要上台。」

「妳可以嗎？」林揖辰睜大眼睛。

「對，也許我會唱不出來，在台上腿軟，但是無論如何，我都要試試看。」我堅定地說。

他緊緊握住我的手，「妳可以的。」

「我們改唱慢板，像這樣……」我低聲交代林揖辰應變的唱法，「其他的就臨場發揮了。」

好不容易姑姑才結束冗長且冠冕堂皇的致詞，姿態優雅地步下舞台。

我在心裡冷哼一聲，親愛的姑姑，我可不會照妳所想的臣服於妳！

「接下來，我們歡迎第十組——一九三四人聲樂團，這是一組四人編制的阿卡貝拉樂團！」

面對全然陌生的舞台，我這次竟意外地沒肚子疼，只覺心中燃起一股熊熊的怒火，渾身發熱。

姑姑和我在台前擦肩而過，我向她點頭致意，她瞥了我一眼，嘴角泛起一抹陰冷的笑。

我抬頭挺胸，一步一步踏上舞台。

我一定要唱。

爲了一心想趕上一九三五年一月二日基隆集合令的彭炫妹；爲了一生苦苦追尋阿公的樂聲的阿爸；爲了陪我走上始料未及的道路的林揖辰；爲了始終支持我唱歌的老哥；爲了不讓姑姑、表姊、江山博看扁我；爲了曾經以唱歌爲終身職志的自己。

主持人繼續說：「一九三四帶來的歌曲是〈雲歸何處〉，這首歌的詞曲由團長黎憶星的父親所作，讓我們掌聲歡迎一九三四的演出！」

和林揖辰並肩站在台上，我握著麥克風，卻遲遲沒有出聲，引來台下觀眾議論紛紛。

坐在貴賓席的姑姑挑起眉毛，似乎正等著看好戲。

我閉了閉眼再張開，緩緩環顧台下，希望自己的眼神能顯現出令人折服的自信，並對著麥克風唱出了聲音。

「塹城的春天，日頭照在北台灣的舊文明，我看見二十世紀的新生命……」

台下頓時靜了下來，姑姑瞪大雙眼，我保持沉著接續唱下去。在被熱鬧如嘉年華的晚會節目連續轟炸後，單純的清唱反而令所有人屏息，緊接著，林揖辰加入清亮的和音。

「塹城的夏天，南風吹在赤土崎的老樹影，我聽見迎接好收成的歌聲……塹城的冬天，走過舊時的拱辰門，行往舊港海路，北門大街的夜晚不清冷……」

原本我認爲彭炫妹高亢的音色才足以撐起這段旋律，沒想到我也唱上去了，台下驚歎聲四起。

「因爲黎明要來臨，汝就係阮的星，招來塹城黎明的光影……」

隨後林揖辰向前一步，念出一段Rap，我則拉高聲線，唱出淒美蒼涼的旋律。

「這首歌就叫做〈塹城一粒星〉，你可聽過這樣的旋律，這就是雲的聲音，那是七十八轉唱片的年代，夢美唱出雲聲的愛，他們的愛情不見容於那樣的時代，夢美的歌聲就像一顆火流星，短暫劃過天際不見蹤影。時間的巨輪輾過音樂的花苗，日本發動戰爭，愛的歌聲變成軍歌，琴音變成槍炮聲，沒人再聽這樣的聲音，〈塹城一粒星〉消失在人間，黎雲聲離開人世，好不甘心。很多年後，一位名叫黎致風的年輕人，四處尋找消失的〈塹城一粒星〉，他從未聽過這首歌，他眞的很想知道，到底什麼是、什麼是雲的聲音……」

我哼唱著間奏，不免分神去想——接下來那段我和彭炫妹的對唱可惜了，但也只能狠心捨去。我深吸一口氣，準備唱出〈雲歸何處〉第一句歌詞。

這時，舞台遠處的人群突然往兩邊散開，我愣住了，林揖辰反應很快，他把最後四小節的間奏再唱一次，我沒多想也跟著一起和音，再仔細朝該處定睛望去，映入眼簾的竟是一台湖水綠的古董速克達緩緩朝舞台駛來，前方還有兩台警用摩托車開道。

騎在速克達車上的正是老哥！

林揖辰唱完間奏最後一個音符，一道女聲精準接上。

「如果妳是雲，我願如天空包容，讓妳停留在我胸襟，做妳生命的底色，任妳彩繪夢的圖形……」

側坐的彭炫妹從老哥的虎背熊腰後現身，引起群眾一陣驚呼，她從車上跳下來，一隻手爲自己戴上寬邊大帽，另一隻手拿著無線麥克風，扭著腰邊唱邊走上台，她妝髮完整，神彩飛揚，一點都不像半小時前還被捆在沙發上的受害者。

老哥也從工作人員手中接過麥克風幫彭炫妹和音，我和林揖辰趕緊加入。

「但我只是風，只能苦追妳的影，緊緊跟隨妳的腳步，做妳飛翔的力量，伴妳航向夢的彼方……」

我的目光對上彭炫妹的琥珀雙瞳，她俏皮地眨了下眼，與我一同唱出那段如對話般的二重唱。

她率先高唱：「因爲我是風——」

我接著唱：「因爲你是我翅膀下的風——」

「唯有雲動——」

「我的生命因你而動——」

「人們才知我蹤影——」

「人們要知道你美麗的蹤影——」

「如果你是雲——」

「你是遙不可及的雲——」

「雲的所在——」

「風的所在——」

一曲將畢，我們四人齊聲唱出最後一句：「就是夢想，就是希望，就是幸福的歸處。」

不知道是不是我的錯覺，台下的掌聲、尖叫聲、口哨聲，遠比先前來得更加熱烈。

對著台下鞠躬時，我的眼眶早已蓄滿淚水，在潮水般的掌聲中直起身，我對著夜空在心裡說：阿爸，我終於做到了，我站在舞台上唱你的歌給那麼多人聽。

黎憶星，妳終於、終於找回自己的力量，不再害怕陌生的舞台了。

第十五章　再見了，昭和歌姬

步下舞台，我們陪同老哥把那台古董速克達牽回舞台側邊帳篷停妥

老哥大笑：「江山博那混蛋一定沒想到刺破我機車的輪胎還不夠，劉老闆外甥那台速克達不但可以騎上路，還加滿了油。」

我驚魂未定，心臟還怦怦亂跳：「還好你們趕上了。那位在葬禮上用過這台車的小姐，或許在冥冥之中保佑著我們。」

鄭恬佳的聲音在背後響起，「你們最該感謝的應該是我吧？要不是我安排得好，你們哪能趕得及登台？」

我轉頭一看，除了鄭恬佳，還有高中同學沈倩雯，兩人笑得一臉得意。

沈倩雯雙手叉腰：「黎憶星，繼高三校慶表演忘詞後，我又神救援了妳一次，要怎麼謝我啊？」

「咦？怎麼回事？」我完全在狀況外，沈倩雯是從哪裡冒出來的？

「我沒跟妳說沈倩雯是我同事嗎？沈主任可是臨場反應最快的場控一姐。」鄭恬佳笑著解釋，「就是她帶著無線麥克風等在封街入口處接應的，還放行讓妳哥和那個誰騎著摩托車現身入場。」

彭炫妹瞪向沈倩雯，「我不是那個誰，我是夢……」

「邊唱邊從摩托車上跳下來走上台，舞台效果超好的！謝謝沈主任！」我連忙摀住彭炫

妹的嘴，並由衷道謝，更準備好被她們兩個譏笑一輩子了，不過也無妨，反正我不會參加任何一場高中同學會。

「妳能再次站上舞台唱歌，我們都很高興。」鄭恬佳忽然說。

「咦？」我驚奇地扭頭看她。

沈倩雯點點頭，「上次看到妳在雀爾登唱歌，覺得只妳發揮了當年的八成功力，今天總算像是蝴蝶破蛹而出。」

我什麼話也說不出，只能拚命道謝，最後兩人說她們還得去支援活動，並協助撤場，便先離開了。

「憶星，」林揖辰眼裡滿滿都是笑意，「恭喜妳克服了陌生舞台恐懼症。」

彭炫妹興奮大喊：「原來在大舞台上唱歌的感覺這麼讚！等我回去一九三四年，也要封街辦演唱會！」

「哇，我們目前一千多票，第二名才七百多票！」老哥掏出手機查看。

串場表演結束後，主持人宣布：「緊張的一刻來臨了，現在要公布迎曦音樂節得獎名單。」

在如雷的掌聲下，姑姑先後頒獎給得到第三名的綠巨人浩客和得到第二名的粉紅麥克

「這次比賽的冠軍是——」主持人刻意賣關子。

「一九三四！一九三四！一九三四！」觀眾鼓譟著。

「沒錯，就是一九三四！同時他們也是最佳人氣獎得主！」主持人激昂的聲音傳來，

「請市長和黎理事長爲我們頒獎！」

我們四個人交換過驚喜的眼神，很快一前一後上台，而姑姑笑著對市長做出謙讓的手勢，意思是由市長頒獎。

我從市長手中接過獎盃，而姑姑的目光根本沒落在我身上。

正要下台時，主持人卻突然出聲：「請一九三四人聲樂團留步，和大家簡單聊幾句。請問你們怎麼會想要改編黎雲聲先生的歌曲？歌詞中提到的黎致風先生，和黎雲聲先生是什麼關係呢？」

我湊近麥克風，「黎致風是黎雲聲的兒子，我是黎致風的女兒，騎著摩托車進場的是我哥，我們之所以會用這麼奇特的方式登台，並非特意安排，而是因爲有人蓄意阻撓我們參賽。」

主持人面露尷尬，大概是不想在台上當眾討論有人蓄意阻撓我們參賽這件事，於是只把話題重點放在我們和姑姑之間的血緣關係，「哇！黎雲聲先生就是黎仁英理事長的父親啊，黎理事長要不要上台說幾句話？您事前就知道您的姪子姪女要參賽嗎？」

坐在貴賓席的姑姑起身重新走回台上，作出一副驚訝的樣子，「哇，我不知道我還有個流落在外的弟弟，難怪我母親總說，我父親是風流才子，上一代的恩怨就讓它隨風而逝吧。天啊，沒想到我小弟的子女這麼有音樂才華，我都要喜極而泣了。對了，你們所演唱的歌曲前半部，是我父親的第一首詞曲作品〈塹城一粒星〉吧？你們是怎麼找到失傳已久的這首歌的？」

我傻住了，姑姑雖然沒有音樂細胞，卻擁有見風轉舵、睜眼說瞎話的才能！

老哥氣得捏緊拳頭，彭炫妹也一臉忿忿，兩人作勢想上前理論，林揖辰連忙拉住他們，我只能任由姑姑假意地給了我一個擁抱，她身上濃郁的香水味竄入我的鼻間，令我反胃想吐。

姑姑笑吟吟道：「請所有的黎家後人務必加入雲聲音樂文教基金會，一同推廣黎雲聲先生的音樂！」

台下響起掌聲，得獎的喜悅早已消失殆盡，我們四個人如提線木偶般僵硬地走下台。

坐在護城河畔的石階上，我們呆呆望著暗夜裡燈火映照下的波光。

「幹！臭老太婆！」老哥冷不防用力朝河面扔出一顆石頭，嚇得一旁休憩中的鴨子紛紛拍動翅膀逃逸。

彭炫妹氣呼呼地問：「她哪一年生的？我回去以後，就換我惡整她了。」

「太不要臉了，她怎麼能睜眼說瞎話！什麼叫做她不知道有個流落在外的弟弟？」我氣得眼淚在眼眶裡打轉。

一陣高跟鞋的扣地聲由遠而近傳來，引得我們回頭望去。

「你們別生氣了，我代表我母親跟你們道歉。」是身披皮草的馥湄表姊。

我瞪著表姊，「就是妳們母女倆指使江山博破壞我們的演出！」

「這我沒辦法否認，不過，請讓我把話講完。」表姊逕自從香奈兒宴會包中取出一條手絹，鋪在石頭上坐下。

假掰！做作！我絕對不是仇富，但我真的無法尊敬姑姑和表姊這樣的人。

「首先，請體諒一下我媽媽，和我們的阿嬤吧。阿嬤忍受阿公在外有女人，不但讓私生子入戶籍，還撫養他長大，她長久以來的委屈，我媽媽都看在眼裡。」

表姊口中的阿嬤——姑姑的親生母親、阿爸的大媽，我只見過她一次。那是某一年過年的時候，我和老哥怯生生地跟著阿爸，前去完全陌生的阿嬤家拜年，那次是我第一次，也是唯一一次見到「阿嬤」，也是第一次見到姑姑和表姊。阿爸恭敬地向那位坐在椅子上的瘦小老太太請安，她點點頭，給了我和老哥一人一把糖果，和一個紅包。

表姊的聲音打斷我的回憶，「我媽的確很討厭小舅舅，那是因爲她身爲黎雲聲的長女，卻是個音痴，從小到大，每個音樂老師都對她說『天啊，眞不敢相信妳是黎雲聲的女兒』。」

原來一向高高在上、頤指氣使的姑姑，也有這麼不堪回首的悲慘過去。

「但小舅舅不一樣，我媽媽小學六年級時，她的音樂老師去小舅舅班上代課，老師跟我媽媽說，小舅舅很有音樂天分，請她回去轉告阿嬤，讓他報考音樂班。我媽氣哭了，當然，她沒把這件事告訴阿嬤。」表姊嘆了口氣，「所以，當她看到兩三歲的我，有那麼一點點音樂天分時，她就把所有的希望寄託在我身上，從此我再也沒有童年和少女時代，只能在家練琴與出外比賽。她聘請鐘點費高昂的名師來教我，爲我添購漂亮昂貴的比賽禮服，但只要沒能得名，就會換來她的冷言冷語，還有更多的練習。

「考進藝術大學後，我以爲離家在外就自由了，興沖沖地和室友參加機車聯誼。我媽知道後，狠狠罵我一頓，說要是車禍手受傷，再也無法彈琴，我就毀了，所以她逼我搬出宿舍，租了一層公寓給我，還請了司機、傭人照顧我，或者說監視我，哈哈。」

表姊的笑聲像銀鈴一樣悅耳，聽起來卻一點也不開心，讓人不知道該怎麼接話。

我偷瞄表姊，她熟練地從包裡取出一支菸點燃，深吸一口。

「我超級痛恨音樂，根本不想彈琴。」表姊扭頭看我，「妳媽帶著妳來我家借錢那天，我靈光一閃，想到一個辦法來終結這討厭的一切。我要妳教我騎車，再故意讓自己受傷。」

「妳是故意的？」我幾乎不敢相信自己的耳朵。

老哥猛地站起，「妳怎麼可以這麼做？妳知不知道，黎憶星為此內疚了多少年？她甚至從合唱班轉到普通班，大學也不敢考音樂系！」

表姊輕笑著拍拍我的肩，「對不起，把妳當成我的棋子。當醫生宣布我的手粉碎性骨折時，我媽昏了過去，我躺在病床上，拚命忍住想笑的衝動，一想到我在康復之前都不用練琴，就實在太高興了。」

馥湄表姊的聲音非常平靜，但我覺得她說的好像是個恐怖故事。

「手傷痊癒後，要接著做復健，我故意一直宣稱手痛不舒服，其實我的手早就沒有大礙了。」

「表姊，」我聽見自己的聲音顫抖著，「這件事妳應該要告訴我啊！妳為了要逃離音樂，卻拿了我的音樂夢做為陪葬！」

「如果我告訴妳，妳一定會告訴妳媽，然後妳媽又會告訴我媽。」表姊漠然一笑，「而且，是妳自己選擇不考音樂系，為什麼要我負責？我有拿槍逼妳不准踏進考場嗎？還是我藏了妳的准考證？」

我雙手握拳，再也克制不住淚水淌下。

「我媽決定送我去巴黎念藝術行政，我一下飛機就大哭一場，覺得自己終於獲得自由，巴黎那六年是我人生中最快樂的日子。偏偏我媽硬是要我回台灣，這裡有夠無聊的，我只能跟幾個男人玩玩，勉強打發時間。」表姊抬眼瞥向林揖辰，「喂，好鄰居，我對你滿有興趣的，但你怎麼都不理我？」

林揖辰冷冷回道：「妳不是我喜歡的類型。」

「至少有一點得感謝妳，妳搶走一粒星的男朋友，這叫什麼？回收破銅爛鐵？」彭炫妹語氣很酸。

表姊直勾勾地盯著彭炫妹，彭炫妹也不退縮，大膽與她對視。

「妳哪位？歌倒是唱得不錯。」表姊問。

「豈止不錯，我是……」

「她說我搶了妳男朋友，是誰啊？」表姊不理彭炫妹，轉頭問我。

「就是幫阿公寫傳記的江山博啊！難道……」我摀住嘴巴，看來表姊不只招惹江山博一個男人。

「江山博？」表姊嗤笑一聲，又吸了一口菸，「哈，他只說他在學校教過妳，我不過跟他玩玩而已，想不到妳眼光那麼差，勸妳還是不要和他在一起比較好，老實告訴妳，那些從中阻撓妳參賽的行動都是江山博策劃的。還有，他傳記寫得很不好，他根本沒去聽那些台灣老唱片，我再怎麼不愛音樂，也沒辦法接受他這樣做事，所以我會換掉他。」

林揖辰走向前，抽走表姊手上的香菸，「夠了，妳話說完差不多該離開了吧。」

「英雄來救美了是吧！你們以後就繼續好好唱歌吧，我在旁邊看著，有種好像在看熱血漫畫的感覺。」表姊悻悻然起身，裹緊了身上的皮草，抬起下巴一步步走遠。

表姊已經不必被逼著練琴了，理應可以過得開心一些，但這麼多年來，她卻始終像是被關在高塔裡的寂寞公主，美麗，卻不快樂。

又在護城河畔待了一會兒，我們才慢慢走回跨年晚會現場，碰巧看見貴賓席上的姑姑起身離開，儘管她挺直了背脊，我卻注意到她在遠離人群後，雙肩微微垂下，背也駝了下來。

「姑姑和馥湄眞的很討人厭，但也很可憐。」老哥在一旁有感而發，我點點頭，眼角有些酸澀。

我們站在人群中繼續欣賞晚會表演，我的思緒逐漸飄遠。

我一直覺得是自己毀了馥湄表姊的音樂夢，而姑姑沒要我賠償醫藥費，以及她多年來投注在表姊身上的心血，已經是對我的很大寬容。我始終爲此心懷愧疚，也認爲既然我害表姊無法再彈琴，那麼我哪有臉再追逐音樂的夢想？於是我放棄了自己的夢想，深信這是我唯一能贖罪的方式。在遇見江山博後，更以爲藉由支持江山博的夢想，或許多少能彌補我心中的遺憾。

然而，不管表姊手傷的眞相爲何，我那些作法都毫無意義，我本該連同表姊的份一起在音樂路上努力才是。

辜負我的不是任何人，是我自己。

往後，我只能奮力急起直追，把虛度的年歲補回來。

「吶，給妳。」彭炫妹遞來手絹，「別哭了，我就要回昭和時代了，我可以避免這些悲劇發生。」

我吸吸鼻子，「妳又知道妳就要回去了？」

彭炫妹大笑，「我們贏得比賽，還贏得那麼多人的稱讚。妳還記得我們抽中的那首籤詩嗎？」

「記得啊。星火相交在門前，此事必定兩相連；樂音繞梁萬人讚，旭日東昇事能全。可是妳怎麼能確定回去的關鍵就一定跟這個有關？」

「你們可能看不到，但是我眼中看出去的景象已經漸漸變了。」彭炫妹微微一笑，指著La New鞋店那棟樓房，「現在我看到的，是以前的白水旅館。」

我正要說些什麼，主持人卻在這一刻拔高了嗓音，「現在讓我們一起倒數，十、九、八、七、六、五、四、三、二、一——新年快樂！Happy New Year！」

現場所有人一齊爆出尖叫，紛紛或擁抱或親吻身旁的友人，一個短裙辣妹認出老哥，主動摟著他合照，而彭炫妹也擺好架式，被一群年輕男孩簇擁著合照。

我感覺有人從背後用雙臂擁住我，是林揖辰。他的下巴抵著我的肩膀，聲音落在我的耳畔，「憶星，新年快樂！今年換妳發光發熱了。」

我握住他環在我身前的手，他的手很大、很溫暖，隨後我轉過身迎向他燦亮如星的眼睛。

我大膽地伸手觸碰他的唇，一直以來，我只注意到他的眼睛，沒留意過他的唇形是略厚且唇線分明的菱角唇，就是那雙唇，和我一起唱出那麼多動聽的歌，更對我說過那麼多鼓勵的話語。

我踮起腳尖，輕輕覆上他柔軟的唇。

凌晨四點，我們各自捧著一杯便利商店的熱咖啡，坐在新竹市影像博物館前廣場的階梯上，除了彭炫妹，我和老哥、林揖辰皆已換回日常的裝束。

「我不能穿著這裡的衣服回去，會嚇到其他人。」彭炫妹穿著自己那件紅大衣，還重新捲好頭髮上好妝，戴上黑色手套，並拎著那只口金包。

這陣子忙於練唱，心思也都放在能否順利參賽上，我卻疏忽了一件事——比賽結束後，與彭炫妹分別的時刻可能也即將來臨。

我曾經那麼厭煩彭炫妹，巴不得她立刻滾回一九三四年，還曾經譏笑她老是妄想自己是來自昭和年間的準歌星，然而才短短不到一個半月，我已經成了她的頭號歌迷，還和她一起開心地唱過那麼多歌。

我終於受不了籠罩在我們四人之間的沉默，側身拉住彭炫妹：「妳不要走！不要回去！」

「爲什麼？」她眼中帶著困惑。

「妳……妳忘了嗎？在妳接下來的人生裡，將會面臨前所未有的嚴重戰爭，妳還會在空襲中死掉，妳不要回去啦！」我幾乎快哭了。

彭炫妹堅定地看著我，「一粒星，我一定要回去，而且我跟妳保證，我不會那麼早死。」

「妳一九三五年去日本錄音，而當時最大的唱片公司古倫美亞，在一九三九年發行最後一批台語流行歌後，台語歌的發展就因爲政治因素沉寂許久，就算妳回去再認眞唱歌，也只剩四年的時間可以發光發熱！」我急得口不擇言，見彭炫妹愣住了，還繼續乘勝追擊，「留下來啦！留在二〇一五……不對，現在是二〇一六年了，留在這裡，妳至少可以活下來，我會想辦法幫妳弄到假身分，素人出道的機會那麼多，妳可以先當網紅，或者參加選秀節目……」

「一粒星！」彭炫妹冷靜地打斷我的話，「妳怎麼沒想過，如果我沒回去，林揖辰要怎麼出生？」

「咦？」換我愣住了。

「笨蛋，她留在這裡，就不會和老房東生下孩子，就更不會有林揖辰啦！」老哥補充。

「對，我要回去見阿土。」彭炫妹點點頭，轉頭看向林揖辰，「還有，我一定會堅持活到你出世的那一天。」

我心中一揪，無法再出言勸彭炫妹留下來，如果這世界沒了林揖辰，對我而言，將如同暗黑的夜裡少了最明亮的星辰……

「八十年可以改變很多事。我會改變我原本悲慘的命運，努力留下〈塹城一粒星〉以及其他更多曲盤傳世，我也會改變你們的人生，讓妳阿爸不再懷才不遇，讓妳媽媽不要給黎光陽吃這麼多東西，讓妳表姊別受傷，讓一粒星妳大學能念音樂系。」彭炫妹握緊我的手。

林揖辰起身，走過來抱住他的阿嬤，「妳要遵守約定，活到我出生以後，然後用漂亮一點的花布背我。」

「一言爲定。」

老哥也擁抱了彭炫妹，還從褲子口袋掏出一張摺起來的紙遞給她。

「這是什麼？」彭炫妹打開那張紙，並念出紙上寫著的字句，「一九三五年四月二十一日凌晨六點，新竹台中大地震，不要去后里、清水、墩仔腳；一九四五年五月三十一日，美軍空襲台北，不要待在城區；一九四九年，物價飛漲，通貨膨脹嚴重，四萬元換一元；盡早投資『蘋果』這間公司。這個被咬一口的『令果』不就是iPad上面的圖案嗎？」

「嘿嘿，這是鐵口直斷黎光陽的趨吉避凶指南，妳回去後千萬要帶在身邊，不要給別人看。」老哥雙手叉腰，得意得很，又繼續叮囑彭炫妹，「戰爭期間和戰後會很辛苦，但是苦日子一定會過去的。就拿製造出速克達機車的義大利『比雅久』爲例，比雅久原先以製造船隻、飛機起家，二次世界大戰期間，原有的工廠因戰火被炸毀，戰爭結束後，比雅久決定轉型，轉而生產出偉士牌這樣經典的摩托車。總之，保持信心，妳一定可以活到我們出生那時的，我是一九八七年生的，黎憶星是一九九〇年，記得啊！」

彭炫妹小心翼翼地摺好那張紙，將黎光陽洩漏的天機收進她的口金包裡。

此時，天邊透出微微的白光。

「走吧！」

彭炫妹向前邁步，我們跟著她來到東門圓環的城門前，天色愈來愈亮。

「時候差不多到了。」她毫不猶豫地走入城門，沒有回頭，只高舉戴著黑色手套的手，對著我們揮了揮。

來自一九三四年的女孩，穿越時空的昭和歌姬，快快回到一九三五年，趕上開往神戶的船班吧！

我哭著大喊：「彭炫妹！夢美！記得要來找我！」

旭日東昇的光線讓我幾度睜不開雙眼，當我擦乾眼淚再次定睛望去，彭炫妹的身影已經消失在城門的通道裡。

我跟著穿過城門的通道，不斷呼喊彭炫妹的名字，難以抑止的淚水淌滿雙頰。

第十六章　妳是我人生夜空裡的一粒星

林揖辰走過來摟住我的肩膀，什麼話也沒有說。

「就這樣？」老哥忽然出聲，「我以為人在穿越時空的時候，應該會有些異象出現吧？像是天搖地動什麼的，或者至少也來個一陣狂風吹過嘛，怎麼這麼平靜？」

老哥的問題雖然無厘頭，倒是讓我稍稍轉移了情緒，我用濃重的鼻音回他，「她來的那一天，也只是下了場雨而已，你穿越小說看太多了啦！」

「好啦，一夜沒睡，也該回家補眠了。」

於是我們三人頂著清晨的天光，步行回到北門街上。

不知道彭炫妹是否趕上了船班，不知道她是否成功翻轉了命運？也許我該Google一下「彭炫妹」，但此刻我只覺得異常疲倦，有生以來沒有這麼想睡過。

林揖辰開車返家前，還不忘交代我：「傍晚五點，遠東巨城購物中心的噴水池前，不見不散。」

我點點頭，「開車小心。」

回到家後，我勉力邁著踉蹌的步伐走進房間，連衣服都沒換就直接倒在床上。

我睡得很沉，像在幽深無光的森林裡長眠了幾個世紀。

當我再次睜開眼睛，時間已近下午四點半。

我匆匆換過衣服，走進客廳，老哥正在看電視。

「老哥，你沒睡啊？」

「我幹麼睡？今天不營業，我睡到早上十點才起床咧。」老哥癱坐在沙發上。

「你在說什麼？昨天我們不是整夜都沒睡，直到凌晨彭炫妹才回來？」

老哥瞪大眼睛看著我：「妳在說什麼？彭什麼？」

「我知道了，你在耍我。」我沒好氣地說：「不跟你說了，我快遲到了，我和林揖辰約好要看電影。」

老哥嘖了一聲，「林依晨？妳怎麼可能跟我老婆看電影？」

我翻了個白眼，「你夠了沒啊，林揖辰，老房東的孫子啊？」

「老房東的孫子？我不知道他叫什麼名字，我都叫他林董。他叫林依晨？哈哈哈，誰給他取這種名字啊？」

「不好笑，我不跟你說了！」我沒理會老哥的裝瘋賣傻，風風火火騎車出門了。

巨城購物中心，人來人往的噴水池廣場。

已經五點零五分了，林揖辰還沒到，大概是塞車吧，再等他一下吧。

我走進星巴克買了一杯熱拿鐵外帶，接著隨意在附近走動了幾步，注意到SONY店裡展售的電視正在播放新聞。

「昨天各縣市的跨年晚會熱鬧非凡，其中新竹市除了邀請藝人表演以外，也別開生面舉辦了迎曦音樂節總決賽，冠軍隊伍『粉紅麥克』是一群喜歡粉紅色的大男生……」

我驚跳起來，手中的紙杯落地，熱咖啡潑灑開來，「好燙！」

旁邊一位好心的小姐拿出包包裡的面紙遞給我，我慌亂地蹲在地上擦拭四濺的咖啡，愈擦愈是心慌。

這是怎麼回事？

冠軍隊伍不是我們一九三四嗎？

難道……難道彭炫妹回到她的年代後，我原先的世界被改變了？

好不容易收拾完一地狼籍，我趕緊翻看手機通訊錄，卻沒有林揖辰的電話號碼，LINE也沒有任何來自林揖辰的訊息。

我在噴水池前等到七點，水池四周一閃一閃的燈飾在夜色中更顯燦爛華美，而往來人群的笑顏則令我倍覺淒涼。

原來，這是一場對方根本無法趕赴的約定。

回到家後，老哥仍舊癱坐在沙發上看電視，我這才發現，古董店裡少了那台笨重的日據時期保險箱，那台湖水綠偉士牌摩托車也不見蹤影。

「哥，我問你，我們有參加跨年晚會的音樂比賽嗎？」我抓住老哥粗壯的手臂，不死心地問。

「妳說呢？十一月底我拿傳單回來叫妳參賽，妳當時說什麼妳忘啦？」

「我說什麼？」

老哥捏起嗓子怪裡怪氣地模仿女生的聲音：「不要不要，人家怕陌生的舞台，一緊張肚子會痛痛。」

「噁心，我哪會這樣講話！」我沒好氣地回。

「總之，我們沒參加，後悔了吧？」

「那台湖水綠的偉士牌摩托車呢？」

「昨天在修車廠保養檢修完畢後，就直接送到買家那裡啦！妳忘了？」

「那……你記得彭炫妹是誰嗎？」我抱著最後一絲希望問。

老哥偏著頭看我：「彭炫妹？誰啊，這個名字有點耳熟。」

這時，電視新聞旁的跑馬燈引起了我的注意——

「民國一〇六年，適逢日據時期知名女歌手夢美百歲冥誕，星夢音樂文教基金會籌備紀念音樂劇，現正角色徵選中，詳情請至官網……」

我爆出一聲尖叫，「是彭炫妹！竟然有以她爲名的基金會耶，她眞的改變命運了！」

「黎憶星，講了老半天，妳說的是她啊，難怪我覺得耳熟，她不就是老房東的太太嗎？」老哥一臉恍然大悟。

「老房東一家住在聯華山莊對吧？我要去找彭炫妹！」我轉身又想出門。

「彭炫妹不住在聯華山莊，她住在金龍寶塔了啦！」

「什麼？」

「妳沒看到嗎？冥誕！意思就是她已經往生了啦！妳國文超爛的！」

我一愣，而後衝上前用力搖晃老哥的肩膀，「怎麼可能！她答應過會來找我的！」

他撥開我的手，大吼：「她怎麼可能來找妳！她早在我出生那年就過世了！」

聞言，我跌坐在沙發上，久久說不出話來。

該不會過去這段期間所發生的一切，只是我的幻覺？有妄想症的人，其實是我？

「哥，我問你，從去年十一月中到昨天，我都在幹麼？」

老哥關掉電視，正色看著我：「黎憶星，妳是跌倒撞到頭了嗎？怎麼一直問奇怪的問題？要不要帶妳去看醫生？」

我抓著他的袖子，「拜託，請你告訴我，這很重要！」

老哥莫可奈何，「妳還能幹麼？除了去雀爾登飯店唱歌，其他時間就是窩在家裡發愣。唯一比較特別值得一提的是，妳在高中同學的婚禮上，和人家的表哥合唱老爸寫的〈雲歸何處〉，對方還跟妳要電話號碼，妳卻狠狠拒絕了。」

「我整天都待在家裡？我最近不是有去音樂補習班兼課？」

「兼課？哪有啊？自從妳高三那年教馥湄騎腳踏車，她摔斷兩根手指後，妳就放棄走上音樂這條路了，妳忘啦？當初還是我押著妳去跟老魏面試，妳才願意去駐唱的。」

「腳踏車？不是機車？」我喃喃道。

「當然是腳踏車啊，妳得失憶症啦？妳在演哪一齣韓劇？」

「那……江山博呢？」

「江山博？他去年十月被我在大遠百堵到他和美眉手牽手看電影，妳氣得跑去質問他，他嫌棄妳太魯蛇，說什麼不想再跟妳在一起了，然後你們就分手啦。不過他自己也好不到哪裡去，他接受姑姑的委託爲阿公撰寫傳記，邊寫邊在報紙副刊連載，誰知他竟整段引用別人的研究資料，卻沒有註明來源，害姑姑還得登報道歉。」

「最後一個問題，阿公那張〈塹城一粒星〉的曲盤呢？找到了嗎？」

「找什麼找？妳沒看到嗎？」他抬手朝店裡的木櫃一指，「架上一大堆！這可是當年的熱銷商品，和純純的〈桃花泣血記〉並列第一，演唱者就是藝名夢美的彭炫妹。」

「那阿公和彭炫妹……曾經在一起過嗎？」我立刻出爾反爾，又冒出一個問題。

老哥翻了個白眼，但還是耐著性子回答：「據說他們兩人是有過曖昧啦，阿公一生風流，傳出這種事也不奇怪，不過彭炫妹最後可是有好好嫁做人婦，婚姻幸福美滿，我們這間古董店以前還是她家的茶行哩。彭炫妹的丈夫林老先生是科技業大老，開創誌玄科技，專做音樂儲存，股票代碼一二二一，聽過吧？」

「那阿爸呢？他除了〈雲歸何處〉，還有寫出其他歌嗎？」

「妳到底還要問多少問題？」老哥嘆了口氣，「沒啊，比起寫歌，他好像比較喜歡買賣古董唱片。」

一下子接收那麼多與過去截然不同的資訊，我覺得頭好痛。

我衝回房間，想找出我在城隍廟抽中的籤詩，卻遍尋不著；我費心改編的那些阿卡貝拉版本歌曲，也憑空消失在電腦和手機中；而爸媽的房間也沒有彭炫妹曾經生活過的痕跡。

不只這些，林清土老先生的檯燈、林揖辰送我的CD，也統統不在了。

我很想抱頭哀號，卻還是硬撐著坐在書桌前，試圖釐清這一切是怎麼回事。

第一種解釋，可惡的彭炫妹在返回一九三五年後，順利改變了自己的命運，卻忘了我、忘了我們一家人，所以老爸仍然懷才不遇，老哥仍然那麼胖，馥湄表姊仍然摔車，而我也仍然念不了音樂系。

第二種解釋，根本就沒有彭炫妹穿越而來這回事，一切都是我的妄想。

我分不清哪種解釋比較有可能，以及哪種解釋比較讓人心痛。

然而最令我感到心痛的，莫過於我就這麼失去了林揖辰。對現在的他而言，我只是個曾有一面之緣的陌生人，那些共同度過的美好時光，只存在於我一個人的記憶裡。

一籌莫展之下，我又過上了與彭炫妹相遇之前的魯蛇人生，偶而去婚禮上唱唱歌，大部分的時間都窩在家裡發愣，想著這究竟是怎麼一回事。

某一天，我跑到城隍廟求籤，想請神明指點迷津，結果求到三次下下籤，嚇得我不敢再拿起籤筒。

我甚至去了醫院想要看診，但不知道該掛身心科還是神經外科，於是向服務台的醫院志工求助，「請問，我知道有失憶症的存在，但有沒有一種病，是多了一段根本不存在的記憶，應該叫做多憶症吧？」

志工張大嘴巴看著我，我只得摸摸鼻子離開。

除此之外，我昨天還偷偷跑去林揖辰公司樓下，想看看他過得好不好。我站在門前等了一陣，便看見向來注重穿著的他，穿著一件時髦的芥末黃色大衣，和一位年輕貌美的小姐相偕走出公司大門。

「葉小姐，謝謝妳今天過來介紹產品，那我們保持聯絡。」

「林先生，我可以帶你去我們蘇州工廠參觀，順便觀光。」

那位葉小姐凹凸有致的身軀包裹在黑色套裝裡，她襯衫的荷葉領開得好低，今天寒流來襲欸，不怕感冒嗎？我要叫警察來開罰單，她穿這樣會讓工程師無法專心工作，影響國家經濟發展。

「觀光就不必了，產品的良率比較重要。」林揖辰禮貌婉拒，那雙琥珀色的眼瞳，一如我記憶中那般燦亮。

相較於依然是人生勝利組的他，魯蛇如我，根本沒有資格再站到他身前。

我垂頭喪氣回到家，萎靡不振地窩在沙發上，望著天花板出神。

「妳每天都擺出這種要死不活的樣子是要幹麼？」老哥一邊啃著滷雞腳，一邊用沾滿油光的手指指著我鼻頭罵，「妳既然對彭炫妹這麼有興趣，就去報名由她的傳記所改編的音樂劇演員甄選嘛！說不定可以撈到一個小角色。」

我充耳不聞，繼續盯著天花板看。

「我等一下洗個手，就放她的曲盤給妳聽，我上網查過資料了，甄試的指定曲就是這首〈塹城一粒星〉。」

「不用了，我自己來。」我起身走向那台古倫美亞蓄音器，照著彭炫妹示範過的手法操作。

老哥大驚：「黎憶星，妳什麼時候會用這種古董蓄音器的？」

我沉默不答。儘管我還是不能分辨那如夢似幻的一個半月是否真實存在過，但我的手指自動記住了該如何操作古董蓄音器。

爵士風格的前奏，和過去聽到的一模一樣。

「塹城的春天，日頭照在北台灣的舊文明，我看見二十世紀的新生命……」

咦，不對！有什麼東西不一樣了！我繼續凝神傾聽。

「塹城的夏天，南風吹在赤土崎的老樹影，我聽見迎接好收成的歌聲……」

彭炫妹的聲音更厚實了，詮釋這首歌也更有感情了，不太像是一九三〇年代固有的唱法，這是蛻變過後的彭炫妹2.0！

「很好聽吧，即便前有天后純純，彭炫妹還是用她天賦的高亢嗓音，和充滿情感的詮釋方式，走出一條自己的路，所以才能和純純並駕齊驅。」

「汝就係阮的星，招來塹城黎明的光影。」

蓄音器上的曲盤停止旋轉，彭炫妹最後的這句歌詞，彷彿在向某個人傾訴。

「一粒星！」

我想起彭炫妹喊我的聲音，彭炫妹應該眞的曾經穿越時空而來吧……

只是她藉由這個契機改變了她的人生，而我沒有。我們兩個，就像是天狼星與它的伴星，她是天空中最閃亮的一等星，而我則是黯淡無光的白矮星。

早知道會這樣，我應該跟彭炫妹約好，要她透過時光膠囊留些訊息給我。

等等，時光膠囊！

我奔向店裡的檜木櫃，拉出第二排左邊數來第二個抽屜，使勁往抽屜後面撈。

「妳在找什麼？不要把櫃子弄壞啊！」

我不理會老哥，逕自挖出一個蒙塵的心型搠水軒喜糖盒，這是老爸爲我留下的時光膠囊！我繼續努力伸長手，探入抽屜後面的牆洞，指尖終於觸碰到一個牛皮紙袋，我將紙袋輕輕拉出。

紙袋上的灰塵比喜糖盒上的還要厚，我連打了兩個噴嚏，迫不及待地打開，裡頭有一張籤詩，一張以氣泡紙保護妥當的CD光碟片，還有一本書，書名是《穿樂時空的一等星——彭炫妹自傳》。

這一定是彭炫妹留下來的！是彭炫妹留給我的時光膠囊！她藏得好隱密，連後來放置喜糖盒的老爸也沒發現。

「妳到底在幹什麼啊？」老哥驚奇地看著我。

我逕自抱起這些東西奔回房間，手指發顫地將光碟片餵入電腦。

「咳咳，喂喂，麥克風試音……」

這聲音蒼老了一點點，乾澀了一點點，但我還是認得出這個聲音的主人。

「一粒星，是我，彭炫妹，Yumimi，夢美。好久不見……妳好嗎？」

我眼底生出一股酸澀，彭炫妹真的曾經穿越時空來到二〇一五年，這一切不是我的幻想！

我屏息聆聽封印在CD裡的獨白，深怕錯過任何一個字，任何一條訊息。

一粒星！

今天是一月二日，民國七十六年，西元一九八七年，昭和六十二年，我從二〇一六年一月一日回來這裡後，已經整整過了五十二年了，我多活了好久！但我沒想到昭和天皇也活這麼久！

我今年七十週歲，但是我怎麼覺得，我還是和妳一起唱阿卡貝拉版〈穿樂吧！星雲組曲〉時的十七歲。我左等右等，都等不到iPad上市，到底哪一年才會出現啊？還好，三年前，阿土公司的日本顧問告訴我們，日本人在做一種東西，叫做CD，圓圓扁扁亮亮的，這東西我在妳房間看過！我馬上叫阿土一定要投資這個，他正帶著一群工研院的工程師努力研究，希望三年內能做到自行生產CD。我現在用來錄音的是日本CD，這很貴，妳可得好好聽清楚我要說的話啊。

一粒星，妳一定很好奇，我回去以後發生了什麼事。

我在一九三五年一月一日清晨返家，阿土正好在廊前踱步，這憨人相當放肆，竟一把抱住我，我只好學你們那邊電視裡演的，往他的嘴唇啄一下，他嚇得往屋內逃，電視劇裡男女主角久別重逢不都這樣嗎？阿土眞是少見多怪，而多桑、卡桑聽到他的喊叫聲走出來，見到我都抱著我痛哭，我失蹤了一個半月，他們本來以爲再也見不到我了。

多桑、卡桑當然很想知道我這段時間的行蹤，我只好找藉口說，我去一個嫁到台北的高等女學校同學家作客，他們先是罵了我一頓，然後嚷嚷著要登門向人家道謝，嚇得我一身冷汗。而阿土更是被我先前的舉動嚇到，躲了我一整天，不敢跟我講話。

第二天，在多桑的要求下，憨人阿土幫我提著行李箱，一路陪我搭火車到基隆驛。在列車上，阿土問我，是不是非得和雷せんせい去日本不可？如果不去的話，他有一樣東西要給我。

我告訴他，日本是一定要去的，但我也一定會和雷せんせい分手，因爲我已經知道，誰

才是值得愛的人。接著，阿土拿出一只他阿母留下來的玉鐲幫我戴上，妳知道他對我說了什麼嗎？

「しずこ，妳的手腕怎麼好像變得……更有肉了？」

我怎能告訴他，是披薩、潤餅、汽水和泡麵害的？

一路上，我們兩人一直緊緊牽著手，我忍不住流下眼淚，害我還得遮遮掩掩地找地方重新在臉上補擦一層丸竹白粉。

到了基隆驛前的依姬旅館，雷せんせい看到阿土，氣得質問我他是誰，我大聲宣布阿土是我的未婚夫。雷せんせい不能接受，但是我鐵了心要追尋自己的幸福和歌唱事業，他只能同意我提出分手。

從日本錄音回來台灣後，我和阿土就向多桑、卡桑報告打算結婚的事，多桑很高興，向新復珍訂了兩百個漢餅當作喜餅，昭和十一年，一九三六年，我們結婚了。

發行〈塹城一粒星〉後，我和河原改了合約，變成自由歌手，在不同的唱片公司拚命發行曲盤，進入戰爭之前，光是到日本錄音就有二十多次，連蜜月旅行都是某次錄完音後，才和阿土出發去東京。努力之下，我總算在戰爭來臨前留下很多作品，並將曲盤小心存放在新竹老家。

既然有我陪在身邊，阿土就沒必要改名了，不過我有建議他用「誌玄」爲公司命名。

兩年前，林揖辰出生了，我用很美麗的布縫製成背巾，整天背著他，唱歌給他聽，最近他學會說完整的句子，他最喜歡說的一句話就是「阿嬤背辰辰」。在原來的人生中，阿土不喜歡辰辰學音樂，現在他倒是很支持，我們辰辰已經會唱很多兒歌，像我一樣很有音樂天分。我看著他，想到幾年後妳也會出生，我深深相信，妳和辰辰一定會再次相遇的。

妳應該大致知道我這幾十年來經歷過哪些事，也大概會覺得很奇怪，怎麼有些事情沒改變？

我回來後，除了盡力改變自己的命運，也想改變雷せんせい的人生，希望他多留下一些創作，不要傷害那麼多女人的心，也別抽菸喝酒傷身，還有戰爭期間，別那麼堅持不肯把作品改編成日本軍歌，才能多少有點錢可以養家活口，但是他都不聽。我才明白，我只能改變我自己，各人造業各人擔，一個人如果無法改變自己的性格和選擇，是無法改寫命運的。

正因爲雷せんせい的命運絲毫沒有改變，妳爸爸依舊沒機會見到雷せんせい，還是在嚴厲的大媽和對他存有心結的姊姊底下長大，也還是發表了〈雲歸何處〉來思念父親。我透過唱片公司找到他，預付一筆現金款項讓他安心寫歌，然而，十個月後他把錢退還給我，說他發現自己眞的沒有才能，也受不了專心創作的孤獨，但他喜歡音樂，可以從事和音樂相關的工作，於是我要他留下那筆錢，把我老家的房子租給他，讓他開設古董店，買賣各種古董曲盤。

我常常過來古董店，美其名是來收房租，實際上，我是來懷念我們共度的時光。

我聽妳媽媽說，她的預產期在十月，黎光陽就要出生了。自年中那時起，我心臟病發作過兩次，幸運被搶救回來，阿土請來台大醫院最好的醫生爲我治療，我很想繼續活下來，再活久一點，看光陽和妳出生，至少能夠抱抱你們，可是，我去城隍廟拜拜時，心裡有個聲音告訴我，時間差不多了，我已經多活了幾十年，足夠將我的生命改頭換面，但我不能插手你們的人生，菩薩即將接引我至西方極樂淨土。

所以，我趕緊出版這本傳記，深怕再遲一點就會來不及。我的漢文不夠好，出版社找人讓我口述，他們再整理成文字，還眞不容易。這本書是爲妳而寫，既然我們碰不到面，我希望可以透過文字留下一些我的故事，讓妳知道我回來後到底做了些什麼。

最後，我要跟妳說，想改變妳的人生，得靠妳自己。但我還是交代妳媽媽，將來如果有女兒，在二十歲前千萬別讓她騎摩托車，也留下一筆錢安排基金會成立音樂獎學金，希望妳可以申請獎學金去念音樂系，不必向妳姑姑低聲下氣。

我感謝菩薩和彭家列祖列宗，讓我在走上人生岔路之際，穿越時空，遇見了妳。

是妳帶我走回唱歌之路，是妳讓我知道，要唱想唱的歌，愛值得愛的人。

新的人生，確實就像黎光陽講的，有很多嚴酷的考驗。

戰爭時，阿土在礁溪當兵，一度斷了消息，我每天晚上都睡不著，不過阿土不是活到九十七歲嗎？我知道他一定能平安無事。

每次聽到空襲警報，我便飛快背著孩子躲進防空洞，好幾次以爲自己就要沒命了，但我仍然告訴自己，只要跑得夠快，就可以躲過一劫。

皇民化運動的時候，日本人強迫我們改成日本姓氏，我多桑氣死了，他只能把「彭」拆成「吉川」，念作Yoshikawa。因爲嫁給阿土，冠了夫姓，「林」不必改字，念作Hayashi即可。阿土當初開玩笑幫我取的日文名字派上用場，但我們一點也不高興。我只能安慰多桑，總有一天，我們會拿回自己的姓氏。

還有，在昭和天皇宣布無條件投降，所有人都不知道未來在哪裡時，我只能依據在二〇一五年的記憶告訴大家，平安富足的日子很快會來臨。戰後有一段時間日子快熬不下去了，還好我想起光陽說過會通貨膨脹，事先把現金換成米糖和黃金，才得以度過難關，還接濟了不少鄰居和雷せんせい的家人。

一粒星，每當我覺得很累、快要撐不下去的時候，我就想，我要留下什麼故事，給一九九〇年才出生的妳？然後，力氣就一點一點回到我身上。

所以，妳根本不是月亮小姐，妳是我人生夜空裡的一粒星，是指引方向的北極星。

雖然我們無法再見面，但是，在我心裡，我始終沒忘記妳。

彭炫妹的聲音戛然而止，只留下電腦光碟機運轉的嗡嗡聲。

在我的時空裡，時間才不過過了一個星期，在彭炫妹的時空裡，卻已經過了五十二年。

我翻開她的傳記，扉頁上寫著「獻給，為我引路的一等星」。

傳記裡收錄許多彭炫妹的照片，有她年輕時與其他歌手的合影，修整得細細的眉毛與漩渦捲捲頭，是我再熟悉不過的昭和歌姬樣貌；有她和林清土的結婚照，而她的手腕上戴著一只美麗的玉鐲。

接下來是她抱著小孩的全家福照、戰後在廣播電台對著麥克風演唱的紀錄照，以及與林清土在工廠前的合照。

還有一張照片是彭炫妹背著小孩在歌廳唱歌，下方配上一段說明文字：彭炫妹是少數在戰後快速學會演唱國語歌曲的歌手，得以延續歌唱生命。在歌廳秀中，她甚至會先確認席間觀眾是外省人還是本省人居多，國台語雙聲道自由切換，因此廣受觀眾喜愛。

最後一張，是彭炫妹六十九歲生日時拍攝的彩色照片。她穿著一件紅黑色交織的毛料大衣，脖子上掛著一串珍珠項鍊，皺紋攀附在她原本緊緻光滑的皮膚上，昔日的招牌漩渦捲捲頭剪染成紅褐色短髮，頭上繫著的髮帶比《大亨小傳》女主角頭上的更華麗，那雙琥珀般的眼珠依舊晶亮有神。

六十九歲的彭炫妹已不復青春，顯得成熟穩重且魅力猶存，而她身旁的那位老紳士，戴著我熟悉的紳士帽，帽簷下方那張和林揖辰極其相似的臉龐，笑容溫暖可親，他也不再是那個將記憶封鎖在保險箱裡的寂寞老人了……

我打開籤詩，這是我和彭炫妹相隔八十一年，各自於城隍廟抽到的第一百籤。

「星火相交在門前……」

我朗聲念出籤詩，一陣疼痛卻如閃電般猛地落下，像要貫穿我的腦袋，我痛得抱頭蹲在地上，再起身時，腦海裡頓時浮現許多畫面——

三歲時我開心地唱著兒歌，爸媽眼神中透出欣喜。

六歲時告訴阿爸，我長大要開演唱會。

十歲時，我裹著床單在彈簧床上唱唱跳跳，誓言長大要當蔡依林。

我在竹中的吉他社公演舞台上，被乾粉噴了一頭一臉，林揖辰站起來為我大聲加油，在他的鼓勵之下，我勇敢唱出〈雲歸何處〉。

而後是馥湄表姊騎腳踏車摔倒，我在高三校慶表演大忘詞，由合唱班轉至普通班。媽媽要幫我申請星夢音樂文教基金會的獎學金，但我搖頭拒絕，選擇一所位於新竹的大學就讀，在新聞報導寫作課上，對江山博一見鍾情。

我在雀爾登飯店擔任婚禮歌手，像月亮反射太陽光芒般，不停複製他人的唱腔。

江山博狠狠甩了我，還拿話羞辱我。

在鄭恬佳的婚宴上，我見到姑姑和表姊，也遇見了林揖辰，和他合唱〈小夫妻〉和〈雲歸何處〉。

婚宴散場後，他追了上來，我還處在被甩的悲憤中，冷酷地回絕他的搭訕。

除了偶爾出席婚禮歌唱表演，我重複過著無所事事的日子，而當魏主任拜託我前往風城之月救急登台演出時，我拒絕了。

有一次琴師張俞臨時拉肚子，我無力獨撐大局，只能和魏主任一同不斷向新人賠不是，對方在各個論壇發表多篇抱怨文，魏主任最後祭出多項折扣，又出動網軍幫忙洗白，好不容易才平息這場風波。

二〇一五年跨年夜，我窩在家裡沙發上，看著各地的跨年晚會直況轉播。

當這些以我為主角的畫面終於停止閃現後，仔細一想，我很快便明白自己方才應該是下載了「黎憶星」另一條生命路徑的記憶。

彭炫妹曾經努力想為我的人生路徑做出改變，但最後幾乎只能掀起小小的波瀾。

就像她在留給我的訊息裡說的，各人造業各人擔，如果黎憶星想要進化成黎憶星2.0，必須靠我自己才行。

儘管目前我和林揖辰仍未有交集，我還沒辦法愛想愛的人，但我可以先唱出想唱的歌。

我把彭炫妹的傳記放在書桌上最顯眼的位置。

我需要透過自身的努力，成為一顆能夠自體發光的星星，就像彭炫妹一樣，這是來自一九三四年的彭炫妹，所教給我最重要的事。

彭炫妹，現在換妳來當我的北極星，引領我前進。

我，黎憶星，也要改版自己的人生，綻放屬於自己的光芒。

不知道過了多久，我終於抽了幾張面紙，擦乾臉上殘餘的淚痕，擤了擤鼻涕，走出房間。

「哥！」我深吸一口氣，「借我兩萬塊，我要去台北報名專業歌唱訓練課程。」

終章 重逢

兩個星期後，也就是二〇一六年一月三十一日。

早上八點出門前，老哥問我：「欸，妳不是害怕陌生舞台嗎？」

「我已經克服這個問題了。」

「什麼時候的事？」

「不告訴你。」

他白了我一眼，「就算是跑龍套的小角色也好，只要妳入選，跟我借的兩萬元學費就可以不用還。」

「包括不必唱歌的角色，像是街燈、路樹或是清潔阿姨嗎？」

「最好是有這種角色啦！」

我大笑，「倒是你，要認眞收集資料寫傳記啊！」

「知道啦！欸，姑姑同意我用輕小說風格寫作，妳覺得《雲之聲：果然我的青春音樂喜劇搞錯了！》這個書名怎麼樣？」

「哈哈哈！」老哥的點子讓我笑到腮幫子有點痠。

一個星期前，姑姑親自打電話給老哥，委託歷史系畢業的老哥撰寫阿公的傳記，老哥開出「三不」條件——不歌功頌德、不隱藏戀愛史、不詆毀么子黎致風及其生母。沒想到姑姑不僅答應了，還鄭重囑咐老哥，今年是夢美的百歲冥誕，夢美和阿公合作過好幾首歌，看看能不能找些資料，挖出兩人之間曾經互有曖昧卻緊急打住的小道軼事。

而我今天之所以那麼早出門，就是爲了參加由彭炫妹傳記改編的音樂劇演員徵選，我忐忑不安地站在門扉緊閉的排練室外等候傳喚。

「第三十四號，黎憶星小姐！」

我立即推門而入，房內坐著一排面容嚴肅的評審，每個人的眼睛都朝我看來。

其中一位穿藍襯衫的男士率先開口：「黎小姐，請妳先唱指定曲〈塹城一粒星〉。」

哇，我認出他是知名音樂劇製作人阮天浩！坐在他隔壁的則是衛時芳，她可是多位線上歌手的御用歌唱老師！

我既興奮且緊張，肚子又有些隱隱作痛，連忙閉上雙眼，想像此刻自己正站在跨年晚會的舞台上，身旁有老哥、彭炫妹、林揖辰等人的陪伴……

那些恐懼與緊張竟神奇地煙消雲散，我輕輕開口，唱出屬於自己的聲音。

「塹城的春天，日頭照在北台灣的舊文明，我看見二十世紀的新生命……」

當我張開眼睛，只見評審大都嘴角帶笑，面露滿意之色。

阮天浩問我：「妳詮釋得很有自己的味道，請問這首歌對妳有什麼特別的意義嗎？」

「是的，這首歌對我的意義，可以在我接下來要唱的自選曲裡聽到。」

「好，妳要唱的自選曲是？」

「那是一首自創曲，或者應該說是融合兩首舊曲的作品，叫做〈穿樂吧！星雲組曲〉。」

「星雲組曲？」另一位評審插話，似乎被勾起了興趣。

是的，我將記憶中的〈穿樂吧！星雲組曲〉，重新編成獨唱版本。

聽到我又唱了一次〈塹城一粒星〉，評審們不約而同眉頭蹙起，直到我唱到中間的Rap橋段與後續的〈雲歸何處〉時，他們的眼中才迸出驚喜的火花。

我知道，我成功了。

幾天後，我在廚房裡忙著切洋蔥，準備烹煮阿星師招牌紅燒牛肉麵，放在客廳桌上的手機鈴聲大作。

「老哥！幫我接一下啦！」我大喊。

「喂，黎憶星不方便接電話……眞的嗎？謝謝！謝謝你們！」老哥講電話的聲音由原先的禮貌客套轉爲雀躍欣喜。

待他結束通話後，我握著菜刀走向客廳，「怎樣？」

「妳放下菜刀啦！好恐怖！小姐，妳要演的是音樂劇，不是恐怖電影！」

「你說什麼？」

老哥眉飛色舞地說：「黎憶星！妳甄選上了！而且製作人已經指定妳要演出哪個角色了。」

「誰啊？是大阿嬷嗎？還是其他歌星，像是純純、愛愛、秀蘭之類的？」

「都不是！妳要演夢美！彭炫妹！第一女主角！」老哥大聲宣布。

我想摀住嘴巴，卻發現菜刀還拿在手上，於是只能像瘋子般一直失控尖叫，眼淚也跟著奪眶而出，嘴角卻忍不住上揚，就這樣又哭又笑，整個人感覺更像瘋子了。

老哥看不過去，從我手上接過菜刀，幫忙切完剩下的洋蔥，只是他一邊切著，也一邊抬手抹眼淚。

一定是因爲……我不小心買太多洋蔥了吧？

♪

「各位貴賓晚安，歡迎搭乘長榮航空從臺灣桃園機場飛往紐約甘迺迪機場的航班……」機艙裡的空氣相當乾燥，呼，我第一次搭飛機，就要飛到直線距離一萬兩千公里以外的紐約，眞讓人有些緊張。

「您的座位在這裡。」空服員領著一位差點趕不上最後登機時間的男性旅客來到我身旁。

我正低頭盯著救生衣的使用說明看，餘光瞥見那人身上的潮T和牛仔褲，唔，腿滿長的。

我起身想讓對方坐進去，抬眼卻意外對上一雙琥珀色的眼睛。

是林揖辰！

「月亮小姐！」他也瞬間認出我來，他抓抓頭髮，「抱歉，好像不該這樣叫妳，當時惹得妳不開心了吧？」

我搖搖頭，給他一個笑容，「沒關係，現在我已經不是月亮小姐了。」

坐定位後，他問我：「妳怎麼會去紐約？」

「嗯，我甄選上一齣音樂劇，被送去百老匯受訓三個月。」

「喔，哪一齣？」

我心想，就是以你阿嬤爲主角的那一齣啦！但是我不能這麼回答他。

「有一位活躍在昭和時代的台灣女歌星，名叫夢美，這齣音樂劇就是以她爲主角。」

「眞的？」他眼睛一亮，「我這麼說妳可能會覺得我像是騙子，但夢美就是我奶奶。我知道基金會那邊在籌畫製作音樂劇，沒想到妳也有參與！妳決心走出自己的音樂路了？」

他的語氣聽起來很高興，我笑著點點頭。

「妳演哪個角色？」

「不告訴你，等演出時你就知道了。」我刻意賣關子。

「蛤？」

「倒是你，爲什麼會去紐約？」

「我要去MIT多媒體實驗室短期進修，我們公司是做音樂儲存產品的，最近在發展上遇到瓶頸，公司派我去取經。」

「MIT？在哪啊？」MIT應該就是那間舉世聞名的麻省理工學院沒錯吧？

「在波士頓，距離紐約開車大約三個多小時。」他有點緊張地問我，「到時候我可以找妳一起去看音樂劇嗎？我很喜歡音樂劇。」

「當然可以。」我欣然答應。比起再也不能見面，這樣的行車距離根本不算什麼。

「妳看起來很開心……我的意思是，上次我在我表妹的婚宴上向妳要電話，妳可是狠狠拒絕了我。剛剛我本來還想，如果妳不想見到我，我可以請空姐幫忙更換座位。」

「其實，我很高興再見到你，林揖辰先生。」我脫口而出，說完才後知後覺地發現自己似乎露餡了。

「咦？我告訴過妳我的名字嗎？」林揖辰微微挑眉，我微笑不語。

隨著機體緩緩爬升，我從隨身包包拿出一本書，書封上印著彭炫妹的照片，她望向鏡頭，臉上掛著自信的微笑。

林揖辰湊過來，「這不是……」

「沒錯，是令祖母的傳記。」

我總覺得彭炫妹在這張照片裡笑得有點促狹，看著這張照片，彷彿能聽見那位聒噪的昭和少女大聲嚷嚷：揖辰和憶星，你們兩個趕快在一起啦！快給我生個曾孫，一定會是個像我一樣既漂亮又會唱歌的女孩！

我忍不住在心裡對她唱反調：最好是啦，彭炫妹，妳怎麼知道一定是女的？而她則回了我一句「BJ4」。

我爲自己與彭炫妹想像中的對話笑了起來，此時我注意到身旁的林揖辰雙唇緊抿，喉結上下滾動，眼神不斷朝我覷來，似乎在苦思如何跟我搭話，我主動將轉入飛航模式的手機遞給他。

「嗯？」林揖辰困惑地看著我。

我把手機塞入他的掌中，「把你的手機號碼給我。」

「咦？」林揖辰一愣。

「把你在波士頓的地址，還有Email、LINE都給我吧！我也會給你我的。」

他眼中閃過一絲驚喜，隨即露出燦爛的笑容。

互相交換過聯絡方式後，我問林揖辰：「你……能不能告訴我一些關於你奶奶的事？」

林揖辰偏頭沉思，「她在我兩歲時就去世了，我對她沒有太多印象，但是看到她留下來的東西，像是她親手縫製的的背巾，還有她的歌譜，都會讓我感覺很溫暖、很熟悉，似乎我和她的交集，並不只有那兩年。啊，還有一件事……」

「什麼？」

「說來有點玄，這是我媽告訴我的。她在整理奶奶留下來的歌譜時，曾看過一張塗鴉，當時她不明白那是什麼，也不以爲意，然而，在iPad問世後，她又把那張塗鴉拿出來看，一個長方形的物體，正中央有著一個咬了一口的蘋果圖樣，她怎麼看都覺得看起來像iPad。而且奶奶的眼光超準，在沒人看好的時候，就會投資一些新科技，我媽說，奶奶簡直像是從未來穿越過來的人。」

我故作驚訝，心裡卻忍不住想笑，彭炫妹不能到處炫耀她遊歷二十一世紀的種種趣事，一定憋壞了吧。

「……眞的不能透露妳在音樂劇中的角色？」林揖辰問。

「好啦，反正你只要問基金會那邊的人，就一定會得到答案。這齣音樂劇的劇名是……」我停頓了一下，微微勾起嘴角，「《穿樂吧！一九三四女孩》，我要演女主角，也就是你的奶奶，彭炫妹女士。」

「眞的嗎？太好了！」林揖辰驚呼，臉上全是毫不掩飾的喜悅。

望著他那雙琥珀色的眼瞳，我心中同樣盈滿喜悅，我一度以爲自己再也見不到這樣一雙閃亮如星的眼睛。

此刻，我雖然無法預知未來，卻深深相信——

揖辰和憶星，有朝一日會一起從天邊升起，閃閃發亮，相互為伴。

全文完

番外
他眼中的她

「如果你是雲，我願如風追尋；如果你是雲，我願如天空包容……」

林揖辰第一次聽到這首歌，是在很久很久以前，在自己家裡。

那天，十三歲的他坐在鋼琴前，手指流暢且迅速地滑過琴鍵，奏出一段悅耳的樂音。隱約聽見家中大門打開的聲響，他沒抬頭，他知道是爸爸帶了客人進屋。

來人停在琴房前，琴房門沒關，林揖辰停下彈奏後抬頭，先看到一位戴粗框眼鏡的男人，身形削瘦，長相斯文，臉色有點蒼白，他牽著一個小學二年級左右的女生，她綁著雙馬尾，一雙大而靈動的眼睛正看著林揖辰。

「小辰，跟李叔叔問好。」爸爸提醒林揖辰，林揖辰趕緊打招呼。

「不好意思打擾到少爺練琴了。」李叔叔彎腰道歉，要拉小女孩離開，小女孩的腳卻像生了根，一動也不肯動，眼睛直勾勾盯著林揖辰面前的鋼琴。

「沒關係，妹妹可以跟我一起玩。」身爲獨子的林揖辰，一直很希望有弟弟妹妹可以分享玩具，一起練鋼琴的四手聯彈。

得到大人的同意，小女孩飛奔向前，爬上鋼琴椅坐好。

「妳家也有鋼琴嗎？」林揖辰覺得有趣。

「只有一台小的電子琴，是一位婆婆送我的禮物，在我出生好幾年前就送我了。」小女孩將雙手放上琴鍵，姿勢標準且頗具架勢。

「我有說要給妳彈嗎？」林揖辰故意逗小女孩。

不知道爲什麼，他就是有點想捉弄她，也許是因爲這是他第一次和這個年紀的小孩相處，而且從小到大，他一直被要求行爲舉止溫雅有禮，少有與人玩笑的機會。

小女孩癟著嘴，眼中迅速蓄了一泡淚，眼看就要哭出來，林揖辰嚇得趕緊解釋，「沒有沒有，跟妳開玩笑的，妳可以彈！都給妳彈！」

小女孩吸了吸鼻子，纖長的睫毛像是蝴蝶的翅膀，隨著眼皮輕輕搧動，而後手指飛舞，一首美麗的歌曲自指尖流瀉而出。

林揖辰聽著她的琴音，像被帶著搭上飛機，透過機窗看見軟綿綿的白雲與湛藍的天空。

趙馥湄是住在對面的鄰居，小他兩歲，琴藝高超，每次練琴時，趙媽媽都故意把窗戶打開，讓左鄰右舍欣賞她最擅長的華麗琶音，但他總覺得趙馥湄的音樂很急躁——急著把技巧練好，急著展現成果，沒有小女孩琴音裡的輕靈愉快。

「這是什麼歌？好好聽。」林揖辰問。

「這是我爸爸寫的歌，〈雲歸何處〉。我唱給你聽，不要笑我喔。」小女孩向林揖辰羞澀一笑，伸手撥了一下齊眉劉海，輕聲哼唱了起來。

女孩的嗓音稚嫩溫柔，歌聲裡似乎包含著超乎她這個年紀所能理解的情感。

正當林揖辰沉醉在小女孩的歌聲中，小女孩卻突然中斷演唱，飛奔至出現在琴房門口的李叔叔身畔，看來爸爸已經和李叔叔談完事情了。

陪同爸爸一起到玄關送客時，林揖辰看著正忙著穿鞋的小女孩問：「李叔叔，不好意思，請問妹妹叫什麼名字？」

李叔叔笑了，「她叫憶星。回憶的『憶』，星星的『星』。你呢？叫什麼名字？」

「我叫林揖辰，打躬作揖的『揖』，星辰的『辰』。」

「好名字。」李叔叔摸摸女兒的頭髮，「這麼說來，你們兩人的名字裡都有星星呢。」

小女孩穿好鞋後，向林揖辰揮手道別，「哥哥再見，下次歡迎來我家玩，我帶你去吃蚵仔煎，還有超大粒的粉圓。」

「李憶星再見，也歡迎妳再來我家玩。」

林揖辰盼望李叔叔能再帶小女孩來家裡玩，卻始終沒能等到這一天，他忍不住問爸爸，李叔叔下一次什麼時候來？

爸爸皺了皺眉，面露難色，「揖辰啊，你也夠大了，可以理解一些事情了，爸爸就不瞞你了。沒有下一次了啊，李叔叔他……生病過世了。」

林揖辰知道在這種時候，不可以吵著去人家家裡玩，也許過一段日子再說吧。

只是隨著時間流轉，關於那個小女孩的回憶，漸漸成了掩埋在歲月裡的祕密寶藏，他沒能再想起。

♪

時光飛逝，轉眼林揖辰已經是大學三年級的學生。

那時他剛考完期末考，也剛失戀，心情不佳的他獨自在新竹市區晃蕩，經過高中母校時，正好碰上吉他社於活動中心舉辦公演，便臨時起意繞進去看看。

才一踏進會場，就聽見全場響起一片哄堂大笑，原來是台上那個抱著吉他的女孩被舞台特效乾粉噴滿了整張臉。

這也太衰小了吧！

林揖辰高中也是吉他社成員，深深理解在舞台上出醜會有多難過，於是他圈起雙手，對那個女孩大喊：「加油！不要被打倒！妳可以的！」

女孩一愣，抬手抹掉臉上的白粉，露出清秀的五官，隨即羞澀一笑，撥了撥劉海，接著刷了下Pick，開口唱道：「如果妳是雲，我願如風追尋；如果妳是雲，我願如天空包容……」

柔和的歌聲蘊藏著細緻婉轉的情感，瞬間收服了全場，再無訕笑與鼓譟。

林揖辰一愣，這首歌似乎有些熟悉？卻一時想不起在哪裡聽過。

女孩的音色帶著明朗的氣息，使得他原本因失戀而鬱鬱寡歡的心情，頓時變得飛揚輕快起來。他既希望女孩趕快唱完，讓他爲她獻上最熱烈的掌聲，又希望女孩別那麼快唱完，他還想多聽聽這樣美麗的歌聲。

待女孩演唱完畢，台下觀眾掌聲如雷，女孩也不斷鞠躬致謝。

林揖辰正打算衝向舞台，口袋裡的手機卻傳來震動，他掏出手機查看，是媽媽打電話過來，媽媽向來極少打電話給他，一旦打來多半都有急事。

他猶豫了幾秒，還是決定轉身走出活動中心，找個安靜的地方接聽電話。

原來是年邁的阿公正盼著他回家，本來說好今天要帶女友回家給老人家瞧瞧，女友卻臨時反悔，還因此大吵一架分手。

待掛掉電話後，林揖辰跑回活動中心，舞台上已經換了一組人表演，他前前後後找過一遍，卻未能覓得女孩的身影。

林揖辰每週末回新竹家，都會去爸爸的朋友家當家教，而恰巧他教的那個男生和他同一所高中，便拜託對方幫忙打聽女孩的身分，但小學弟顯然消息不太靈光，打聽了老半天都得不到什麼有用的訊息，看來他得自立自強才行。

他翻遍新竹地區各高中吉他社的臉書粉專，發現迎曦女中吉他社有個女生，長得很像當時在台上表演的那個女孩，然而照片並未tag對方的名字，他本想留言詢問，又怕被當成色狼或跟蹤狂。

從爬文得知迎曦女中將於九月初舉辦校慶音樂會，他決定前去參加，他能肯定這個女孩屆時一定會是舞台上的注目焦點，她一定會再次發光發熱。

到了那天，他特別從學校趕回新竹，就在他踏進迎曦女中校門前一刻，卻又突然接到母親的電話。

「阿公昏倒了，送到馬偕醫院急診！」

林揖辰馬上掉頭趕往醫院。

經過這次心臟病發，最疼愛他的阿公身體愈來愈虛弱，再也無法牽著他的手前去波麗路西餐廳，重溫過往和阿嬤約會的美好記憶。那段期間，他頻繁往返學校和醫院，等到阿公身體狀況好轉，已經時過一年，早就無從尋找那名女孩的蹤跡了。

林揖辰很後悔，竹中吉他社公演那天，他身上除了快沒電的手機，沒帶其他可以錄音的設備，讓他從此錯失女孩的歌聲，枉費他家的公司專門研發生產這類產品。也就是從這時候開始，他養成了隨身攜帶錄音設備的習慣。

而錯失的歌聲，只能去二手唱片行碰碰運氣了。

他向店員表示想找到收錄〈雲歸何處〉這首歌的專輯，在店員的協助下，費了好一番功夫，終於如願以償。

「不過只有錄音帶喔，請問你家裡有錄放音機嗎？」店員好心問他。

「我家連播放蟲膠唱片的留聲機都有呢。」林揖辰笑著說完，卻倏地心中一震——自己怎麼會知道這首歌的歌名是〈雲歸何處〉？難道他以前聽過這首歌？

他想了很久都想不出個所以然來。

如果有機會再次見到那個女孩，他一定要告訴她，她唱得眞好，他好想再聽她唱歌。

♪

大學畢業後，林揖辰進入科學園區工作，和他的父親、祖父一樣，他從未放下對音樂的喜愛，更曾多次在公司和園區卡拉OK比賽中抱回冠軍。

「Ethan，我可以和你報名合唱組嗎？」公司裡穿著最火辣妖嬌的女同事款款走過來，上衣的深V開口露出一片好風景。

林揖辰別過眼睛，他知道女同事對自己有意思，只要他點頭，就有一段速成戀情等著他，但這不是他要的，他對感情有不一樣的嚮往。

記憶中的阿公時常瞇著眼睛，聆賞阿嬤留下來的唱片，並感嘆自己不會樂器，不能幫阿嬤伴奏，唱歌也五音不全，無法和阿嬤合唱。

林揖辰能從阿公的言行之中讀出阿公對阿嬤的愛有多麼深厚，這樣幽微綿長的情感，深深銘刻在他的心底。

琴瑟和鳴，這樣的情感，就存在於阿公和阿嬤之間。

他也想要與另一個人共同擁有這樣的情感。

「抱歉，我心裡有其他想合唱的對象。」林揖辰對女同事說。

「誰？是誰？」女同事質問他。

我也不知道她是誰啦！

林揖辰暗想，如果有機會，他眞的很想和他一直記掛在心上的那個女孩合唱一次。

後來，林揖辰陸陸續續遇見過很多會唱歌的女孩，就像眼前這一位。

這位婚禮歌手長相甜美，嗓音動人，歌唱技巧成熟到無可挑剔，但總覺得她的歌聲裡少了些什麼。

他思索了一會兒，終於得出一個結論——這女孩唱得太好，簡直和原唱一模一樣，然而卻沒有自己的風格，只是完美複製別人的唱腔。

席間他爲了接一通電話，離開宴會廳，而那位婚禮歌手也走到女廁外面站著，像是在等人。

「姑姑。」女孩攔下一位剛從女廁走出來的老婦人。

林揖辰認出那位衣著華貴的老婦人是自己的鄰居黎仁英，便側耳傾聽兩人的對話。

「什麼事？」黎仁英抬起下巴，一臉冷傲。

「我爸在阿公過世後六個月才出生，如果他曾親耳聽到阿公唱〈塹城一粒星〉，他一定能記住這首歌的曲調，〈塹城一粒星〉就不會失傳。」女孩不卑不亢。

居然有人敢對向來眼睛長在頭上的黎仁英這樣說話？林揖辰覺得她太狂了，心裡默默給女孩按了一百個讚。

黎仁英冷笑，「妳爸爸一輩子只寫出〈雲歸何處〉這首歌，能跟我阿爸比嗎？黎雲聲是日本時代唱片公司的王牌詞曲創作人，當時所有歌手都搶著唱他和鄧雨賢寫的歌。妳爸爸呢？只生出妳這個沒前途的駐唱小歌手！」

〈雲歸何處〉？那位婚禮歌手的父親是〈雲歸何處〉的創作兼演唱者黎致風？

林揖辰仔細打量女孩的臉，儘管對方化了濃妝，五官依然令他有種似曾相識之感，他忍不住猜想，他一直在找尋的那個女孩，會不會就是眼前這位？畢竟〈雲歸何處〉這麼冷門的歌曲，知道的人實在太少，算算年紀，當年的女高中生確實也該是這個年歲了。

林揖辰無法確定，他決定做個測試，也算是幫這位婚禮歌手出一口氣，況且趙馥湄養的狗，老是咬壞自家的植栽，還不肯道歉，林揖辰不滿這對母女很久了。

大步走回宴會廳，林揖辰找到坐在主桌的新娘，也就是他的表妹。

「恬佳，妳這婚禮歌手哪裡請的？唱得不錯。」林揖辰先出言試探。

「哇，眞難得，竟然能有現場歌手讓你覺得唱得不錯！她是我高中合唱班同學，不過她不是我請的，是飯店送的。」

「那我可以跟她合唱嗎？」林揖辰問。

「大表哥居然願意獻唱？天啊，我太榮幸了！」鄭恬佳眼冒愛心，「哥，你要唱什麼歌？」

「〈小夫妻〉和〈雲歸何處〉，我會好好唱，保證不砸妳的場子。」

「什麼話，哥你太客氣啦！」鄭恬佳從小崇拜林揖辰，小時候知道表兄妹不能結婚還大哭大鬧了一場。她趕緊提起沉重的禮服裙襬，奔去找主持人商議。

站在舞台聚光燈底下，林揖辰其實相當緊張。

那位婚禮歌手雙手緊緊交握，突然變換歌單似乎讓她非常焦慮，她蹙眉問林揖辰要唱什麼，不知道爲什麼，他竟有點想捉弄她，不想直接了當告訴她歌名。

林揖辰身體湊向前，壓低聲音說：「不要擔心，都是妳很熟悉的歌曲，一聽前奏妳就知道，我跟琴師確認過了。」

不出所料，女孩果然將〈小夫妻〉這首歌的甜蜜浪漫詮釋得很好，全場也報以熱烈掌聲。

「第二首歌，是一向喜歡西洋音樂的我，難得欣賞的國語老歌。」

在樂師彈起前奏後，女孩驚訝地扭頭看向林揖辰，他對她輕眨了下左眼，微微一笑。

林揖辰緩緩報出歌名：「黎致風先生作詞作曲，〈雲歸何處〉。」

女孩挺直背脊，不斷用力深呼吸，林揖辰能感覺到她有多麼激動，而他也同樣既激動又緊張。

林揖辰指了指自己，率先唱出第一句歌詞，而女孩羞澀一笑，撥了撥劉海，也跟著堅定地唱出下一句。

即使並未事前排練過，兩人的合唱卻顯得渾然天成，林揖辰不由自主閉上眼睛，感受心弦的震動與歌聲交融時產生的共鳴。

這溫柔有力的歌聲，以及歌聲裡蘊含的細膩情感，果然她就是那名曾在竹中吉他社公演上演出的女孩！

台下再次響起熱烈的掌聲，林揖辰和女孩鞠躬致謝，彎腰俯身時，一股澎湃的情緒湧向他的胸口。在與女孩的合唱中，他第一次感覺到不必言說的默契，這是不是就是所謂的「琴瑟和鳴」呢？

望著女孩亮晶晶的眼神，林揖辰的嘴角高高勾起，他知道，他可能喜歡上這個女孩了。

步下舞台，林揖辰原本要趁勢向女孩自我介紹，趙馥湄卻冷不防叫住他，打亂他的計畫。

婚宴結束後，過了好一會兒，已經換過衣服的女孩才背著大包包出現。

林揖辰趕緊追上去，在飯店外的人行道上找到她纖細的身影，「小姐！」

女孩腳步一頓，隨即繼續前行。

「黎小姐！」林揖辰心想，黎仁英的姪女應該也姓黎吧，誰知女孩卻反倒加快了腳步，情急之下，他改口大喊：「月亮小姐！」

女孩終於止步，轉身忿忿地說：「我叫黎憶星，不是什麼月亮小姐！」

「總算問出妳的名字了。」林揖辰燦笑，「叫妳月亮小姐，是因爲月亮不會自體發光，靠著反射太陽光來發亮。妳唱誰的歌就像誰，沒有自己的聲音，不就像月亮一樣嗎？」

林揖辰這話帶著玩笑意味，他想著也許這個話題能將兩人的交談延續得長一點。然而女孩狠狠瞪了他一眼，轉過身繼續向前邁出。

「我可以要妳的聯絡方式嗎？我是不是在哪裡見過妳？」林揖辰跟在她身後，期待女孩也能記得自己。

黎憶星扭頭冷冷回話：「你要結婚了嗎？需要婚禮歌手嗎？你很厲害，自己唱就可以了，拜。」

「我沒有打算結婚，只是想問妳，妳這麼會唱歌，長得也很漂亮，有沒有自己組團？妳應該走出自己的路，不需要copy別人的唱腔……」

「對我而言，當月亮就可以了！還有，討論音樂可不是個很好的把妹藉口，而且我……」她話音一頓，垂下肩膀，露出苦笑，「呵，我沒有男朋友了，我都忘了。」

說完，黎憶星頭也不回地快步離去。

站在原地的林揖辰很想痛揍自己一頓，幹麼發神經叫她「月亮小姐」？爲什麼不好好告訴她，自己追尋她的歌聲已久？

返回喜宴會場後，他向鄭恬佳打聽黎憶星，得知她確實曾在竹中吉他社公演上獻唱，也得知她在高三校慶表演時突然忘詞，從此放棄走上音樂之路。

迎曦女中校慶……林揖辰不禁埋怨，爲什麼命運讓他錯過那場演出？如果當時他再次對她高喊一聲「加油」，她是不是就能在忘詞之後鼓起勇氣繼續唱下去？而他和她會不會自那時就能譜出屬於他們的故事？

♪

向黎憶星搭訕被拒後，林揖辰加倍埋首於工作。

除了在父親公司任職，他也掛名星夢文教基金會的理事長，但他向來不過問基金會事務，以阿嬤彭炫妹爲主角的音樂劇更全權交由製作公司籌畫處理。

有一天，音樂劇的製作人卻忽然打電話給他，說要向他請示一件事。

原本內定的女主角，是合作的經紀公司力推的線上女歌手，但是在試鏡過程中，導演發掘了一位更具潛力的素人。

「這個新人選長得漂亮，歌又唱得好。」製作人解釋。

「喔？」林揖辰反問，「難道經紀公司主推的那位女歌手，長得不漂亮，歌唱得不好嗎？」

「這位素人還會阿卡貝拉編曲。」

林揖辰點點頭，「這就有點意思了。」

「更重要的是，她是黎雲聲的孫女，黎雲聲先生的詞曲是讓彭炫妹女士在歌壇上發光發熱的重要推手，而且這位小姐對〈塹城一粒星〉的詮釋非常精彩。」

林揖辰的好奇心被勾起，「把試鏡影片傳給我。」

當黎憶星清亮有力的歌聲透過影片迴盪在辦公室時，他的胸口彷彿遭到重擊，原來他和黎憶星的緣分可以追溯到祖父母輩。由黎憶星改編的組曲儼然像是一齣充滿故事性的迷你音樂劇，令他莫名覺得有些熟悉，爲什麼？

「林理事長，她的表現足以破格出任女主角嗎？」手機另一頭的問話，打斷林揖辰的思緒。

黎憶星眞的唱出自己的聲音了，她不再是只能模仿他人唱腔的月亮小姐。林揖辰心中盈滿複雜的情緒，一時竟說不出話來。

「林理事長？」

林揖辰勉強鎭定心緒，清了清喉嚨，「這女孩確實實力出色，就讓她擔任女主角吧，我會代表基金會向那位女歌手的經紀公司說明，但請不要對外透露這些細節。」

如果他和黎憶星沒能有更進一步的發展，那麼他願意遠遠守護她。

自那次在婚宴上合唱後，短短幾個月的時間，黎憶星竟然有了飛躍般的成長。

他爲黎憶星感到高興，也有些淡淡的感傷，惋惜自己無緣參與她的成長。

這一天，林揖辰拉著行李箱走出家門，機場接送專車已經在家門口等他，他將啓程前往美國短期進修。

坐在車上，耳機裡反覆播放兩首歌曲，第一首是他與黎憶星在婚宴上合唱的〈雲歸何處〉；第二首則是黎憶星在音樂劇試鏡時，所演唱的〈塹城一粒星〉和〈雲歸何處〉組曲。

黎憶星日後必然會是舞台上最耀眼的新星，而他會是她一輩子的歌迷，他很篤定這一點。

路上碰上嚴重塞車，林揖辰成了最後一名登機的乘客。

依循空服員指示走到機位時，他愣住了，他的座位旁邊坐著一位身形纖細的女孩，正低頭盯著救生衣的使用說明看。

下一秒，女孩抬頭迎向他驚愕的目光，是黎憶星。

他本來以爲黎憶星會要求更換座位，沒想到黎憶星雙眸晶亮，面露微笑，似乎很高興見到他，甚至主動和他交換聯絡方式，更提到她將要演出彭炫妹紀念音樂劇。

林揖辰只坦承自己是彭炫妹的孫子，卻假裝對音樂劇的所有細節一無所知，而在黎憶星拿出彭炫妹的傳記時，他總覺得她的眼神彷彿帶著懷念之意。

面對黎憶星與先前截然不同的態度，林揖辰雖然高興，卻也有些不安。她是不是早已得知自己爲何能出任音樂劇女主角的幕後眞相，才改變對待他的態度？

當初林揖辰與初戀女友交往時，他向對方隱瞞了身家背景，直到兩人分手後，初戀女友才輾轉聽聞林揖辰家境富裕，又主動請求復合……

他很想靠近黎憶星，又害怕自己積極的態度會嚇到她，更怕黎憶星接受他，是因爲自己的身分。

想著想著，林揖辰感覺眼皮沉重，不知不覺陷入沉沉的夢鄉。

夢裡，他來到新竹市影像博物館，見到一對穿著復古時髦的年輕男女，女子帽簷寬闊，一身紅色水玉點點洋裝，男子身穿手工縫製西裝，頭戴紳士帽。

仔細一看，他認出那是他阿公林清土和阿嬤彭炫妹年輕時候的樣子，於是便知道這是個夢。

阿嬤比阿公早十幾年離世，現在兩人終於又能團聚了，能目睹他們手挽著手的幸福畫面，林揖辰感到很欣慰，阿公總算不再寂寞了。

「辰辰，你來啦。」彭炫妹遞了一張電影票給他。

林清土領著他進入影廳坐下，布幕上投影出畫面。

這是一部黑白電影，主角是一個名叫彭炫妹的女孩，因爲一段不被世人見容的愛戀，和青梅竹馬的林清土發生爭吵，並前往城隍廟求籤，想請神明爲她指點迷津……最後彭炫妹未婚生子，在戰爭空襲中離世，終生只發行過一張唱片。

下一段影片的主角換成黎憶星，她也在城隍廟抽到和彭炫妹同樣的籤詩。

後續的劇情發展相當超展開，彭炫妹竟從一九三四年穿越至二〇一五年，與黎憶星變成好朋友，而他竟與黎憶星、彭炫妹、黎憶星的哥哥黎光陽，共同組成阿卡貝拉人聲樂團。

影片中的他，一路陪著黎憶星經歷了前男友的背叛，也陪著她重新找到站在陌生舞台演唱的勇氣。他們在迎曦音樂節奪得冠軍，在跨年倒數聲中，黎憶星終於以甜蜜一吻，回應了他長久以來的等待。

接著，彭炫妹順利回到一九三四年，但黎憶星的世界卻因此天翻地覆。

原本他和黎憶星約好元旦那天晚上要一起去看電影，然而她卻未能等到他。

林揖辰感到震驚不已，這段影片太離奇，但其中的情感又太眞實，他多麼希望自己眞的和黎憶星一起經歷過這些事，同時他也感到萬分心痛，自己怎麼會失約，讓黎憶星獨自落寞地站在街邊等待？到底發生了什麼事？

影片播映完畢，燈光亮起，林揖辰抹掉眼角的淚，彭炫妹走到他身邊牽起他的手，「辰辰，這段『映畫』都是眞實發生過的事，阿嬤從一九三四年穿越過來這裡待了一個半月，回去後我做出了一些改變，連帶也改變了歷史，導致那段期間的記憶只留存在黎憶星一個人心中。」

「阿嬤，所以黎憶星接受我，是因爲那段期間的相處，不是因爲知道我是星夢文教基金會的理事長？啊，難怪她會知道我的名字……」看著外表比自己年輕的彭炫妹，林揖辰竟有種想要向她撒嬌的念頭。

「安心啦，她一開始就知道你是個高富帥，卻一點也不感興趣！你花了許多力氣才好不容易打動她的心咧！對了，如果以後碰上誰對黎憶星不好，你就要學韓劇《祕密花園》裡的玄彬，穿著帥氣的西裝走過去，霸氣地推開欺負河智苑的人……」話才說到一半，彭炫妹就捧著雙頰，眼冒愛心，儼然是個追星少女，「玄彬眞『緣投』！」

「阿嬤，妳怎麼會看過《祕密花園》？我的天啊，這個夢太奇怪了，怎麼可能發生這種事？」林揖辰一臉迷茫。

「我是在二〇一五年用iPad看的啊，不然我怎麼會知道iPad？又怎麼會叫你阿公要投資CD？」彭炫妹得意洋洋，「現在最重要的，就是把你和黎憶星湊在一起，給我生個曾孫女，要跟我一樣漂亮會唱歌喔，知不知道？」

「可是……黎憶星到底爲什麼會喜歡我啊？」林揖辰不死心，繼續追問。

「你這傻孩子！」彭炫妹嗔了一聲，還推了林清土一把，「嘖，都你啦，教孫子要知書達禮，卻忘記教他霸氣自信，這樣怎麼當總裁做大事業？」

林清玄不說話，只是笑咪咪地任由彭炫妹碎念。

彭炫妹正色向林依辰解釋：「黎憶星一直覺得自己是隨便誰都可以取代的小歌手，沒有人會記住她的歌聲，除了你。」

林揖辰點點頭，「對，從她高二在竹中吉他社演出那時，我就注意到她了。」

「不是喔，是更早以前。」彭炫妹打了個響指，電影布幕再次亮起。

林揖辰這次在影片中看到小時候的自己，和一個綁雙馬尾的可愛小女孩，一同在鋼琴前彈彈唱唱。

「這是我小時候！我想起來了！這個妹妹姓……李……李憶星？」被歲月掩埋的記憶破土而出，林揖辰不可置信地盯著電影布幕。

「她就是黎憶星啦，你當時聽錯了，把『黎』聽成『李』。」彭炫妹大笑，「當時黎憶星就說過，她爸爸寫了〈雲歸何處〉這首歌。」

林揖辰倒抽一口氣，原來他和黎憶星之間的緣分，早在如此久遠之前就悄然展開。

「她現在正努力變成一顆閃閃發亮的星星，只有這樣，她才有勇氣走向你。」彭炫妹望著林揖辰，笑得非常慈祥，「辰辰，趕快回去吧，好好把你和黎憶星的故事接續下去！」

說完，彭炫妹用力推了林揖辰一把。

林揖辰猛地驚醒，眨眨眼睛，發現黎憶星也睡著了，她的頭枕著他的肩，而他手裡緊緊握著她的手，他一動，黎憶星跟著醒了過來。

「啊，對不起、對不起。」她說著就要把手抽回去，但林揖辰卻難得霸道一回，扣緊她的手不放。

「咦？」黎憶星瞪大眼睛。

「呃，憶星……我剛做了一個很長、很奇怪的夢，好像是我阿公阿嬤托夢給我。」林揖辰頓了頓，鼓起勇氣繼續說：「我想問妳，我們不只在我表妹的婚宴上合唱過一次對吧？我們曾經一起在很多地方唱過歌，還和你哥哥，以及另一個人共同組團參加過比賽，對嗎？」

他琥珀色的眼瞳，緊緊鎖著黎憶星的視線，她嘴唇微啓，眼裡閃爍著淚光。

「對不起，我還要問妳另一個問題，我是不是失約了，元旦那天傍晚的電影之約？」林揖辰又問。

大顆大顆的淚滴霎時從黎憶星的眼眶滾落。

林揖辰立刻明白，阿嬤在夢裡告訴他的那些事都是眞的。

「妳獨自守著那些回憶，很寂寞吧？」林揖辰溫柔凝視著她，「我在那時的告白，還能算數嗎？」

黎憶星點點頭又搖搖頭，她擦擦眼淚，露出一個美麗的微笑，「那時你一直爲我付出，我過了很久才看清你的努力，現在該換我爲你付出了。」

林揖辰用力握緊黎憶星的手，「沒有這樣的事，憶星，我喜歡妳，喜歡妳的歌，喜歡妳的努力，妳就是最值得我努力追尋的美麗星星。」

黎憶星的眼淚怎麼都止不住。

「那……當時的那個吻，也還能算數嗎？」林揖辰壓低聲音問，黎憶星的雙頰瞬間泛起一層紅暈。

他輕輕抬起她的下巴，俯身將唇溫柔覆上她的。

在過去的三個月裡，林揖辰和黎憶星每逢週末便相偕出遊，兩人的足跡遍布紐約，百老匯聽音樂劇、麥迪遜廣場前吃熱狗漢堡、帝國大廈俯瞰市景……他們帶著滿溢的幸福回憶回到台灣，然而其實兩人心裡都各自揣著一個小祕密。

林揖辰一直不知道如何向黎憶星坦承，自己是星夢文教基金會的理事長，他有點懊惱爲何不一開始就乾脆承認，錯過自曝身分的時機，導致現在好像怎麼說都不對，他深怕黎憶星會以爲她是因爲自己的私心才被破格錄取。

如果她沒有實力，不會被製作人和導演舉薦，他只不過是最後蓋個橡皮圖章，讓她邁上通往舞台的最後一階，她是靠著自己的力量走過前面那段長長的路。

黎憶星則是不知道該怎麼告訴林揖辰，打從在紐約上課受訓起，她的日子就過得很不順心。

潘朵菈是某大經紀公司力捧的歌手，原以爲自己一定會拿下彭炫妹紀念音樂劇女主角，沒想到半途殺出一個名不見經傳的黎憶星，導致她最後只能拿到女二的角色。潘朵菈十分不高興，便在排練場上想盡辦法惡整黎憶星。

她和同經紀公司的演員搞小圈圈，刻意排擠黎憶星；曾在排練舞蹈動作時，故意伸腿絆倒黎憶星；更曾在助理發派樂譜時，將黎憶星的樂譜抽走一張，害黎憶星少練習一首歌，遭歌唱指導責罵。

偏偏潘朵莅這些小動作都做得極隱密，黎憶星抓不到具體的證據，想抗議也無從抗議起。

近來在進行舞蹈排演時，黎憶星更是吃足了苦頭。潘朵莅和編舞導演是閨蜜，潘朵莅又有舞蹈底子，自然更得舞導歡心，而舞導對待黎憶星也愈加嚴格，百般挑剔。

「憶星，我什麼時候可以去看妳排練？」林揖辰第九十九次問起這個問題，他是眞的很想看黎憶星練唱練舞，他也想藉這個機會，向她揭露自己的身分。

然而黎憶星的反應很奇怪，她支支吾吾地推辭：「呃……我怕你來，我會不專心欸……」

黎憶星知道自己一介素人空降成爲第一女主角，已經夠惹人厭了，如果再有一個這麼帥的天菜男友前來探班，恐怕只會更讓人眼紅，個性謹愼低調的她，實在不想再招惹出更多的是非。

這天排練結束後，黎憶星主動幫忙拖地、整理環境、發便當，她以爲自己的努力和貼心，終究會獲得潘朵莅和編舞導演的肯定。

而林揖辰早已察覺黎憶星狀況有異，提起排練不再神采飛揚，還拒絕他去排練室探班，他愈想愈不對，決定突襲前往排練室探看。

由於方才先去了客戶公司開會，林揖辰抵達排練室時一身正式西裝，並聯絡製作人幫忙準備慰勞所有表演者和工作人員的飲料點心。

站在排練室外，他透過落地玻璃門，親眼目睹一齣鬧劇在排練室內上演。

潘朵莅私下花錢請來網軍工讀生，假扮粉絲在音樂劇的臉書粉絲專頁帶風向，要求讓潘朵莅出任第一女主角。此時，另一位和潘朵莅同公司的演員，刻意當著黎憶星的面大聲說：「我們莅莅就是粉絲多，不像某人，不知道從哪裡蹦出來的，粉絲專頁只有三個讚，笑死人了，到底憑什麼擔任第一女主角，不要到時候害票房不好……」

黎憶星原本想要假裝沒聽到，但她忍不住想，如果是彭炫妹，會默默吞忍潘朵莅這樣的行爲嗎？大歌星夢美大概會抄起油紙傘暴打潘朵莅一頓吧。黎憶星咬咬牙，暗罵自己怎麼忘了從彭炫妹身上學到的自尊自重？竟把潘朵莅當成另一個江山博來伺候，還妄想總有一天對方會被感動。

不能再這樣下去了。

黎憶星走上前，雙眼直視潘朵莅，「請妳們不要這樣，我是通過正式試鏡進來的，請尊重導演和製作人的決定。」

「喲，黎憶星有女主角的樣子了，敢頂嘴嘍？」潘朵莅挑釁地推了她一把。

「妳不可以這樣對我，也不可以推我。」

「爲什麼？妳有粉絲給妳撐腰嗎？哈哈哈，我的粉絲一人吐一口口水，就能淹死妳了，妳咧？」

「我、我也有粉絲呀，我哥、我爸、我高中同學，還有……」黎憶星扳起手指數算，她本來想說還有彭炫妹，但這句話說了誰也不會信，於是改口，「還有我男友！對他而言，我就是蔡依林、張惠妹、鄧麗君！」

「哈哈哈，妳男友是哪位？說來聽聽啊！」潘朵莅和她的小伙伴們笑得前俯後仰。

林揖辰氣得想掄起拳頭衝進去揍人，剛好他收到製作人傳來的訊息，表示他們已經在樓下了，也買好飲料和點心了。

林揖辰拉整西裝外套，冷不防打開排練室大門，引得所有人都往他看了過去。

「你誰……呀？」一看清林揖辰出眾的相貌，潘朵莅連忙語氣一轉。

這時製作人率著助理群，提著大包小包的飲料點心走出電梯，遠遠看到林揖辰，不約而同齊聲大喊：「林理事長好！」

在排練室眾人驚愕的目光下，林揖辰邁開長腿，走到正相持不下的黎憶星和潘朵莅面前。

「妳好，我是星夢文教基金會理事長，是這齣音樂劇唯一的投資方，也是黎憶星小姐的頭號粉絲，對我來說，她就是蔡依林、張惠妹、鄧麗君。請不要對她大吼大叫，更別推她。」

黎憶星和潘朵莅的嘴巴張得好大，林揖辰對黎憶星俏皮地眨眨眼。

「黎憶星，原來妳是傍大款才上位的！」潘朵莅尖叫，她還不知道要管管自己的嘴巴。

「黎小姐是製作人和導演聯合推薦給我的，我同意由黎小姐擔任女主角時，我和她還沒正式互通姓名呢，她能拿到這個角色全憑自己的實力。不過，既然潘小姐認證我是大款，那我只好發揮大款的功用嘍。」林揖辰頓了頓，「請問潘小姐，妳是要演女二號，還是繼續欺負黎小姐，然後被大款換角，改去演路燈或樹木呢？」

潘朵莅嚇得乖乖閉嘴，閃到一旁。

黎憶星看著林揖辰，滿臉不可置信，「你居然是理事長？那你當初在飛機上幹麼假裝不知道我要演這齣音樂劇？」

林揖辰笑了，「我不想讓妳以爲我拿權勢來追求妳嘛！」

「那你今天幹麼突然走霸氣理事長路線？你是在演哪齣韓劇啊？」黎憶星半是羞澀半是埋怨地回。

林揖辰抓抓頭，有點不好意思，「雖然目前妳粉絲人數不多，但我相信以後妳會有成千上萬的歌迷，到時候我就得跟這麼多人分享妳，所以當然要趁現在還能霸住頭號粉絲的身分時，給妳撐撐腰嘍。」

黎憶星感動得投進林揖辰的懷裡，「你是我唯一的VVVIP粉絲，我這一生都會定期爲你舉辦一對一的粉絲見面會。」

林揖辰笑彎了眼，他的燦爛笑容，是給懷裡的黎憶星，更是給彭炫妹，謝謝她遠遠守護他們兩人的愛情。

後記

堅持你想寫的東西

這不是我第一次寫後記，卻是最不知怎麼寫的一次。

會想動筆寫這個故事，要追溯到好久好久以前。

我爺爺出生於一九〇五年，九十四歲離世，人生足跡遍及中國大陸和日本，更是二十世紀動盪歷史的見證人。

在我的記憶中，他是個戴著毛呢帽子、打扮整齊的老紳士，書中林清士的形象就是從他發想而來。他非常疼愛我這個長孫女，波麗路西餐廳就是他帶我去的，男主角林揖辰小時候被牛排鐵盤燙傷，也是我的親身經歷。

爺爺過世前一兩年，我爲了寫台灣史課的家族史報告，問了他年輕時去日本東京的事，那時他話講得很少很慢，精神也不算太好，但他一提到這些，眼神頓時變得亮晶晶的，就像咱們彭炫妹喝到珍珠奶茶一樣，他告訴我，初訪東京那會兒什麼都好新鮮好有趣……

也許是因爲如此，對於那段歷史，我始終不覺得只是歷史教科書裡平鋪直敘的文字，而是立體在我面前展現的時空。所以我大學輔修歷史，甚至想過要當個歷史學者，不過這個夢想很快就被我自己否決了。

不是我不喜歡歷史了，而是不太想一輩子埋在學術論文裡，因此我逃離了，但我一直沒忘記，或許哪一天能用比較大眾的方式，讓大家了解過往的歷史，這一直是我的心願。

沒想到，這個心願在開始創作小說後，居然有機會實現。

我很喜歡蘇菲金索拉的都會小說《一九二〇魔幻女孩》，我相信結合台灣的歷史風土，也可以孕育出一個「不同世代女孩相互碰撞」的爆笑故事，但我遲遲等不到這樣的故事出現，於是突發奇想，何不自己來寫一個？

喜歡歷史是一回事，要寫個結合史地的故事還眞是難，爲此我曾去清大人社院圖書館調閱微卷影像資料，看得眼睛都要花了；更別說三更半夜查閱網路上的日據時代歌手照片，敏感體質的我突然一陣惡寒，瑟瑟發抖了一整夜。

二〇一五年底寫完這個故事後，我把它放在POPO原創網連載，就這樣幾年過去，它一直是我的故事中人氣最低的一個孩子（笑），但還是有幾位讀者很熱烈地向我傳達她們對它的喜愛，並聊到請繪師繪製封面插畫，我一時異想天開，主動去信邀請曾以相近年代背景進行創作的大神級繪師AKRU協助，而她不但答應了，認眞的她還前來新竹實地考察，並且引發了後續的一連串驚喜。

因爲AKRU繪製的封面插畫太美，我就苛扣了兒子的玩具錢（喂），印了筆記本和明信片舉辦讀者互動活動，責任編輯幫我轉貼到POPO原創官方粉絲團，接著POPO實體出版部注意到這個故事，《穿樂吧！一九四三女孩》就這樣幸運地浮出水面。

堅持你想寫的東西，愉快地爲此投入最大的熱情，然後放掉對成果的執著，耐心等待機會到來——這是在漫長的寫作和等待成書的過程中，我所學習到的事。

最後，昭和女孩來到平成時代的故事，居然會在令和元年與大家用實體書的形式見面，這不是我一個人可以完成的，要感謝的人眞的超級超級多。

感謝繪師AKRU的美圖；感謝連載時就支持這個故事的讀者，特別是曾撰文推薦的黏芝麻、喬昕；感謝我的另一半始終支持我寫作，就像黎光陽、林揖辰始終支持黎憶星，阿土支持彭炫妹一樣，雖然他一度認爲黎光陽這個角色是在影射他（笑）；感謝責編尤莉的轉發和許多事情上的照顧，感謝馥蔓總編對這個故事的提拔，不厭其煩地校訂稿件的每個細節，以及提點寫作注意事項，這是個結合史實的故事，要修改確認的地方實在太多太多了。

感謝大家包容我的不足和錯漏之處，感謝在成書過程中，前前後後給予我幫助的每一個人。

花聆

國家圖書館出版品預行編目資料

穿樂吧！1934女孩／花聆著. -- 初版. -- 臺北市；城邦原創出版 ： 家庭傳媒城邦分公司發行, 民 108.09

面；公分

ISBN 978-986-98071-0-4（平裝）

863.57　　　108014254

穿樂吧！1934女孩

作　　者／花聆
企畫選書／楊馥蔓
責任編輯／楊馥蔓

行銷業務／林政杰
總 編 輯／楊馥蔓
總 經 理／伍文翠
發 行 人／何飛鵬
法律顧問／元禾法律事務所　王子文律師
出　　版／城邦原創股份有限公司
台北市中山區民生東路二段 141 號 6 樓
電話：(02) 2509-5506　傳眞：(02) 2500-1933
E-mail：service@popo.tw
發　　行／英屬蓋曼群島商家庭傳媒股份有限公司城邦分公司
聯絡地址：台北市中山區民生東路二段 141 號 11 樓
書虫客服服務專線：(02) 25007718・(02) 25007719
24小時傳眞服務：(02) 25001990・(02) 25001991
服務時間：週一至週五09:30-12:00・13:30-17:00
郵撥帳號：19863813　戶名：書虫股份有限公司
讀者服務信箱 email：service@readingclub.com.tw
城邦讀書花園網址：www.cite.com.tw
香港發行所／城邦（香港）出版集團有限公司
地址：香港灣仔駱克道 193 號東超商業中心 1 樓
email：hkcite@biznetvigator.com
電話：(852)25086231　傳眞：(852) 25789337
馬新發行所／城邦（馬新）出版集團 Cité(M)Sdn. Bhd.
41, Jalan Radin Anum, Bandar Baru Sri Petaling,
57000 Kuala Lumpur, Malaysia.
電話：(603) 90578822　　傳眞：(603) 90576622
email:cite@cite.com.my

封面設計／Gincy
電腦排版／游淑萍
印　　刷／漾格科技股份有限公司
經 銷 商／聯合發行股份有限公司
電話：(02)2917-8022　傳眞：(02)2911-0053

■ 2019 年（民 108）9月初版　　Printed in Taiwan

定價／280元

ISBN　978-986-98071-0-4

POPO城邦原創 www.popo.tw　城邦讀書花園 www.cite.com.tw